LA DERNIÈRE ÉNIGME

Parce qu'une intrigue policière est un bon dérivatif et que ses contemporains, pris comme elle dans les remous de la guerre de 1914-1918, ont besoin de se changer les idées, une jeune Anglaise (à demi américaine par son père) s'amuse à écrire un roman policier en dehors de son service d'infirmière volontaire. Elle s'appelle Agatha Miller et vient d'épouser Archibald Christie. Elle est née en 1890 à Torquay, dans le Devon, où elle a reçu à domicile une éducation soignée, et elle écrit depuis longtemps poèmes, contes ou nouvelles.

Son premier roman, *La Mystérieuse Affaire de Styles*, ne trouve d'éditeur qu'en 1920. Son septième, *Le Meurtre de Roger Ackroyd*, classe en 1926 Agatha Christie parmi les « grands » du policier et son héros, le détective belge *Hercule Poirot*, parmi les vedettes du genre – où le rejoindra la sagace *Miss Marple*. Le succès est dès lors assuré à tous ses ouvrages qui paraissent au rythme d'un ou deux par an.

Divorcée en 1928, Agatha Christie s'est remariée en 1930 avec l'archéologue Max Mallowan qu'elle accompagne en Syrie et en Irak dans ses campagnes de fouilles, comme elle le dit dans son autobiographie : *Come, tell me how you live* (Dites-moi comment vous vivez, 1946).

Sous le nom de Mary Westmacott, elle a publié plusieurs romans dont : *Unfinished Portrait* (Portrait inachevé, 1934), *Absent in the Spring* (Loin de vous ce printemps, 1944), *The Rose and the Yew Tree* (L'If et la Rose, 1948), *A Daughter's a Daughter* (Ainsi vont les filles, 1952), *The Burden* (Le Poids de l'amour, 1956). Enfin, elle a triomphé au théâtre dans *Witness for the Prosecution* (Témoin à charge, 1953).

Agatha Christie est morte dans sa résidence de Wallingford, près d'Oxford (Angleterre), en janvier 1976. Elle est un des auteurs les plus lus dans le monde.

AGATHA CHRISTIE

La Dernière Énigme

TRADUIT DE L'ANGLAIS
PAR JEAN-ANDRÉ REY

LIBRAIRIE DES CHAMPS-ÉLYSÉES

Titre original :

SLEEPING MURDER
(Miss Marple's Last Case)

CHAPITRE PREMIER

Une maison

Immobile sur le débarcadère, un peu tremblante d'émoi, Gwenda Reed promenait lentement ses regards autour d'elle. Les docks et les bâtiments de la douane étaient tout ce qu'elle voyait présentement de l'Angleterre.

C'est à ce moment-là qu'elle prit une décision dont elle ignorait encore qu'elle allait l'entraîner dans une série d'aventures dramatiques. Cette décision, c'était de ne pas gagner Londres par le train ainsi qu'elle l'avait projeté.

Après tout, qu'est-ce qui aurait pu l'y obliger, puisque personne n'était au courant de son arrivée, puisque personne ne l'attendait à la gare? Elle venait de descendre à Plymouth d'un navire bondissant et grinçant après une traversée dont les trois derniers jours passés sur une mer démontée, et la dernière chose qu'elle souhaitât c'était de terminer son voyage dans un wagon de chemin de fer en proie, lui aussi, au tangage et au roulis. Au lieu de cela, elle s'installerait dans un hôtel solidement planté sur la terre ferme, puis elle se glisserait ce soir avec délices dans un lit douillet bien posé sur ses quatre pieds, qui ne craquerait ni ne balancerait. Après une bonne nuit de sommeil, dès le lendemain matin — quelle bonne idée! —, elle louerait une voiture et entreprendrait de parcourir lentement, sans la moindre hâte, le sud de l'Angleterre

7

à la recherche d'une maison. Une belle maison — celle que, en accord avec Giles, elle avait projeté d'acheter. Oui, c'était vraiment une excellente idée.

De cette manière, elle verrait une partie de cette Angleterre dont Giles lui avait si souvent parlé et qu'elle ne connaissait pas encore; bien que, à l'instar de la plupart des Néo-Zélandais, elle la considérât comme la mère patrie. Mais, en ce moment, l'Angleterre n'avait pas un aspect particulièrement attrayant. La journée était grise, la pluie menaçait, et il soufflait un vent âpre et énervant. Tandis qu'elle avançait docilement avec les autres passagers en direction de la douane et du bureau des passeports, Gwenda se disait qu'elle ne voyait évidemment pas l'Angleterre sous son meilleur jour.

Le lendemain, cependant, ses sentiments étaient tout différents. Le soleil brillait, elle avait de sa fenêtre une vue agréable, et le monde qui s'étendait devant ses yeux n'était plus en proie au tangage et au roulis. Il s'était gentiment assagi. Cela, c'était enfin l'Angleterre, qui accueillait, au terme d'un long voyage, Mrs Gwenda Reed, jeune femme mariée de vingt et un ans à peine.

Gwenda ignorait la date exacte de l'arrivée de Giles. Il se pouvait qu'il la suivît dans quelques semaines, mais il se pouvait aussi qu'il tardât plusieurs mois à la rejoindre. C'était lui qui l'avait incitée à le précéder en Angleterre pour se mettre à la recherche d'une maison qui leur convînt. Tous deux pensaient en effet qu'il serait agréable d'avoir un pied-à-terre quelque part. Le travail de Giles l'obligerait à effectuer un assez grand nombre de déplacements. Certes, Gwenda pourrait le suivre parfois; mais, en certaines occasions, cela lui serait impossible. Et tous deux caressaient l'idée d'avoir une maison, un endroit qui serait bien à eux. Giles avait récemment hérité quelques meubles d'une vieille tante, de sorte que tout concourait à faire de ce projet quelque chose de sensé et de pratique. D'autre part, Gwenda et son mari jouissant d'une confortable aisance, la réalisation de ce plan ne comportait pas de difficulté.

Malgré cela, Gwenda avait d'abord hésité à venir seule en Angleterre pour choisir et acheter une maison.

— Nous devrions faire ça ensemble, avait-elle suggéré.

Mais Giles avait répliqué en riant :

— Cela n'est guère dans mes cordes. Si la maison te plaît, elle me plaira aussi. Il faudrait qu'elle ait un bout de jardin, naturellement, et qu'elle ne ressemble pas à ces horreurs modernes que l'on voit maintenant un peu partout. J'avais pensé à la côte sud. En tout cas, j'aimerais un endroit pas trop éloigné de la mer.

Gwenda avait alors demandé à son mari s'il avait une préférence pour un lieu déterminé, mais il avait répondu par la négative. Il était resté orphelin très jeune — sa femme était d'ailleurs orpheline, elle aussi —, et il avait passé des vacances chez divers parents; mais aucun lieu ne lui avait laissé de souvenir marquant. De plus, cette maison devait être celle de Gwenda. Or, pour la choisir ensemble, il aurait peut-être fallu attendre plusieurs mois. Et qu'aurait fait la jeune femme pendant tout ce temps? Aurait-elle été obligée de vivre à l'hôtel? Non, elle devait absolument dénicher une maison, l'acheter et s'y installer.

— Tu as donc l'intention de me faire faire tout le travail, avait-elle fait remarquer en souriant.

Mais, au fond, l'idée d'acheter une maison, de l'aménager, de la rendre coquette et accueillante pour le retour de Giles, cette idée l'enchantait d'autant plus qu'elle adorait son mari.

Le premier matin, après s'être fait apporter son petit déjeuner au lit, elle se leva et dressa ses plans. Elle passa ensuite la journée à visiter Plymouth et y prit grand plaisir. Le lendemain, elle loua une confortable Daimler avec chauffeur et se mit en route.

Il faisait bon et la promenade était agréable. Elle visita plusieurs demeures dans le Devon, mais aucune n'était exactement ce qu'elle souhaitait. Cependant, comme rien ne pressait, elle poursuivit tranquillement ses recherches. Ayant appris à lire entre les lignes les descriptions enthousiastes des agents immobiliers, elle s'épargna un certain nombre de déplacements qui eussent été vains.

Une semaine environ après son arrivée en Angleterre, un mardi soir, la voiture descendait à vitesse réduite la route sinueuse conduisant aux faubourgs de cette ravissante station balnéaire qu'est encore Dillmouth. Et soudain, on passa devant une grille à laquelle était fixé un écriteau portant la mention « A VENDRE ». A travers les arbres, on entrevoyait une petite villa blanche de style victorien.

Gwenda sentit son cœur battre plus vite, comme si elle la reconnaissait. C'était là *sa* maison! Elle en était déjà certaine. Elle se représentait le jardin, les hautes fenêtres. Oui, elle était convaincue que cette demeure était exactement celle dont elle rêvait.

L'après-midi tirait à sa fin; aussi alla-t-elle s'installer au *Royal Clarence Hotel* et ne se rendit-elle que le lendemain matin à l'agence immobilière dont elle avait lu le nom et l'adresse sur l'écriteau.

En possession d'une carte de l'agence, elle se trouva bientôt dans l'antique grand salon, avec ses porte-fenêtres donnant sur une terrasse dallée devant laquelle une sorte de rocaille parsemée de petits arbustes fleuris descendait en pente abrupte vers une pelouse. A travers les arbres, au-delà du jardin, on apercevait vaguement la mer.

« Voici *ma* maison, se dit encore Gwenda. Mon chez-moi. Il me semble déjà la connaître tout entière. »

La porte s'ouvrit au même moment, et une grande femme à l'air mélancolique, visiblement enrhumée, entra en reniflant.

— Mrs. Hengrave, sans doute? s'enquit Gwenda. Je viens de la part de l'agence pour visiter la maison. Mais peut-être est-ce un peu tôt?

Mrs. Hengrave se moucha et déclara d'un air lugubre

que cela n'avait aucune espèce d'importance. La visite commença donc aussitôt.

Oui, cette villa était parfaite. Pas trop grande. Un peu démodée, sans doute, mais on pourrait aisément installer une autre salle de bain — peut-être même deux — et moderniser la cuisine. Avec un nouvel évier et un équipement moderne...

Tandis que la jeune femme était absorbée par ses plans et ses projets, la voix de Mrs. Hengrave racontait en une sorte de ronronnement monotone les détails de la dernière maladie du major Hengrave. Une moitié de Gwenda prenait soin d'émettre de temps à autre quelques mots exprimant la compréhension ou la sympathie. Les parents de Mrs. Hengrave vivaient tous dans le Kent, et ils étaient impatients de la voir venir s'installer auprès d'eux... Le major avait beaucoup aimé Dillmouth, il avait été pendant de longues années secrétaire du Club de golf, mais elle-même...

« Oui... Bien sûr... Oui, les cliniques sont ainsi, c'est vrai... Bien sûr... Vous devez être... »

Et l'autre moitié de la jeune femme laissait courir ses pensées. Ici, une armoire à linge, me semble-t-il... Oui. Une chambre à deux lits avec une belle vue sur la mer... Ça plaira beaucoup à Giles... Cette petite pièce pourra être transformée en cabinet de toilette... Ah! voici la salle de bain... Je suppose que la baignoire est habillée d'acajou... Oui, j'ai vu juste! Et elle se trouve au centre de la pièce. Magnifique! Je ne changerai rien à ça. C'est une pièce d'époque. Comme elle est grande! Si on y faisait flotter des petits bateaux, on pourrait se croire dans la mer... Et je sais ce que nous ferons de ces deux petites pièces sombres qui donnent sur le derrière de la maison : deux autres salles de bain. Vertes, avec des chromes étincelants. Et nous garderons celle-ci telle qu'elle est...

— Une pleurésie, dit Mrs. Hengrave, qui a dégénéré au bout de trois jours en une double pneumonie.

11

— Terrible, murmura Gwenda. Dites-moi, n'y a-t-il pas une autre chambre, à l'extrémité de ce couloir?

Il y en avait une, et elle était même telle qu'elle l'avait imaginée, avec un des murs en arrondi et percé d'une grande baie. Naturellement, il faudrait la refaire. Elle était pourtant en très bon état; mais pourquoi les gens comme Mrs. Hengrave aimaient-ils tellement ce genre de papier couleur moutarde?

Faisant demi-tour, elle longea le couloir à la suite de Mrs. Hengrave.

— Six... non, sept chambres à coucher, murmura-t-elle. Sans compter ni la petite ni la mansarde.

Le plancher craquait légèrement sous ses pieds. Déjà, elle avait l'impression que c'était elle et non Mrs. Hengrave qui vivait dans cette maison. Mrs. Hengrave était une intruse, une femme qui faisait tapisser ses pièces avec du papier d'une couleur invraisemblable et avait fait coller une frise de glycine autour de son salon.

Gwenda baissa les yeux vers le bout de papier dactylographié qu'elle tenait dans sa main et sur lequel étaient inscrits les particularités de la propriété et le prix qu'on en demandait. Au cours de ces quelques derniers jours, elle s'était passablement familiarisée avec les prix des maisons. La somme exigée pour celle-ci n'était pas excessive; mais, évidemment, l'habitation avait besoin d'être assez sérieusement modernisée. Et même alors... Elle remarqua, au bas de la feuille, la mention : PRIX A DÉBATTRE. Elle se dit que Mrs. Hengrave devait être impatiente d'aller vivre près de sa famille, dans le Kent.

Les deux femmes commençaient à descendre l'escalier lorsque, tout à coup, Gwenda se sentit submergée par une vague de frayeur irraisonnée. C'était une sensation atroce, mais qui passa presque aussi vite qu'elle était venue. Pourtant, une idée nouvelle traversa l'esprit de la jeune femme.

— La maison n'est pas hantée, n'est-ce pas? demanda-t-elle d'une voix mal assurée.

12

Mrs. Hengrave, qui descendait devant elle et était arrivée au moment de son récit où l'état du major Hengrave déclinait rapidement, tourna la tête et leva les yeux d'un air choqué.

— Pas à ma connaissance, madame. Est-ce que quelqu'un aurait fait courir un tel bruit?

— Vous n'avez jamais rien senti vous-même, rien... vu? Personne n'est-il mort ici?

Question malencontreuse, songea aussitôt Gwenda, parce qu'il était probable que le major Hengrave...

— Mon mari est décédé à la clinique Sainte-Monique, répondit la femme d'un air froid.

— Oh, bien sûr. Je crois que vous me l'avez déjà dit.

La propriétaire de la maison poursuivit sur le même ton glacial.

— Dans une maison construite il y a une centaine d'années, il s'est forcément produit un certain nombre de décès, jusqu'à aujourd'hui. Cependant, Miss Elworthy, à qui mon pauvre mari avait acheté cette maison, il y a sept ans, jouissait d'une excellente santé. En fait, elle projetait de quitter l'Angleterre pour aller faire de l'évangélisation je ne sais plus où. Et elle n'a jamais mentionné aucun décès récent dans sa famille.

Gwenda se hâta d'apaiser la mélancolique Mrs. Hengrave. Elles se trouvaient à nouveau dans le salon, pièce charmante où régnait cette amosphère paisible dont rêvait la jeune femme. Son bref instant de frayeur lui paraissait maintenant totalement incompréhensible. Que lui était-il donc arrivé? La maison n'avait certes rien d'anormal ou d'étrange.

Ayant sollicité de Mrs. Hengrave la permission d'aller jeter un coup d'œil au jardin, elle franchit la porte-fenêtre et se trouva sur la terrasse.

« Il devrait y avoir ici quelques marches », songea-t-elle.

Au lieu de cela, il y avait un forsythia d'une hauteur démesurée et qui masquait pratiquement toute la vue sur la mer.

Gwenda hocha la tête. Elle modifierait tout ça.

A la suite de Mrs. Hengrave, elle longea la terrasse et descendit le petit escalier de pierre qui, à l'extrémité opposée, conduisait à la pelouse. Elle remarqua que la rocaille était envahie par l'herbe et que la plupart des arbustes avaient besoin d'être taillés. Mrs. Hengrave murmura sur un ton d'excuse que le jardin avait été un peu négligé. Elle ne pouvait se payer les services d'un jardinier que deux fois par semaine, et encore lui faisait-il faux bond de temps à autre.

Après avoir traversé le potager, petit mais suffisant, les deux femmes regagnèrent la maison. Gwenda expliqua qu'elle avait d'autres demeures à visiter et que, bien qu'elle aimât beaucoup Hillside — un nom affreusement banal! — elle ne pouvait prendre une décision immédiate.

Mrs. Hengrave la quitta avec un regard pensif, en esquissant un dernier reniflement.

Gwenda retourna à l'agence, fit une offre ferme et passa le reste de la journée à visiter Dillmouth. C'était une charmante station balnéaire d'aspect un peu vieillot. Tout au bout de la ville, cependant, dans le quartier neuf, se dressaient deux hôtels résolument modernes et des bungalows aux couleurs crues; mais la configuration de la côte, avec les dunes qui s'élevaient à proximité, avait empêché la ville de s'étendre exagérément.

Après le déjeuner, Gwenda reçut un coup de téléphone de l'agence lui annonçant que Mrs. Hengrave avait accepté son offre. Un sourire malicieux sur les lèvres, elle se rendit au bureau de poste pour envoyer un télégramme à Giles :

Ai acheté maison. Tendresses. Gwenda.

— Ça va lui en boucher un coin, murmura-t-elle. Il verra que je ne perds pas de temps!

CHAPITRE II

Un papier peint

Un mois s'était écoulé, et Gwenda avait emménagé à Hillside. Le mobilier de la tante de Giles, tiré du garde-meubles, avait pris sa place dans la maison. Il était certes un peu antique, mais d'excellente qualité. Gwenda avait vendu deux armoires, qu'elle trouvait trop grandes, mais le reste s'adaptait parfaitement et était en harmonie avec la vieille demeure. Dans le salon, il y avait deux ravissants guéridons incrustés de nacre, une adorable petite table à ouvrage, un bureau en bois de rose et un canapé d'acajou.

Les bergères avaient été reléguées dans les chambres, et Gwenda avait acheté pour son mari et pour elle-même deux grands fauteuils profonds, qu'elle avait disposés de chaque côté de la cheminée, tandis que le canapé Chesterfield était placé entre les deux porte-fenêtres. Pour les rideaux, la jeune femme avait choisi une cretonne imprimée ornée de roses et d'oiseaux jaunes sur fond bleu pâle. La pièce, songea-t-elle, était maintenant parfaite.

Gwenda était cependant à peine installée, car elle avait encore des ouvriers dans la maison. Les nouvelles salles de bain étaient terminées, ainsi que l'aménagement ultramoderne de la cuisine. En ce qui concernait la décoration, elle attendrait un peu. Elle voulait prendre le temps de s'habituer à son intérieur avant de choisir les nouveaux papiers dont elle souhaitait tapisser les chambres à coucher. La maison était déjà en ordre, et il n'était nullement besoin de tout entreprendre en même temps.

Une certaine Mrs. Cocker était maintenant installée à la cuisine. C'était une femme dotée d'une affabilité un peu condescendante et qui donnait parfois l'impression de désapprouver la trop grande familiarité de Gwenda. Mais, une fois cette dernière remise adroitement à sa place, elle semblait toute disposée à se détendre.

— Quand il n'y a pas d'homme dans la maison, déclara-t-elle ce matin-là en apportant le plateau à Gwenda, une femme préfère déjeuner au lit.

Gwenda avait accepté sans discuter cette affirmation qui devait exprimer, se dit-elle, l'opinion des Anglais.

— Brouillés, ce matin, annonça ensuite Mrs. Cocker en désignant les œufs. Vous aviez parlé de haddock fumé, mais j'ai pensé que vous n'aimeriez pas en manger dans votre chambre, parce que ça laisse une odeur. Je vous en servirai au souper, sur des toasts.

— Merci, Mrs. Cocker.

La femme sourit d'un air aimable et s'apprêta à se retirer.

Gwenda n'occupait pas la grande chambre à deux lits, ayant jugé que cela pouvait attendre jusqu'à l'arrivée de Giles. Elle avait fixé son choix sur celle qui se trouvait à l'extrémité du couloir et qui possédait une baie en arrondi. Elle s'y sentait vraiment chez elle et parfaitement heureuse.

Elle promena ses regards autour de la pièce et déclara impulsivement :

— Cette chambre me plaît beaucoup.

Mrs. Cocker jeta un coup d'œil indulgent autour d'elle.

— C'est une très jolie pièce, madame, bien qu'un peu petite. Les barreaux qui sont aux fenêtres laisseraient supposer que c'était une chambre d'enfant, à une certaine époque.

— Je n'y avais pas songé, mais c'est bien possible, en effet.

— Une chambre d'enfant... c'est parfait, dit Mrs. Cocker avant de se retirer.

Il y avait dans son ton comme une sorte de sous-entendu. Quand nous aurons un homme dans la maison, semblait-elle se dire, qui sait? Peut-être aurons-nous sans tarder besoin d'une nursery.

Gwenda se sentit rougir, et elle parcourut à nouveau la pièce des yeux. Oui, cela ferait une ravissante chambre d'enfant. Elle se mit à la meubler par la pensée. Là, contre ce mur, une grande maison de poupée et de petites armoires à jouets. Dans la cheminée, entourée d'un garde-feu, des flammes pétilleraient joyeusement. Mais on ne garderait pas cet affreux papier couleur moutarde. Il faudrait quelque chose de clair et de gai : par exemple, de petits bouquets de coquelicots alternant avec des bleuets. Oui, ce serait ravissant. Elle essaierait de trouver un papier comme ça. Elle était sûre d'en avoir vu un quelque part.

Il n'y aurait pas besoin de beaucoup de meubles, car il existait deux placards dans le mur. Mais celui du coin était fermé et la clef égarée. Il avait même été recouvert d'une couche de peinture, ce qui laissait supposer qu'il n'avait pas été utilisé depuis longtemps. Gwenda se dit qu'il faudrait songer, dès le lendemain, à le faire ouvrir par les ouvriers. D'ailleurs, il lui serait fort utile, car elle n'avait pas assez de place pour tous ses vêtements.

Elle se sentait chaque jour un peu plus chez elle, à Hillside. Elle en était là de ses réflexions lorsqu'elle entendit, par la fenêtre ouverte, quelqu'un qui s'éclaircissait la gorge. Elle se dépêcha d'expédier son petit déjeuner. Foster, le jardinier fantaisiste sur les promesses de qui on ne pouvait pas toujours tabler, avait cependant dû venir aujourd'hui, ainsi qu'il l'avait annoncé.

Gwenda sauta du lit, alla prendre son bain, s'habilla

d'une jupe de tweed et d'un sweater, puis descendit rapidement au jardin. Sa première décision avait été de faire aménager une allée à travers la rocaille, de manière à pouvoir atteindre directement à la pelouse. Foster avait bien un peu regimbé, faisant observer que le forsythia devrait disparaître, ainsi que le lilas, mais la jeune femme avait tenu bon, et il travaillait à présent presque avec enthousiasme.

Il accueillit la jeune femme avec un petit rire.

— On dirait que vous revenez au bon vieux temps, Miss.

Il persistait à appeler Gwenda « mademoiselle ».

— Au bon vieux temps? Que voulez-vous dire?

Le jardinier tapota le sol de sa bêche.

— J'arrive aux anciennes marches. Regardez! C'est là qu'elles étaient. Exactement comme vous les voulez maintenant. Puis quelqu'un les a fait recouvrir.

— Ces gens étaient vraiment trop stupides. Il sera tellement agréable d'avoir, depuis la fenêtre du salon, une perspective sur la pelouse et sur la mer.

Foster avait des idées assez vagues sur ce que pouvait être une perspective. Il acquiesça néanmoins, d'un air contraint.

— Je dis pas, notez bien, que ça sera pas mieux... Ça vous donnera de la vue. Et puis, ces arbustes assombrissaient le salon. Pourtant, c'est un peu dommage, car ils poussaient merveilleusement. J'ai jamais vu un forsythia plus robuste. Les lilas, ça vaut pas très cher, c'est vrai; mais ces wigandies, ça coûte de l'argent, et... ils sont trop vieux pour être transplantés.

— Oh, je sais. Mais cela...

Gwenda fit un geste en direction de la mer que l'on apercevait au loin.

— ... cela, c'est beaucoup plus beau.

Forster se gratta le crâne d'un air pensif.

— Ma foi, Miss, vous avez peut-être raison.

— Je le pense aussi. Mais... dites-moi, qui est-ce qui

18

habitait ici avant les Hengrave? Je crois qu'ils n'y sont pas restés longtemps, n'est-ce pas?

— Les Hengrave? Quelque chose comme cinq ou six ans. Ils n'étaient pas de la région. Avant eux, c'étaient les demoiselles Elworthy. Des personnes très pratiquantes, qui s'occupaient de missions. Y a même un pasteur noir qui est resté chez elles un certain temps. Quatre, qu'elles étaient. Et puis leur frère, aussi. Mais, avec toutes ces femmes, l'avait pas droit à la parole, le pauvre diable. Avant, y avait... attendez voir... Ah oui! Une Mrs. Findeyson. Une vraie dame, celle-là. De la petite noblesse, comme qui dirait. L'était de la région, d'ailleurs, vu qu'elle vivait ici avant ma naissance.

— Est-elle morte à Hillside?

— Non pas. L'est morte quelque part en Égypte; mais elle est enterrée dans le cimetière de Dillmouth, pour sûr. Tenez, c'est elle qu'avait planté ce magnolia. Et puis aussi ces laburnums et ces pittospores. L'adorait les arbustes, la bonne dame.

Après un instant de silence, le jardinier continua :

— A cette époque, y avait pas aucune de ces maisons tout le long de la colline. On était véritablement à la campagne. Pas de cinéma, et pas tous ces magasins neufs. L'esplanade non plus n'existait pas.

Son ton laissait apparaître la désapprobation qu'éprouvent les personnes âgées envers toute innovation.

— Des changements, ajouta-t-il avec un petit ricanement de mépris. Rien que ça.

— Les changements sont inévitables, fit doucement remarquer Gwenda. Après tout, il y a aujourd'hui des quantités d'améliorations, ne croyez-vous pas?

— C'est ce qu'on dit. Seulement, moi, je les ai pas remarquées. Des changements, peuh!

Foster esquissa un geste en direction de la haie de macrocnèmes à travers laquelle on apercevait, sur la gauche, un bâtiment qui brillait au soleil.

— C'était autrefois le Cottage Hospital. Très bien et

très pratique. Et puis, on est allé construire un autre hôpital, plus grand, à près d'un mille de la ville. Si vous voulez aller rendre visite à quelqu'un, vous en avez pour vingt minutes à pied; et vingt pour le retour. Ou alors, il vous faut payer le bus.

Nouveau geste en direction de la haie.

— A présent, c'est une école de filles. Depuis dix ans. Toujours des changements, que je vous dis. Des changements partout. Tenez, encore autre chose : aujourd'hui, les gens s'installent dans une maison, ils y restent dix ou douze ans, et puis ils s'en vont ailleurs. Ils tiennent pas en place, quoi! Qu'est-ce qu'il y a de bon dans tout ça, voulez me le dire? On peut rien planter convenablement si on regarde pas loin devant soi, Miss.

Gwenda considéra le magnolia avec amour.

— Comme Mrs. Findeyson, n'est-ce pas?

— Ah! celle-là, c'était quelqu'un! Elle était toute jeune quand elle est venue ici, juste après son mariage. Elle a élevé ses enfants, les a casés, a enterré son mari... Tous les étés, elle gardait ses petits-enfants. Et elle avait près de quatre-vingts ans quand elle s'en est allée.

Le ton de Foster, cette fois, reflétait une admiration sans réserve.

Gwenda regagna la maison, le sourire aux lèvres. Après avoir jeté un coup d'œil aux ouvriers, elle alla s'installer au petit bureau du salon pour écrire des lettres. Dans le courrier attendant une réponse, il y avait une missive des West : des cousins de Giles, qui habitaient Londres. Ils l'invitaient à venir les voir dans leur maison de Chelsea, dans le cas où elle se rendrait à la capitale.

Raymond West était un romancier bien connu, sinon populaire, et sa femme Joan était peintre. Gwenda se dit que ce serait peut-être amusant d'aller les voir, mais sans doute la prendraient-ils pour une philistine, car ni Giles ni elle n'étaient vraiment des intellectuels.

Un coup de gong sonore résonna majestueusement dans le hall, accompagné par un craquement de bois torturé. Cet antique instrument avait fait partie des possessions de la vieille tante, et Mrs. Cocker semblait éprouver un immense plaisir à le faire tonner, car elle faisait toujours bonne mesure. Gwenda porta les mains à ses oreilles et se leva.

Elle traversa rapidement le salon en direction du mur opposé, et puis s'arrêta net en poussant une exclamation de contrariété. C'était la troisième fois que cela lui arrivait. On eût dit qu'elle s'attendait à pouvoir passer à travers ce mur pour gagner la salle à manger.

Faisant demi-tour, elle sortit dans le hall et contourna l'angle du mur du salon pour se rendre à la salle à manger. Cela faisait un assez long détour, et elle se dit que ce serait plutôt ennuyeux durant l'hiver, car ce hall était plein de courants d'air, et le chauffage central n'était installé, au rez-de-chaussée, que dans le salon et la salle à manger.

La jeune femme prit place à la ravissante table Sheraton, qu'elle avait achetée récemment pour remplacer la massive table d'acajou.

Je ne vois pas, songeait-elle, pourquoi on ne pourrait pas percer une porte qui ferait communiquer les deux pièces. J'en parlerai à Mr. Sims dès demain matin.

Mr. Sims, entrepreneur et décorateur, était un homme d'un certain âge, à la voix sourde et rauque, qui se promenait sans cesse avec dans sa main un petit carnet dans lequel il s'empressait de noter toutes les idées coûteuses qui pouvaient traverser l'esprit de ses clients. Consulté sur la question de la porte, il approuva sans réserve la suggestion de Gwenda.

— C'est la chose la plus simple du monde, Mrs. Reed. Et ce serait effectivement une amélioration appréciable.

— Est-ce que cela coûterait très cher?

La jeune femme avait appris à se méfier des affirmations et aussi de l'enthousiasme de Mr. Sims, car elle avait déjà éprouvé quelques surprises par suite de divers à-côtés qui ne figuraient pas sur le devis primitif.

— Une bagatelle, répondit l'entrepreneur d'un ton qu'il voulait rassurant.

Malgré cela, Gwenda avait l'air plus méfiante que jamais, car c'était précisément les « bagatelles » de Mr.Sims qu'elle redoutait le plus, les estimations du bonhomme étant toujours remarquablement modérées.

— Écoutez, Mrs. Reed, reprit-il d'un ton affable, je vais demander à Taylor de venir jeter un coup d'œil cet après-midi, dès qu'il en aura terminé avec le cabinet de toilette. Je pourrai ensuite vous donner une idée plus précise du montant des travaux. Tout dépend de la façon dont a été construit le mur.

Gwenda acquiesça. Après quoi, elle alla écrire à Joan West pour la remercier de son invitation et lui dire qu'elle regrettait de ne pouvoir quitter Dillmouth en ce moment, car elle tenait à surveiller les ouvriers. Sa lettre achevée, elle alla faire une courte promenade pour profiter de la brise marine.

A son retour, elle trouva Taylor — le chef de chantier de Mr. Sims — agenouillé près du mur qui séparait le salon de la salle à manger. Il se releva en souriant.

— Aucune difficulté, madame, dit-il. Il y a eu autrefois une porte à cet endroit précis. Mais elle a été murée, sans doute par quelqu'un à qui elle ne convenait pas.

Gwenda fut agréablement surprise. C'est extraordinaire, se dit-elle, j'ai toujours eu l'impression qu'il devait y avoir une porte. Elle se rappelait l'air décidé avec lequel elle s'était dirigée vers le mur quand elle avait entendu le gong du déjeuner. Et soudain, elle éprouva comme un petit frisson d'inquiétude. La chose était étrange, quand on y réfléchissait... Comment pouvait-elle être tellement sûre qu'il existait autrefois une porte à cet endroit, puisqu'il n'en restait pas la moindre trace visible? Comment l'avait-elle deviné? Bien sûr, ce serait commode de pouvoir passer directement d'une pièce dans l'autre. Mais pourquoi s'était-elle dirigée sans la moindre hésitation vers ce point particulier du mur? N'importe quel endroit eût convenu tout aussi bien; pourtant, à trois reprises, tout en pensant à autre chose, elle était allée tout droit vers l'endroit précis où se trouvait jadis la porte de communication.

J'espère, se dit-elle, que je ne possède pas le don de seconde vue ou quelque chose dans ce goût...

Il n'y avait jamais eu en elle la moindre trace de métapsychisme. Elle n'appartenait pas à cette catégorie de personnes. Mais en était-elle bien certaine, au fond? Cette allée qu'elle avait voulue entre la terrasse et la pelouse, avait-elle eu conscience, d'une manière ou d'une autre, qu'elle avait existé autrefois?

Après tout, je suis peut-être médium, songea-t-elle, un peu mal à l'aise. A moins que tout cela n'ait quelque chose à voir avec la maison elle-même. Pourquoi avait-elle demandé à Mrs. Hengrave si elle était hantée, le jour où elle était venue la visiter?

Mais non, elle n'était pas hantée! C'était une demeure charmante. Il ne pouvait y avoir en elle aucune influence maléfique. D'ailleurs, Mrs. Hengrave avait eu l'air fort étonnée par cette supposition. Et cependant, n'y avait-il pas eu dans son attitude une certaine réserve?

Grand Dieu! je commence à me faire des idées, songea à nouveau la jeune femme.

Elle fit un effort pour reporter sa pensée sur sa discussion avec Taylor.

— Autre chose, avait-elle dit. Il y a dans ma chambre, au premier étage, un des placards qui est coincé. Je voudrais bien pouvoir l'ouvrir.

L'homme était monté examiner la porte du placard et avait ensuite déclaré :

— Elle a été peinte à plusieurs reprises, mais je pourrai vous la faire ouvrir demain matin, si vous le désirez.

Gwenda avait donné son accord, et le chef de chantier s'était retiré.

Ce soir-là, la jeune femme se sentit particulièrement

23

agitée et nerveuse. Assise dans un des fauteuils du salon, s'efforçant de lire, elle était consciente du moindre craquement des meubles ou du parquet. Une ou deux fois, elle jeta un coup d'œil inquiet par-dessus son épaule et frissonna. Elle ne cessait de se répéter qu'il n'y avait rien d'extraordinaire dans l'incident de la porte et dans celui de l'allée du jardin. De toute évidence, ce n'étaient là que des coïncidences. Dans les deux cas, les idées qu'elle avait eues n'étaient dictées que par le simple bon sens.

Pourtant, sans vouloir se l'avouer, elle se sentait vaguement alarmée à la pensée de monter se coucher. Lorsque, finalement, elle se leva, éteignit les lumières et se retrouva dans le hall, elle éprouva un instant d'hésitation et une certaine appréhension à s'engager dans l'escalier. Elle le gravit en toute hâte, longea rapidement le couloir du premier étage et ouvrit d'un geste vif la porte de sa chambre.

Une fois à l'intérieur de la pièce, elle sentit instantanément s'apaiser ses craintes et jeta un coup d'œil rassuré autour d'elle. Là, dans cette chambre confortable et douillette, elle se sentait en sécurité, heureuse. A l'abri. Elle haussa les épaules. A l'abri de quoi, triple idiote? se dit-elle en baissant les yeux vers son pyjama étalé sur le lit et vers ses mules disposées sur le tapis.

« Vraiment, ma pauvre Gwenda, murmura-t-elle, tu pourrais aussi bien avoir six ans et porter des pantoufles avec des petits lapins dessinés dessus! »

Elle se déshabilla, enfila son pyjama et se glissa dans le lit avec une sensation de soulagement.

Le lendemain matin, elle avait plusieurs choses à faire en ville, et il était l'heure du déjeuner quand elle rentra.

— Les ouvriers ont ouvert le placard de votre chambre, madame, lui annonça Mrs. Cocker en posant devant elle une sole frite accompagnée de purée de pommes de terre et de carottes à la crème.

— Oh, très bien! dit Gwenda. Merci, Mrs. Cocker.

Elle avait faim et mangea de bon appétit. Le déjeuner terminé, elle prit le café au salon, puis monta dans sa chambre. Traversant vivement la pièce, elle alla ouvrir la porte du placard.

Elle ne put retenir un petit cri de frayeur, et ses yeux s'agrandirent d'étonnement.

L'intérieur du placard laissait apparaître la tapisserie d'origine, qui avait été recouverte dans le reste de la chambre : un papier où s'étalaient des bouquets de coquelicots alternant avec des bleuets...

2

Gwenda resta un long moment à fixer le papier, puis s'éloigna d'un pas mal assuré pour aller s'asseoir sur son lit.

Elle se trouvait dans une maison qu'elle n'avait jamais vue avant de l'acheter, dans une région qu'elle n'avait jamais visitée auparavant et, deux jours plus tôt, elle avait imaginé un papier peint qui correspondait exactement à celui dont la chambre était tapissée autrefois.

Des idées insensées tournoyaient dans sa tête. Prescience, prémonition...

L'allée du jardin et la porte de communication, elle pouvait encore les classer parmi les coïncidences, mais il en allait différemment avec le papier peint de la chambre. Il n'était pas concevable que l'on pût imaginer un papier portant un dessin très particulier et puis le découvrir à l'endroit précis où on aurait voulu qu'il fût... Il y avait là une explication qui lui échappait et qui... oui, qui lui faisait peur. De temps à autre, elle revoyait cette maison telle qu'elle était autrefois. A n'importe quel moment, elle pouvait s'attendre à voir quelque chose d'autre. Quelque chose qu'elle n'aurait pas souhaité voir...

Oui, cette maison l'effrayait, maintenant. Mais était-ce bien la maison qui lui faisait peur? N'était-ce pas plutôt elle-même? Elle ne voulait pas être de ces personnes qui *voient des choses*...

Elle poussa un long soupir, se leva, enfila une veste, descendit rapidement l'escalier et sortit de la maison pour se rendre au bureau de poste le plus proche et expédier un télégramme avec réponse payée.

WEST, 19 ADDWAY SQUARE CHELSEA LONDRES PUIS-JE CHANGER IDÉE ET VENIR DEMAIN? GWENDA

CHAPITRE III

« Couvrez son visage... »

Raymond West et sa femme Joan firent de leur mieux pour que Gwenda se sentît chez elle et ne fût en rien dépaysée. Ce ne fut pas leur faute si la jeune femme, au fond d'elle-même, les trouva un peu alarmants. Raymond, avec son apparence étrange qui faisait un peu penser à un corbeau, ses cheveux en bataille et ses crescendos subits dans une conversation absolument incompréhensible, laissait Gwenda ahurie et nerveuse tout à la fois. Joan et son mari semblaient parler un langage à eux. Gwenda n'avait encore jamais été ainsi plongée dans un milieu d'intellectuels dont pratiquement tous les éléments lui étaient étrangers.

— Nous avons projeté de vous amener à quelques spectacles, dit Raymond.

Gwenda buvait à petites gorgées le verre de gin qu'on lui avait servi, alors qu'elle eût plutôt souhaité, après son voyage, déguster une bonne tasse de thé. Malgré cela, son visage s'illumina à la pensée d'aller au théâtre.

— Ce soir, continua l'écrivain, soirée de ballets à Sadler's Wells; et, demain, nous aurons une réunion d'anniversaire en l'honneur de mon extraordinaire tante Jane. Nous irons voir *La Duchesse d'Amalfi* (1); puis,

(1) Tragédie de John Webster, auteur dramatique né à Londres vers 1580, mort vers 1624 (N. du T.).

vendredi *Ils marchaient sans pieds*. Il faut absolument que vous voyiez ça. C'est une pièce traduite du russe, qui est bien le drame le plus significatif de ces vingt dernières années.

Gwenda remercia comme il se devait pour tous ces projets destinés à la distraire. Plus tard, quand Giles serait là, ils iraient ensemble voir des comédies musicales et autres choses du même genre. Aussi tressaillit-elle un peu à la pensée de voir *Ils marchaient sans pieds;* mais elle se dit qu'elle l'aimerait peut-être, bien que le terme « significatif » lui fit un peu peur. Dans son esprit, une œuvre significative était généralement celle qui ne plaisait à personne.

— Vous adorerez ma tante Jane, ajouta Raymond. C'est, si je puis me permettre cette expression, une « pièce d'époque ». Victorienne jusqu'au bout des ongles. Chez elle, les tables de toilette ont leurs pieds emmaillotés d'indienne. Et elle vit dans un petit village où il ne se passe jamais rien. Tout à fait semblable à une mare stagnante.

— Il s'y est tout de même passé quelque chose, une fois, intervint Joan d'un ton sec.

— Bah! un simple drame passionnel. Vulgaire, sans le moindre raffinement.

— Ça t'avait pourtant beaucoup intéressé, à l'époque, lui rappela sa femme avec un petit clin d'œil.

— J'aime aussi parfois jouer au cricket dans un petit patelin, déclara Raymond avec dignité.

— Quoi qu'il en soit, tante Jane s'était véritablement distinguée, en cette occasion.

— Certes. Ce n'est pas une sotte. Et elle adore les problèmes.

— Les problèmes? répéta Gwenda dont la pensée s'était envolée vers l'arithmétique.

Raymond fit un geste vague de la main.

— N'importe quel genre de problèmes. Par exemple, pourquoi la femme de l'épicier avait pris son parapluie, par une belle soirée d'été, pour se rendre à une réunion paroissiale. Pourquoi un bocal de crevettes avait été placé à l'endroit où on l'a découvert. Ou encore, ce qui était arrivé au surplis du curé. Pour tante Jane, tout est bon. Si vous avez un problème dans votre vie, Gwenda, vous pouvez le lui soumettre. Elle vous donnera la réponse.

Il se mit à rire. Gwenda l'imita, mais sans beaucoup d'entrain.

Le lendemain, la jeune femme fut présentée à tante Jane, c'est-à-dire à Miss Marple. Cette dernière était une charmante vieille demoiselle, grande et maigre, avec des joues roses et des yeux bleus où brillait parfois un éclair de malice, des manières affables bien que, peut-être, légèrement affectées.

Après un repas où on avait bu à la santé de tante Jane, on se rendit au théâtre. Il y avait dans le groupe deux autres hommes : un artiste d'un certain âge et un jeune avocat. Durant le repas, le premier s'était surtout consacré à Gwenda, tandis que le second partageait ses attentions entre Joan et Miss Marple dont il semblait apprécier particulièrement les remarques. Au théâtre, cependant, les rôles furent inversés, et Gwenda se trouva assise tout au milieu de la rangée, entre Raymond et l'avocat.

Les lumières s'éteignirent, et la pièce commença. Elle était remarquablement interprétée, et Gwenda l'apprécia d'autant plus qu'elle n'avait pas souvent vu des productions théâtrales de premier plan.

La représentation tirait à sa fin et atteignait à présent le point culminant de l'horreur. La voix de l'acteur franchissait la rampe, chargée de tout le tragique d'un esprit faussé et perverti.

« *Couvrez son visage. Elle est morte jeune, et mes yeux sont éblouis.* »

Gwenda poussa un cri.

Elle bondit hors de son fauteuil, passa en aveugle devant tous les autres pour gagner l'allée centrale, se précipita vers la sortie et se retrouva dans la rue. Tantôt marchant et tantôt courant, elle remonta Haymarket en proie à une folle panique. Parvenue dans Piccadilly, elle remarqua un taxi en maraude, le héla, grimpa dedans et donna au chauffeur l'adresse de la maison de Chelsea. Arrivée à destination, les doigts tremblants, elle sortit maladroitement l'argent de son sac à main, paya le taxi et gravit les marches du perron. La jeune bonne qui lui ouvrit la porte la considéra avec une surprise non dissimulée.

— Vous rentrez bien tôt, Miss, dit-elle. Vous ne vous sentez pas malade, au moins?

— Je... non, oui... je... je... j'ai eu un petit malaise.

— Voulez-vous boire quelque chose? Un peu de cognac, peut-être?

— Non, merci. Rien. Je monte me coucher tout de suite.

Elle gravit l'escalier en courant pour échapper à d'autres questions.

Parvenue dans sa chambre, elle se déshabilla, laissa tomber ses vêtements en tas sur le tapis et se glissa dans son lit, où elle resta un long moment toute frissonnante, le cœur battant la chamade, les yeux rivés au plafond.

Elle n'entendit pas l'arrivée des autres. Mais, au bout d'un moment, la porte s'ouvrit, et Miss Marple entra, deux bouillottes sous son bras, une tasse à la main.

Gwenda s'assit dans son lit, s'efforçant de réprimer les frissons qui l'agitaient encore.

— Oh! Miss Marple, je suis affreusement confuse, balbutia-t-elle. Je ne sais ce qui... Ç'a été vraiment affreux de ma part. Que doivent-ils penser de moi? Ils doivent être vraiment fâchés...

— Mais non. Ne vous inquiétez pas, mon enfant. Installez-vous bien dans votre lit avec ces deux bouillottes.

— Je n'ai pas besoin de bouillotte...

— Oh, mais si! Tenez... Voilà qui est parfait. A présent, buvez cette tasse de thé.

Le thé était brûlant et très fort, un peu trop sucré, mais Gwenda l'avala sans protester. Elle sentit ses frissons diminuer progressivement.

— Étendez-vous et dormez, reprit la vieille demoiselle. Vous avez éprouvé un choc, mais nous reparlerons de tout ça demain matin. Ne vous inquiétez surtout pas. Contentez-vous de dormir.

Miss Marple remonta les couvertures sur la poitrine de la jeune femme, lui tapota amicalement l'épaule et sortit.

Au même moment, en bas, Raymond s'adressait à Joan d'un air irrité.

— Qu'est-ce qu'a donc cette fille? Elle est malade, ou quoi?

— Mon cher, je n'en sais absolument rien. Je l'ai entendue crier, et c'est tout. J'imagine que la pièce était un peu trop macabre pour elle.

— Bien sûr, Webster est parfois assez effrayant. Mais je n'aurais jamais cru...

Il s'interrompit à l'entrée de Miss Marple.

— Va-t-elle mieux?

— Oui. Mais elle a éprouvé un sérieux choc.

— Un choc? A la vue d'un drame de Webster?

— J'ai l'impression qu'il doit y avoir quelque chose de plus, répondit Miss Marple d'un air songeur.

Le lendemain matin, on apporta à Gwenda son petit déjeuner au lit. Elle but un peu de café et grignota un bout de tartine beurrée. Puis elle se leva, s'habilla et descendit au rez-de-chaussée. Joan était partie pour son studio, et Raymond était déjà enfermé dans son cabinet de travail. Seule, Miss Marple se trouvait dans le salon, occupée à tricoter, assise près de la fenêtre d'où l'on avait vue sur le fleuve. A l'entrée de Gwenda, elle leva son visage calme et souriant.

— Bonjour, ma chère, dit-elle. J'espère que vous vous sentez mieux.

— Oui, merci. Je vais tout à fait bien. Mais je me

demande comment j'ai pu être aussi affreusement stupide hier soir. Sont-ils très en colère après moi?

— Bien sûr que non. Ils comprennent parfaitement.

— Ils comprennent... quoi?

Miss Marple leva à nouveau les yeux de son ouvrage.

— Que vous avez éprouvé un choc, c'est tout.

Et elle ajouta d'un ton plus doux :

— Ne pensez-vous pas que vous feriez bien de me parler un peu de tout cela?

Gwenda s'était mise à faire nerveusement les cent pas dans la vaste pièce.

— Je pense surtout, répondit-elle, que je ferais bien d'aller voir un psychiatre.

— Il y en a certes d'excellents à Londres. Mais êtes-vous sûre qu'il soit nécessaire d'en consulter un?

— Mon Dieu, je crois que je deviens folle... Oui, je deviens certainement folle.

Une femme de chambre d'un certain âge entra au même instant, portant sur un plateau d'argent un télégramme qu'elle présenta à Gwenda.

— Le télégraphiste demande s'il y a une réponse, Madame.

La jeune femme ouvrit vivement le télégramme, qui avait été réexpédié de Dillmouth. Elle le fixa pendant deux ou trois secondes, sans comprendre, puis le roula en boule dans sa main.

— Non, il n'y a pas de réponse, dit-elle machinalement.

La femme de chambre se retira.

— Pas de mauvaises nouvelles, j'espère? demanda Miss Marple.

— C'est de Giles, mon mari. Il m'annonce qu'il compte arriver par avion la semaine prochaine.

La jeune femme semblait toute déconcertée et malheureuse. Miss Marple toussota.

— Eh bien, mais... c'est là une bonne nouvelle, non?

— Croyez-vous? Alors que je me demande si je suis folle ou non? Si je le suis, je n'aurais jamais dû épouser Giles. Et puis, il y a la maison et... tout le reste... Il m'est impossible de retourner là-bas. Oh! je ne sais pas quoi faire.

La vieille demoiselle tapota doucement le canapé.

— Venez donc vous asseoir près de moi, ma chère enfant, et racontez-moi tout.

Ce fut avec une sensation de soulagement que Gwenda accepta cette invitation. Elle dévida son histoire tout entière en commençant au moment où, visitant la région à la recherche d'une maison, elle avait aperçu Hillside entre les arbres; et elle continua par les incidents qui l'avaient intriguée d'abord, ennuyée et effrayée ensuite.

— Et j'ai fini par avoir vraiment peur, ajouta-t-elle. J'ai alors eu l'idée de venir à Londres, de quitter tout cela. Seulement, il m'a été impossible de m'en éloigner vraiment, vous l'avez constaté. Tout... m'a suivi, si je puis dire. Et hier soir...

— Hier soir? insista Miss Marple.

— J'imagine que vous n'allez pas me croire, reprit Gwenda avec un débit plus précipité. Vous allez penser que je suis hystérique ou folle... Cela s'est produit tout à coup, juste à la fin. La pièce m'avait plu, et pas une fois je n'avais songé à Hillside. Mais soudain, voilà que la maison surgit devant moi, au moment où l'acteur prononce ces mots...

Elle répéta d'une voix basse et tremblante.

« Couvrez son visage. Elle est morte jeune, et mes yeux sont éblouis. »

— J'étais là, sur l'escalier, regardant le hall à travers les barreaux, et je l'ai vue. Allongée sur le sol. Morte. Ses beaux cheveux blonds épars autour de son visage... tout *bleu!* Elle était morte, comprenez-vous? Étranglée. Et quelqu'un prononçait ces mêmes paroles, d'une voix horrible et chargée de haine. Et puis, j'ai vu les mains de l'homme... grises, ridées... Des mains... simiesques. Je vous le dis, c'était affreux. Elle était morte. MORTE!...

— Qui était morte? demanda Miss Marple d'une voix douce.

Et la réponse vint, rapide, machinale.

— Hélène...

CHAPITRE IV

Hélène?

Pendant un moment, Gwenda regarda fixement Miss Marple, puis écarta une mèche de cheveux de son front.

— Pourquoi ai-je dit ça? murmura-t-elle. Pousquoi ai-je dit : « Hélène »? Je ne connais personne de ce nom.

Elle laissa retomber ses mains en un geste de découragement.

— Vous voyez bien que je suis folle! J'imagine des choses. Je vois des choses qui n'existent pas. Au début, ce n'était qu'un papier peint... Maintenant, ce sont des cadavres. Mon cerveau va donc de plus en plus mal.

— Ne sautez pas si vite aux conclusion, mon enfant...

— Ou alors, c'est la maison. Elle doit être hantée, ensorcelée, ou quelque chose comme ça... Je vois des événements qui s'y sont déroulés autrefois — ou bien des événements qui vont s'y dérouler, ce qui serait encore pire. Peut-être une femme nommée Hélène va-t-elle être assassinée à Hillside?... Seulement, si la maison est vraiment hantée, je ne comprends pas pourquoi je vois ces choses affreuses lorsque j'en suis éloignée. C'est pourquoi je suis persuadée que c'est moi qui ai l'esprit dérangé. Je ferais bien d'aller consulter un psychiatre sans perdre de temps. Ce matin même.

— Ma chère Gwenda, vous pourrez toujours vous y résoudre quand vous aurez épuisé toutes les autres possibilités. Mais, quant à moi, je pense qu'il vaut mieux examiner d'abord les explications les plus simples et les plus terre-à-terre. Étudions les faits aussi clairement que possible. Trois détails bien définis vous ont bouleversée : une allée de jardin qui avait été recouverte mais dont vous sentiez l'existence, une porte de communication qui avait été murée, et enfin un papier peint que vous aviez imaginé correctement dans tous ses détails sans l'avoir vu. Est-ce exact?

— Oui.

— Eh bien, l'explication la plus simple, la plus naturelle, c'est que vous aviez déjà vu tout cela.

— Vous voulez dire... dans une autre vie?

— Grand Dieu, non! Au cours de votre vie actuelle. Je veux dire que toutes ces choses pourraient fort bien n'être que des souvenirs réels.

— Mais je n'étais jamais venue en Angleterre avant le mois dernier, Miss Marple.

— En êtes-vous bien sûre?

— Naturellement, j'en suis sûre. J'ai passé toute ma vie près de Christchurch, en Nouvelle-Zélande.

— Y êtes-vous née?

— Non. Je suis née en Inde, où mon père était officier. Ma mère étant morte deux ou trois ans après ma naissance, il m'a renvoyée chez des parents à lui, en Nouvelle-Zélande. Et c'est là que j'ai été élevée. Papa est mort quelques années plus tard.

— Vous ne vous rappelez pas votre voyage depuis l'Inde jusqu'en Nouvelle-Zélande?

— Pas vraiment. Je me rappelle très vaguement m'être trouvée sur un bateau. Je revois une fenêtre toute ronde — un hublot, je suppose —, puis un homme en uniforme blanc, avec un visage rouge, des yeux bleus et une marque au menton — probablement une cicatrice. Il me faisait sauter en l'air, et j'aimais beaucoup ça, tout en ayant un peu peur. Mais ce sont là des souvenirs très fragmentaires.

36

— Vous souvenez-vous d'une nurse... ou d'une ayah?

— Ce n'était pas une ayah, mais Nannie. Je me souviens d'elle parce qu'elle est restée un certain temps : jusqu'à mes cinq ans, je crois. Elle me faisait des cocottes en papier. Oui, elle était sur le bateau avec moi. Et elle me grondait lorsque je criais parce que le capitaine m'embrassait et que je n'aimais pas sa barbe.

— Voilà un détail fort intéressant, déclara doucement Miss Marple, parce que vous êtes en train de mélanger deux voyages différents. Dans l'un, le capitaine a une barbe et, dans l'autre, un visage rouge avec une cicatrice au menton.

— Oui, murmura Gwenda après un instant de réflexion, vous devez avoir raison.

— Il me semble parfaitement possible que, à la mort de votre maman, votre père vous ait d'abord ramenée en Angleterre et que vous ayez vécu à Dillmouth, dans cette même maison que vous occupez à présent, Vous m'avez dit qu'elle vous avait semblé familière dès que vous êtes entrée pour la visiter. Et cette chambre que vous avez choisie était probablement celle où vous dormiez quand vous étiez petite fille.

— Oui, c'était certainement une chambre d'enfant, car il y a des barreaux aux fenêtres.

— Et elle avait un joli papier orné de coquelicots et de bleuets. Les enfants se rappellent très bien les murs de leur chambre. Je me suis souvenue moi-même des iris mauves qui tapissaient les murs de ma nursery. Et je crois que je n'avais pas plus de trois ans quand la pièce a été retapissée.

— C'est sans doute pourquoi j'ai pensé aussitôt aux jouets, aux petites armoires, à la maison de poupée.

— Oui. Et l'image de la salle de bain était également restée gravée dans votre subconscient, avec sa grande baignoire habillée d'acajou. Vous m'avez même dit avoir pensé à des petits bateaux et à des canards dès que vous êtes entrée.

— Il est exact, dit Gwenda d'un air songeur, que j'ai eu dès le début l'impression de savoir où se trouvait chaque chose à l'intérieur de la maison : la cuisine, l'armoire à linge... Et je ne pouvais m'empêcher de penser qu'il aurait dû y avoir une porte de communication entre le salon et la salle à manger. Mais comment est-il possible que je sois venue en Angleterre acheter précisément la maison dans laquelle j'avais vécu?

— Il n'y a là rien d'impossible. C'est une coïncidence assez remarquable, je veux bien le reconnaître. Mais les coïncidences existent, vous savez. Votre mari désirait une demeure sur la côté sud, et c'était cela que vous cherchiez. Vous êtes passée devant une maison qui vous a attirée parce qu'elle vous rappelait inconsciemment des souvenirs, qui correspondait à peu près à ce que vous désiriez, dont le prix était raisonnable, et vous l'avez achetée. Non, ce n'est pas tellement improbable. Si elle avait été ce que l'on appelle — peut-être avec juste raison — une maison hantée, vous auriez réagi différemment, j'en suis persuadée. Mais vous n'avez éprouvé aucun sentiment de violence ou de répulsion, sauf — m'avez-vous dit — à un moment très précis : lorsque vous commenciez à descendre l'escalier et regardiez vers le bas, en direction du hall.

Quelque chose qui ressemblait à une lueur d'effroi passa dans les yeux de Gwenda.

— Voulez-vous dire que... Hélène... c'est vrai aussi?

— Mon Dieu, je le pense, répondit Miss Marple d'une voix douce. Et nous devons considérer, je crois, que si les autres choses sont des souvenirs, celle-là en est un également.

— J'aurais véritablement vu quelqu'un de... mort... d'étranglé?

— Je ne pense pas que vous ayez eu exactement conscience du fait que cette personne avait été étranglée; cela vous a été suggéré par la pièce d'hier soir et cadre avec ce que vous savez maintenant, en tant qu'adulte, de

38

la signification d'un visage convulsé. Je crois qu'un très jeune enfant, descendant un escalier, sentirait instinctivement la violence, le mal, la mort, et qu'il les associerait avec une série de mots. Car le meurtrier, j'en suis convaincue, a dû prononcer ces mêmes paroles que vous avez entendues hier soir dans la *Duchesse d'Amalfi*. Et cela constitue évidemment un choc pour un enfant. Les enfants sont d'étranges petits êtres. S'ils sont violemment effrayés, surtout par quelque chose qu'ils ne comprennent pas, ils n'en parlent pas. Ils le gardent en eux-mêmes et, apparemment, ils arrivent à l'oublier. Mais le souvenir est toujours là, latent, enfoui au plus profond de leur subconscient.

Gwenda poussa un long soupir.

— Et vous croyez que c'est ce qui m'est arrivé, à moi? Mais alors, pourquoi ne puis-je, maintenant, me souvenir de tout?

— On ne peut pas se souvenir de quelque chose sur commande. Et même, très souvent, quand on essaie de le faire, le souvenir semble s'éloigner un peu plus. Néanmoins, il y a, me semble-t-il, certains détails qui tendent à prouver que les choses se sont bien passées ainsi. Par exemple, lorsque vous m'avez parlé, il y a un instant, de ce que vous aviez ressenti hier soir au théâtre, vous avez employé une tournure très révélatrice. Vous avez dit : « J'étais là, dans l'escalier, regardant à travers les barreaux... » Or, en règle générale, on ne regarde pas *à travers* les barreaux d'un escalier, mais *par-dessus* la rampe. *Seul un enfant regarde à travers.*

— Très subtil, dit Gwenda avec admiration.

— Voyez-vous, ces petits détails sont significatifs.

— Mais qui était Hélène? demanda la jeune femme d'un air désorienté.

— Êtes-vous toujours aussi sûre que c'était vraiment « Hélène »?

— Oui... C'est étrange, parce que j'ignore qui est « Hélène »; mais, en même temps, je sais que c'était bien

Hélène qui était étendue là... Comment puis-je parvenir à en savoir plus?

— La première chose à faire, à mon sens, c'est de savoir avec certitude si vous avez jamais séjourné en Angleterre quand vous étiez enfant. Vos parents...

— Tante Alison! s'écria Gwenda. Elle doit être au courant, j'en suis sûre.

— Eh bien, à votre place, je lui écrirais tout de suite par avion. Dites-lui simplement que, par suite, de certaines circonstances, il vous est indispensable de savoir si vous avez fait, autrefois, un séjour en Angleterre. Vous devriez être en possession de la réponse lorsque votre mari arrivera.

— Oh, merci, Miss Marple! Vous avez été tellement bonne! Et j'espère que vos déductions s'avéreront exactes. Parce que, dans ce cas, tout ira bien. Cela prouvera qu'il n'y a rien de surnaturel dans ces événements.

La vieille demoiselle sourit.

— J'espère, moi aussi, que tout s'arrangera comme nous le souhaitons. Je pars après-demain pour aller passer quelques jours chez de vieux amis, dans le nord de l'Angleterre, mais je serai de retour dans une dizaine de jours. Si vous et votre mari êtes ici à ce moment-là, et si vous avez reçu une réponse à votre lettre, je serais très curieuse de connaître le résultat.

— Bien entendu, ma chère Miss Marple. D'ailleurs, je tiens beaucoup à vous présenter Giles. C'est un vrai chou, vous verrez. Et nous discuterons de tout ça.

Gwenda avait retrouvé son entrain. Pourtant, Miss Marple avait l'air pensif.

CHAPITRE V

Rétrospection

Dix jours plus tard, Miss Marple entrait dans le hall d'un petit hôtel de Mayfair où elle avait rendez-vous avec Giles et Gwenda Reed. Les deux jeunes gens lui réservèrent un accueil enthousiaste.

— Je vous présente mon mari, dit Gwenda. Giles, tu ne peux savoir à quel point Miss Marple a été bonne pour moi.

— Je suis ravi de faire votre connaissance, Miss Marple j'ai cru comprendre que Gwenda était toute prête à céder à la panique et à se précipiter dans un asile d'aliénés.

Les yeux bleus de la vieille demoiselle dévisagèrent le jeune homme d'un air approbateur. Un garçon extrêmement sympathique, grand et blond, à la mâchoire énergique, au menton volontaire.

— Nous allons prendre le thé dans le petit bureau, décréta Gwenda. Personne n'y vient jamais, et nous y serons tranquilles pour montrer à Miss Marple la lettre de tante Alison.

Miss Marple leva vivement les yeux.

— Vous savez, reprit la jeune femme, c'est presque exactement ce que vous aviez pensé.

Après le thé, Gwenda tendit à la vieille demoiselle la réponse de Miss Alison Danby.

Très chère Gwenda,

J'ai été tout émue d'apprendre que tu avais traversé une épreuve pénible. A vrai dire, j'avais complètement oublié que tu avais habité l'Angleterre pendant un certain temps lorsque tu étais petite fille.

Ta maman — ma pauvre sœur Megan — avait fait la connaissance de ton père, le major Halliday, alors qu'elle était en visite chez des amis à nous, résidant à ce moment-là en Inde. C'est là qu'ils se sont mariés et que tu es née. Hélas, ta mère mourut deux ans à peine après ta naissance. Ce fut un choc bien douloureux pour nous tous, et nous écrivîmes à ton père — que nous n'avions jamais vu — pour lui suggérer de te confier à nos soins. En effet, il nous semblait être assez difficile pour un militaire de s'occuper d'une aussi jeune enfant, et nous aurions été trop heureux de te garder. Pourtant, ton père refusa. Il nous annonçait dans sa lettre qu'il avait décidé de donner sa démission et de te ramener avec lui en Angleterre où, disait-il, il espérait que nous lui rendrions visite un jour.

Je crois savoir que c'est au cours de ce voyage qu'il fit la connaissance d'une jeune femme, se fiança et l'épousa dès son retour en Angleterre. Le mariage ne fut d'ailleurs pas une réussite, et ils se séparèrent un an plus tard. C'est alors que ton père nous écrivit à nouveau pour nous demander si nous étions toujours disposés à t'accueillir chez nous. Inutile de te dire que nous acceptâmes avec joie. Tu nous fus envoyée sous la garde d'une nurse anglaise et, à la même époque, ton père fit un testament te léguant l'ensemble de ses biens. Il suggéra même que tu puisses adopter légalement notre nom. Ce dernier point, je dois le dire, nous parut un peu étrange, mais nous pensâmes qu'il était poussé par de bonnes intentions et que, dans son idée, tu aurais fait ainsi davantage partie de la famille. Néanmoins, nous repoussâmes cette suggestion. Environ un an plus tard, il mourait dans une clinique. Je suppose qu'il se savait déjà condamné lorsqu'il t'expédia chez nous et rédigea son testament.

Je crains de ne pouvoir te dire avec précision où tu habitais en Angleterre avec ton père. Bien sûr, sa lettre portait son adresse, mais il y a maintenant dix-huit ans de cela, et je ne me souviens pas de ce détail. Tout ce que je sais, c'est qu'il s'était fixé dans le Sud, et je suppose que ça pouvait fort bien être à Dillmouth. J'avais vaguement dans l'idée que c'était à Dartmouth, mais les deux noms sont assez semblables pour que j'aie commis une confusion. Je crois que ta belle-mère s'est remariée par la suite, mais je ne me rappelle pas non plus son nom — pas même son nom de jeune fille, bien que ton père l'eût mentionné dans la lettre où il nous annonçait son remariage. Je crois bien que, sur le moment, nous lui en voulûmes un peu d'épouser cette jeune fille si tôt après la mort de ta maman; mais chacun sait que, à bord d'un bateau, les relations se nouent plus vite que partout ailleurs. D'autre part, il a pu penser que cela serait une bonne chose pour toi.

Il semble stupide de ma part de ne t'avoir jamais parlé de ton séjour en Angleterre; mais, ainsi que je te l'ai déjà dit, cela m'était sorti de l'esprit. La mort de ta mère et ta venue chez nous m'étaient naturellement apparues comme les choses les plus importantes.

J'espère que tout cela est maintenant suffisamment clair.

Je souhaite ardemment que Giles puisse bientôt te rejoindre, car il doit vous être dur d'être séparés si peu de temps après votre mariage.

D'autres nouvelles dans ma prochaine lettre, mais je veux expédier celle-ci aussi rapidement que possible.

Bien affectueusement,
Alison DANBY

P.S. Tu ne me dis pas ce qu'a été cette « épreuve pénible ».

43

— Vous voyez, dit Gwenda, c'est presque exactement ce que vous aviez imaginé.

Miss Marple lissa pensivement la feuille de papier léger.

— C'est vrai, dit elle. J'ai souvent constaté que l'explication la plus simple est généralement la bonne.

— Miss Marple, intervint Giles, je vous suis infiniment reconnaissant. Ma pauvre Gwenda était absolument bouleversée, et je dois dire que j'aurais été plutôt ennuyé si elle avait eu le don de seconde vue ou des qualités de médium.

— Ça pourrait être, en effet, un don assez gênant chez une femme, dit Gwenda. A moins que son mari n'ait toujours mené une vie exemplaire.

— Ce qui est mon cas, déclara Giles en riant.

— Et votre maison? demanda Miss Marple.

— La maison? Mais... nous partons dès demain pour nous y installer. Giles est impatient de la voir.

— Je ne sais si vous vous en rendez compte, Miss Marple, dit le jeune homme, mais nous nous trouvons en face d'un crime exceptionnel, commis sur notre seuil ou, plus exactement, dans notre hall.

— J'y avais déjà songé, répondit la vieille demoiselle d'une voix lente.

— Giles adore les histoires policières, ajouta Gwenda.

— Et c'est bien une histoire policière, reprit son mari. Le cadavre d'une jolie femme étranglée, dont on ne sait rien d'autre que le prénom... Bien sûr, je me rends compte que près de vingt années se sont écoulées et que, après tout ce temps, il serait vain de rechercher des indices matériels; du moins peut-on jeter un coup d'œil et essayer de comprendre ce qui a pu se passer. Oh! je sais bien qu'il est pratiquement impossible de résoudre l'énigme.

— Je suis persuadée, moi, qu'on le pourrait, dit Miss Marple, même au bout de dix-huit ans. Oui, je le crois vraiment.

— En tout cas, ça ne fera de mal à personne si on essaie, n'est-ce pas?

Le visage de Giles était rayonnant.

Miss Marple, cependant, paraissait mal à l'aise. Elle avait l'air grave et presque inquiet.

— Cela pourrait faire, au contraire, beaucoup de mal, dit-elle. Et je vous conseille vivement, à tous les deux, d'abandonner cette idée.

— Abandonner notre crime mystérieux! Si, toutefois, il s'agit bien d'un crime.

— N'en doutez pas. C'en était bien un, et c'est pourquoi, à votre place, je laisserais tout ça tranquille. Un meurtre n'est pas une chose à traiter à la légère.

— Mais, Miss Marple, si tout le monde raisonnait ainsi...

La vieille demoiselle l'interrompit.

— Oh, je sais! Dans certains cas, il est de notre devoir d'intervenir : par exemple, si les soupçons portent sur un innocent ou si un criminel en liberté risque de frapper à nouveau. Mais il nous faut bien nous rendre compte que l'affaire que nous évoquons appartient à un passé déjà lointain. Il est probable que personne ne s'est jamais douté qu'un meurtre avait été commis. Dans le cas contraire, vous en auriez déjà entendu parler soit par votre vieux jardinier soit par quelqu'un d'autre. Car un crime, même ancien, reste toujours — surtout dans une petite ville — un événement d'importance. Mais on a très certainement fait disparaître le cadavre d'une manière ou d'une autre, et personne n'a jamais eu le moindre soupçon. Êtes-vous certains qu'il soit sage d'aller fouiller dans ce passé?

— Miss Marple, vous donnez l'impression d'être vraiment inquiète! s'écria soudain Gwenda.

— Je le suis, ma chère. Vous êtes, vous et votre mari, deux charmants jeunes gens — si vous voulez bien me pardonner de le faire remarquer —, vous êtes mariés depuis peu, vous êtes heureux... N'allez donc pas — je vous le demande instamment — essayer de mettre à jour des choses susceptibles de vous bouleverser. De vous blesser, même.

Gwenda leva vers Miss Marple de grands yeux remplis d'étonnement.

— Pensez-vous à quelque chose de... particulier? A quoi voulez-vous faire allusion?

— A rien de précis, ma chère enfant. Je me contente de vous donner le conseil — parce que j'ai une longue expérience derrière moi — de ne pas réveiller le chat qui dort.

— Mais il ne s'agit de rien de tel! protesta Giles d'une voix plus grave. Hillside nous appartient désormais, à Gwenda et à moi. Or, quelqu'un a été assassiné dans cette maison — du moins le pensons-nous —, et nous ne pouvons pas faire semblant de l'ignorer, même si le crime remonte à plusieurs années.

Miss Marple poussa un soupir.

— Pardonnez-moi, dit-elle. Je suppose que la plupart des jeunes hommes de caractère réagiraient de la même façon. Vous avez toute ma sympathie, presque mon admiration. Et malgré cela, je souhaiterais — oh combien! — que vous puissiez oublier toute cette affaire.

2

Le lendemain, à St Mary Mead, la nouvelle se répandit rapidement que Miss Marple était de retour. On l'avait aperçue dans la Grand-Rue à onze heures, et elle s'était rendue au presbytère à midi moins dix. Ce même après-midi, trois des commères du village lui rendirent visite pour recueillir ses impressions sur la capitale. Ce tribut étant rendu à la politesse, elles se lancèrent dans les détails d'un conflit concernant la kermesse de la paroisse et l'emplacement des divers éventaires.

Plus tard dans la soirée, on aperçut Miss Marple dans son jardin, comme à l'ordinaire; mais, pour une fois, elle s'occupa davantage des mauvaises herbes que de ses voisins. Durant son frugal repas, elle se montra étonnamment distraite et écouta à peine le récit animé de sa petite bonne Evelyne, qui s'obstinait à lui conter les tribulations du pharmacien de la localité.

Le lendemain, elle était tout aussi distraite, et plusieurs personnes — parmi lesquelles la femme du pasteur — ne manquèrent pas de s'en apercevoir. Le même soir, elle déclara ne pas se sentir très bien et se coucha de bonne heure, après avoir fait demander au Dr Haydock de venir la voir dans la matinée.

Le Dr Haydock était, depuis de longues années, son médecin traitant aussi bien que son ami et allié. Il commença par écouter patiemment l'énumération des symptômes qu'elle éprouvait, puis l'examina et, finalement, s'assit dans un fauteuil en agitant négligemment son stéthoscope devant elle.

— Pour une femme de votre âge, et en dépit de votre apparente et trompeuse fragilité, vous êtes dans un état de santé remarquable, déclara-t-il sans ambages.

— Je veux bien admettre que mon état général est assez bon, répondit la vieille demoiselle, mais je me sens tout de même un peu fatiguée, abattue.

— Hum! Vous avez couru la prétentaine, à Londres, hein? Et vous avez dû vous coucher tard...

— C'est vrai. De plus, je trouve la capitale extrêmement fatigante, de nos jours. L'atmosphère y est tellement polluée... Rien de comparable avec l'air pur de la mer.

— L'air de St Mary Mead est également fort bon.

— Mais souvent humide et... mou. Pas très vivifiant, à mon avis.

Le médecin la dévisagea avec un intérêt accru.

— Je vous ferai envoyer un tonique, dit-il complaisamment.

— Je vous remercie. Le sirop d'Easton est toujours très efficace.

— Je n'ai pas besoin que vous me dictiez mes ordonnances, bougonna le vieux médecin.

— Je me demandais, reprit Miss Marple en le dévisageant de ses yeux bleus candides, si un changement d'air ne me serait pas salutaire.

— Vous êtes restée trois mois absente.

— Oui. Mais je suis d'abord allée à Londres, dont l'atmosphère est plutôt débilitante, puis dans le Nord, en plein cœur d'une région industrielle. Rien de comparable, avouez-le, avec l'air vivifiant de la mer.

Le docteur rangea sa trousse, puis leva les yeux en souriant.

— Et si vous m'appreniez maintenant pour quelle raison véritable vous m'avez fait appeler? Soufflez-moi ce qu'il faut dire, et je le répéterai après vous. Vous voulez absolument que je vous prescrive l'air de la mer, n'est-ce pas?

— Je savais bien que vous comprendriez, répondit la vieille demoiselle d'un air satisfait.

— Excellente chose, en effet, que l'air de la mer. Vous devriez aller sans plus tarder à Eastbourne, sinon votre santé risque d'en pâtir sérieusement.

— Eastbourne est, je crois, un peu froid. A cause des dunes, vous savez...

— Bournemouth, alors. Ou encore l'île de Wight.

Miss Marple cligna de l'œil.

— J'ai l'impression qu'une petite station serait beaucoup plus agréable.

Le médecin reprit place dans le fauteuil qu'il venait de quitter.

— Vous éveillez ma curiosité. Quelle petite station suggérez-vous?

— Eh bien, j'ai pensé à Dillmouth.

48

— Gentil, certes, mais un peu triste. Et pourquoi Dillmouth, s'il vous plaît?

Miss Marple garda le silence pendant un moment. A nouveau, elle paraissait soucieuse.

— Supposons qu'un jour, par hasard, vous découvriez un fait vous laissant supposer que, dix-huit ou vingt ans plus tôt, un crime a été commis. Ce fait n'étant connu que de vous seul — personne n'ayant jamais rien soupçonné —, que feriez-vous?

Haydock réfléchit un instant.

— Il n'y a pas eu d'erreur judiciaire? Personne n'a subi un dommage quelconque du fait de ce crime?

— Pas que je sache.

— Un crime... Eh bien, je vais vous dire ce que je ferais, puisque vous me le demandez : je laisserais dormir toute l'histoire. S'en mêler pourrait devenir dangereux.

— C'est bien ce dont j'ai peur.

— On dit qu'un meurtrier répète toujours son crime. Ce n'est pas vrai. Il y a des personnes qui, ayant commis un quelconque forfait, s'arrangent pour s'en tirer sans dommage et prennent ensuite grand soin de ne jamais recommencer. Je ne prétends pas qu'elles vivent heureuses après cela — je ne le crois pas —, car il existe maintes sortes de châtiment. Mais, en apparence, tout va bien. Peut-être en a-t-il été ainsi dans le cas de Madeleine Smith et dans celui de Lizzie Borden. Dans le premier, on a accordé un non-lieu faute de preuves; dans le second, Lizzie Borden fut acquittée. Mais bien des gens restent persuadés que les deux femmes étaient coupables. Je pourrais citer d'autres criminels qui n'ont jamais recommencé, parce qu'ils avaient obtenu ce qu'ils désiraient et étaient ainsi satisfaits. Seulement, si quelque danger les avait menacés... J'imagine que votre assassin — quel qu'il soit — appartient à cette catégorie. Il a commis un crime, et personne n'a jamais rien soupçonné. Il se croit donc tranquille. Mais si quelqu'un se mêle maintenant d'aller fouiner dans cette vieille affaire, de chercher des pistes, de remuer ciel et terre, si ce quelqu'un parvient à mettre dans le mille, que fera votre homme — ou votre femme? Restera-t-il impassible et souriant tandis que la menace se précisera, se rapprochera? Permettez-moi d'en douter. Croyez-moi, ma chère Miss Marple, si rien d'impératif ne vous y oblige, restez bien sagement en dehors de tout ça.

Le médecin marqua un temps d'arrêt avant d'ajouter d'un ton plus ferme :

— Et c'est, en quelque sorte, mon ordonnance : ne vous occupez pas de cette histoire!

— Mais ce n'est pas moi qui suis concernée : ce sont deux charmants jeunes gens... Laissez-moi tout vous expliquer en détail.

Et la vieille demoiselle entreprit de raconter toute l'histoire.

— Extraordinaire, commenta le médecin quand elle eut achevé son récit. Quelle coïncidence! J'imagine que vous voyez les contrecoups qu'elle peut entraîner.

— Oh, parfaitement! Mais je ne crois pas que cela soit encore venu à l'idée de ces deux enfants.

— Ça risque de leur valoir bien du malheur, et ils peuvent regretter amèrement de s'être mêlés de cette vieille affaire. Mieux vaut laisser dormir les secrets de famille. Malgré tout, je comprends le point de vue du jeune Giles. Et moi-même, je crois bien que, dans ces circonstances, j'aurais réagi de la même manière. En ce moment même, je suis curieux de...

Il s'interrompit pour considérer Miss Marple d'un air grave.

— C'est donc pour ça que vous tenez tellement à aller à Dillmouth. Pour vous immiscer dans une affaire qui ne vous concerne en rien.

— Pas du tout, docteur. Je me fais seulement du souci pour ces deux jeunes gens. Ils ont si peu d'expérience, et ils sont tellement confiants, tellement crédules... Il me semble qu'il est de mon devoir de veiller sur eux.

— Hum! Veiller sur eux...

Miss Marple lui adressa un sourire un peu pincé.

— Vous êtes bien d'avis que quelques semaines à Dillmouth me seraient bénéfiques sur le plan de la santé, n'est-il pas vrai?

— Cette folle équipée pourrait aussi mettre fin à vos jours. Mais comme je sais que vous ne suivrez pas mes conseils...

3

Miss Marpler se rendait chez ses amis les Bantry lorsqu'elle rencontra le colonel, son fusil à la main et son épagneul sur les talons.

— Ravi de vous revoir! dit le vieux militaire d'un ton cordial. Comme va Londres?

Miss Marple déclara que Londres se portait très bien et que son neveu l'avait emmenée voir plusieurs pièces de théâtre.

— Des trucs pour intellectuels, j'imagine. Moi, je n'aime que les comédies musicales.

— J'ai vu, en particulier, une pièce russe fort intéressante, bien qu'un peu trop longue pour mon goût.

— Les Russes! explosa le colonel.

Il se rappelait un roman de Dostoïevski, qu'on lui avait donné à lire autrefois dans une clinique.

Il ajouta que Miss Marple trouverait Dolly dans le jardin.

C'était en effet l'endroit où l'on était à peu près sûr de rencontrer Mrs. Bantry, qui avait la passion du jardinage. Sa littérature favorite, c'était les catalogues de bulbes ou d'arbustes, et sa conversation roulait surtout sur les primevères, les oignons, les plantes en tout genre.

Miss Marple aperçut d'abord un postérieur plantureux

vêtu de tweed fané; mais, au bruit de ses pas sur le gravier de l'allée, Mrs. Bantry se redressa en faisant une grimace de douleur et en essuyant son front en sueur avec une main maculée de terre.

— J'ai appris que vous étiez de retour, Jane, dit-elle d'un ton joyeux. Que pensez-vous de mes delphiniums? Est-ce qu'ils ne se portent pas bien? Et avez-vous vu ces nouvelles petites gentianes? Elles m'ont donné du mal, mais je crois qu'elles sont bien parties, maintenant. Ce qu'il nous faudrait, c'est de la pluie. Le sol est affreusement sec.

Puis, changeant brusquement de sujet :

— Esther m'avait dit que vous étiez malade.

Esther remplissait chez Mrs. Bantry les fonctions de cuisinière et d'agent de liaison avec le village.

— Je suis heureuse de constater qu'il n'en est rien.

— Je suis seulement un peu surmenée. Le Dr Haydock est d'avis que j'ai besoin de l'air de la mer. Et je crois qu'il a raison : je me sens épuisée.

— Mais vous ne pouvez pas partir en ce moment, voyons! C'est la meilleure période de l'année pour le jardin. Vos plates-bandes doivent juste commencer à fleurir.

— Le docteur affirme qu'un changement d'air m'est absolument indispensable.

— Je veux bien admettre que Haydock n'est pas aussi stupide que certains autres médecins, reconnut Mrs. bantry un peu à contrecœur.

— Dites-moi, Dolly, je pensais tout à l'heure à cette cuisinière que vous aviez...

— Vous avez besoin d'une cuisinière? Vous ne voulez pas parler de celle qui buvait, n'est-ce pas?

— Non, non. Je songeais à celle qui faisait de si bonne cuisine et dont le mari était valet de chambre.

— Ah! Celle qui avait une voix grave et triste, comme si elle était tout le temps sur le point de fondre en larmes. C'était une bonne cuisinière, en effet; mais son mari n'était qu'un gros fainéant absolument bon à rien. Il est fort regrettable que dans un ménage de domestiques, il y en ait toujours un qui laisse à désirer. Ceux-là nous ont quittés parce qu'ils avaient fait un héritage, et ils sont allés ouvrir une pension de famille sur la côte sud.

— C'est bien ce qu'il me semblait. Ne sont-ils pas à Dillmouth?

— Mais oui. Ils habitent sur le boulevard de la Plage. Au numéro 14, je crois.

— Le docteur m'ayant ordonné l'air de la mer, j'ai pensé que je pourrais peut-être aller à... Ne s'appelaient-ils pas Saunders?

— Si. Je trouve que c'est là une excellente idée, Jane. Vous ne sauriez mieux tomber. Mrs. Saunders s'occupera bien de vous et, hors saison, elle vous consentira des prix raisonnables. Avec une bonne table et l'air de la mer, vous ne tarderez pas à retrouver toutes vos forces...

CHAPITRE VI

Investigations

— Où crois-tu que se trouvait le cadavre? demanda Giles. Par ici?

Gwenda et son mari étaient dans le hall de Hillside. Ils étaient arrivés la veille au soir, et le jeune homme était particulièrement excité, aussi heureux qu'un petit garçon à qui on vient d'offrir un nouveau jouet.

— Oui, à peu près, répondit Gwenda.

Elle remonta l'escalier à reculons et baissa ensuite les yeux vers le hall, d'un air critique.

— Je crois que c'est ça.

— Baisse-toi. Rappelle-toi que tu n'as que trois ans.

La jeune femme obéit sans protester.

— Tu ne voyais vraiment pas l'homme qui a prononcé ces paroles?

— Je ne me rappelle pas l'avoir vu. Il devait se tenir un peu plus en arrière... Oui, par là. Je ne voyais que ses pattes.

Giles fronça les sourcils.

— Ses... pattes?

— Oui, des pattes qui n'avaient rien d'humain.

— Voyons, Gwenda, il ne s'agit pas de l'*Assassinat de la Rue Morgue*. Un homme n'a pas de pattes.

— Eh bien, celui-là... si! Il en avait.

Giles jeta à sa femme un regard soupçonneux.

— Tu as dû imaginer ce détail après coup.

Gwenda garda le silence pendant un moment avant de répondre d'une voix lente :

— A vrai dire, j'aurais bien pu imaginer toute l'histoire, ne crois-tu pas? Tu sais, j'ai bien réfléchi, et j'ai l'impression que cela n'était peut-être qu'un rêve tel que peut en faire une enfant. Est-ce que ça ne pourrait pas être là la véritable explication? En effet, personne, à Dillmouth, ne semble avoir la moindre idée qu'il ait pu se produire dans cette maison un crime, une mort subite ou même une quelconque disparition.

Giles faisait maintenant penser à un petit garçon à qui on vient de confisquer son jouet tout neuf.

— Je suppose que tout cela peut n'être, en effet, qu'un cauchemar, reconnut-il à contrecœur.

Puis son visage s'éclaira à nouveau.

— Et pourtant, non, reprit-il, je ne le pense pas. Tu aurais pu rêver de pattes de singe, d'un cadavre aussi. Mais tu n'aurais pu inventer la citation tirée de la *Duchesse d'Amalfi*.

— Quelqu'un aurait pu dire ces paroles devant moi à un moment quelconque, et elles seraient, plus tard, revenues dans mon rêve.

— Je ne pense pas qu'une aussi jeune enfant ait eu cette possibilité, à moins qu'elle n'ait entendu cette phrase en un moment de trouble intense. Et, dans ce cas, nous revenons au même point... Un instant! Il me semble que j'y suis : ce sont les *pattes* dont tu as rêvé. Tu as vu le corps, tu as entendu ces paroles, et tu as été tellement effrayée que, par la suite, tu as fait un cauchemar dans lequel venaient s'ajouter ces pattes de singe. Sans doute parce que tu devais avoir peur des singes, à cette époque.

Gwenda semblait un peu déconcertée.

— Les choses se sont peut-être passées ainsi, dit-elle d'un ton peu convaincu.

— Je souhaiterais que tu puisses préciser un peu tes

souvenirs. Redescends dans le hall... Ferme les yeux et essaie de te concentrer... Est-ce que tu ne te rappelles pas autre chose?

— Non, Giles, rien. Plus je réfléchis et plus cela semble s'éloigner. Vois-tu, je commence à me demander si j'ai vraiment vu quoi que ce soit. L'autre soir, au théâtre, j'ai peut-être été victime d'une sorte de... transport au cerveau.

— Non. Il s'est véritablement produit quelque chose. Miss Marple le pense aussi. Et Hélène? Ce nom doit bien te rappeler...

— Absolument rien, Giles. Ce n'est qu'un nom, et pas autre chose.

— Peut-être n'est-ce pas celui-là que tu as entendu véritablement.

— Oh, mais si! C'était bien « Hélène »! protesta la jeune femme d'un air buté.

— Dans ce cas, tu dois forcément te rappeler quelque chose d'elle. La connaissais-tu bien? Habitait-elle ici, ou bien y était-elle simplement en visite?

— Je te répète que j'en sais rien! répliqua Gwenda qui commençait à se sentir tendue et nerveuse.

Giles essaya une autre méthode.

— De qui te souviens-tu? De ton père?

— Non. Du moins... je ne puis l'affirmer. Chez ma tante Alison, il y avait une photo de lui, et on me disait souvent : « C'est ton papa. » Mais je ne garde aucun souvenir de lui ici, dans cette maison.

— Pas de domestiques... de bonne d'enfant?

— Non. Plus j'essaie de me souvenir et plus je sens le trou se creuser dans ma mémoire. Les choses que je sais se trouvent toutes dans mon inconscient, comme lorsque je me dirigeais automatiquement vers cet endroit du mur où était autrefois une porte de communication. Je ne me rappelais pas véritablement son existence. Peut-être que si tu cessais de me harceler, les choses me reviendraient. Oh! Et puis, essayer de découvrir ce qui a pu se passer à ce moment-là est chose absolument vaine. Il y a si longtemps de cela!

— Le cas ne me semble pas aussi désespéré que tu le prétends. La vieille Miss Marple elle-même l'a reconnu.

— Mais elle ne nous a pas donné la moindre idée quant à la façon de s'y prendre. Pourtant, si j'en crois l'expression de son regard, elle devait en avoir, des idées. Je me demande comment elle s'y serait prise, elle.

— J'avoue que je ne vois pas bien comment elle serait susceptible de penser à des choses qui nous échappent à nous. Écoute, Gwenda, il nous faut cesser d'échafauder des hypothèses et nous efforcer d'examiner les faits avec méthode et logique. J'ai d'ailleurs déjà commencé en allant parcourir les registres de l'état civil. Malheureusement, j'ai fait chou blanc : il n'y a pas une seule « Hélène » décédée à cette époque. Il nous faut donc essayer autre chose. Si ton père et ta belle-mère ont vraiment vécu dans cette maison, ils doivent forcément l'avoir achetée ou louée.

— D'après Foster, le jardinier, avant les Hengrave, elle appartenait à des gens nommés Elworthy et, auparavant, à une certaine Mrs. Findeyson.

— Ton père a pu l'acheter, l'habiter un certain temps et la revendre ensuite. Mais il me paraît beaucoup plus vraisemblable qu'il l'ait louée, sans doute toute meublée. Dans ce cas, le mieux que nous ayons à faire, c'est de nous adresser aux agences immobilières.

Faire le tour des agences n'était pas un gros travail, car il n'y en avait que deux, à Dillmouth. L'agence Wilkinson était de création relativement récente, puisque son existence ne remontait guère qu'à une dizaine d'années; et elle s'occupait surtout de la vente des bungalows et des maisons neuves qui se trouvaient en dehors de la ville. L'autre, celle de Galbraith et Penderley, Gwenda la connaissait déjà, puisque c'était par son intermédiaire qu'elle avait acheté Hillside.

Giles s'y rendit le lendemain et débita sa petite histoire :

Sa femme et lui aimaient beaucoup Dillmouth, et ils étaient enchantés de l'acquisition de leur maison. Or, Mrs. Reed venait précisément de découvrir qu'elle avait vécu un certain temps à Dillmouth, alors qu'elle était petite fille. Il lui en restait quelques vagues souvenirs, et elle avait l'impression que c'était à Hillside qu'elle avait séjourné, mais elle ne pouvait en être absolument sûre. Était-il possible de savoir si cette maison avait été, à un moment donné, vendue ou louée à un certain major Halliday? Cela devait remonter à dix-huit ou dix-neuf ans...

Mr. Penderlay esquissa un geste d'excuse.

— Je crains qu'il ne nous soit pas possible de vous renseigner, Mr. Reed. Nos archives ne remontent pas aussi loin. Si notre vieil employé Mr. Narracott était encore en vie, il aurait certainement pu vous aider, car il avait une mémoire extraordinaire, et il était resté chez nous pendant près de trente ans. Malheureusement...

— N'y a-t-il personne qui soit susceptible de se rappeler?

— Notre personnel est relativement jeune. Bien sûr, il y a le vieux Mr. Galbraith lui-même, qui s'est retiré des affaires il y a quelques années.

— Peut-être pourrions-nous le voir.

— Naturellement, mais je crains que cela ne vous avance guère. Il a été frappé d'une attaque l'année dernière, et ses facultés sont sérieusement diminuées. Il a plus de quatre-vingts ans, vous savez...

— Est-ce qu'il vit toujours à Dillmouth?

— Oui. Il habite Calcutta Lodge, une charmante petite propriété sur la route de Seaton. Mais je ne pense vraiment pas...

— Ça me paraît sans espoir, déclara Giles. Mais on ne sait jamais.

Calcutta Lodge s'élevait au milieu d'un très beau jardin, et le salon dans lequel furent introduits les deux jeunes gens était, lui aussi, remarquablement tenu, bien que peut-être un peu trop surchargé de meubles.

Une femme d'âge moyen, l'air vaguement soupçonneux, fit bientôt son entrée. Giles lui ayant expliqué le but de leur visite, le visage de Miss Galbraith se détendit. Elle était un peu rassurée : on n'allait pas essayer de lui vendre un aspirateur.

— Je suis navrée, répondit-elle, mais je ne pense pas pouvoir vous aider. Cela remonte déjà à bien des années.

— Il arrive cependant que l'on se rappelle certains détails, insista Gwenda.

— En ce qui me concerne, je ne peux pas savoir grand-chose, car je ne me suis jamais occupée de l'agence. Un major Halliday, dites-vous? Je ne me souviens pas d'avoir jamais entendu ce nom à Dillmouth.

— Votre père pourrait peut-être se souvenir, suggéra Gwenda.

Miss Galbraith hocha la tête.

— Il ne s'intéresse plus à grand-chose, maintenant, et sa mémoire est devenue très capricieuse.

Les yeux de Gwenda se posèrent sur un petit guéridon de cuivre de Bénarès, puis sur une série d'éléphants d'ébène alignés sur la cheminée.

— J'avais dans l'idée qu'il pourrait se rappeler, dit-elle, parce que mon père venait justement des Indes. Et comme votre villa s'appelle Calcutta Lodge...

— Oui, mon père a séjourné un certain temps à Calcutta pour ses affaires. Ensuite, il aurait aimé y retourner, mais ma mère n'a pas voulu s'expatrier.

Évidemment, on ne peut pas dire que le climat soit des plus sains, dans ces régions. Ma foi, si vous voulez tout de même essayer de lui parler... J'ignore s'il est dans un de ses bons jours.

Elle conduisit ses visiteurs jusqu'à un petit bureau situé sur le derrière de la maison. Là, assis dans un grand fauteuil de cuir un peu râpé, se tenait un vieux monsieur, le visage tiré de côté, la lèvre ornée d'une moustache blanche à la gauloise. Il considéra Gwenda d'un air approbateur, et sa fille fit les présentations.

— Ma mémoire n'est plus ce qu'elle a été, murmura-t-il d'une voix sourde.

Son élocution manquait un peu de clarté.

— Halliday, dites-vous? Non, je ne me rappelle pas ce nom. Je connaissais bien, au lycée, un garçon qui portait son nom; mais ça remonte à quelque soixante-dix ans.

— Nous pensons que le major Halliday avait pu louer Hillside.

— Hillside? Est-ce que la maison portait déjà ce nom? C'était une certaine Mrs. Findeyson, qui habitait là. Une femme remarquable, d'ailleurs.

— Il se peut que mon père ait loué la maison en meublé. Il revenait des Indes à ce moment-là.

— Des Indes? Je me rappelle quelqu'un... Un militaire... Il connaissait ce vieux bandit de Mohammed Hassan, à qui j'avais acheté des tapis et qui m'avait roulé... Un militaire, oui... Il avait une jeune femme et un bébé... Une petite fille.

— C'était moi, dit Gwenda.

— Pas possible! Mon Dieu, comme le temps passe! Voyons, comment s'appelait-il donc? Il cherchait une maison en meublé. Mrs. Findeyson était partie pour l'Égypte, je crois, où elle devait passer l'hiver. Pour sa santé, soi-disant... Tout ça, c'est des niaiseries. Mais quel était donc son nom?

— Halliday, répéta Gwenda.

— C'est juste. Halliday. Le major Halliday. Un chic type. Il avait une très jolie femme... toute jeune... Les cheveux blonds... Elle tenait à ne pas être trop éloignée de ses parents, me semble-t-il. Oui, très jolie...

— Qui étaient ses parents?

— Aucune idée. Non, pas la moindre idée. Mais... vous ne lui ressemblez pas du tout.

Gwenda fut sur le point de lui apprendre qu'il ne s'agissait que de sa belle-mère, mais elle se dit qu'il était inutile de compliquer un peu plus la situation.

— Comment était-elle?

La réponse de Mr. Galbraith fut assez surprenante.

— Elle paraissait inquiète... Oui, c'est bien ça... Inquiète. Un garçon sympathique, ce major Halliday. Je me rappelle qu'il était ravi de savoir que j'avais été à Calcutta. Il ne ressemblait pas du tout à ces hommes qui ne sont jamais sortis d'Angleterre. Bornés, voilà ce qu'ils sont. Moi, j'ai vu le monde. Quel était donc le nom de ce militaire... qui voulait louer une maison en meublé?...

Cela faisait maintenant penser à un très vieux phonographe répétant un disque usé.

— Saint-Catherine. C'est ça. Il a loué Sainte-Catherine pour huit livres par semaine... pendant que Mrs. Findeyson était en Égypte. Elle est d'ailleurs morte là-bas, la pauvre femme, et, par la suite, la maison fut mise aux enchères. Qui donc l'a achetée?... Ah oui! les demoiselles Elworthy. Quatre vieilles filles. Mais elles ont changé le nom de la propriété, parce que ça faisait trop papiste pour leur goût. Elles passaient leur temps à distribuer des tracts... Bien laides, toutes les quatre. Elles s'intéressaient aux peuplades noires, envoyaient des vêtements, des bibles... Elles étaient enragées pour essayer de convertir les païens...

Il poussa un soupir et se renversa dans son fauteuil.

— Il y a si longtemps, dit-il d'un air las, que je ne me rappelle plus les noms. Un type qui venait des Indes... Un brave garçon... Un militaire, je crois... Une jolie femme... Une petite fille... Je suis fatigué, Gladys... Je voudrais une tasse de thé...

Giles et Gwenda le remercièrent, remercièrent sa fille et se retirèrent.

— Voilà qui est donc prouvé, dit Gwenda en remontant en voiture. Mon père et moi avons véritablement séjourné à Hillside. Qu'allons-nous faire à présent?

— J'ai été stupide! s'écria soudain le jeune homme. Somerset House, bien sûr.

— Qu'est-ce que c'est?

— Un bureau où l'on peut retrouver le double de tous les actes de mariage. Je vais m'y rendre pour consulter celui du mariage de ton père. D'après ta tante, il a épousé sa seconde femme dès son retour en Angleterre. Ne comprends-tu pas que nous aurions dû y penser plus tôt? Il est parfaitement possible que cette « Hélène » ait été une parente de ta belle-mère; peut-être une jeune sœur. De toute façon, une fois que nous connaîtrons son nom de famille, nous risquons de découvrir quelqu'un susceptible de nous fournir des renseignements sur elle. Rappelle-toi, le vieux Galbraith a prétendu que ta belle-mère voulait être près de ses parents. Si ceux-ci vivent encore, nous pourrons enfin apprendre quelque chose.

— Giles, murmura Gwenda, tu es vraiment épatant!

3

Cependant, Giles ne jugea pas indispensable de se rendre à Londres, cette enquête de pure routine pouvant parfaitement s'accomplir par personne interposée. Il se contenta donc de passer un coup de téléphone à son bureau de la capitale, et la réponse lui parvint deux jours plus tard.

Il tira de l'enveloppe une copie d'acte de mariage qu'il tendit à sa jeune femme après y avoir jeté un rapide coup d'œil.

— Et voilà! dit-il. Vendredi 7 août. Bureau de l'état civil de Kensington. Kelvin James Halliday et Hélène Spenlove Kennedy.

Gwenda poussa une exclamation.

— *Hélène!*

Mari et femme se considérèrent un instant en silence.

— Mais, dit enfin Giles, il n'est pas possible que ce soit... Je veux dire... ils se sont séparés au bout d'un an et... elle s'est remariée.

La jeune femme baissa à nouveau les yeux vers le nom, clairement dactylographié : Hélène Spenlove Kennedy.

Hélène...

CHAPITRE VII

Le docteur Kennedy

Quelques jours plus tard, Gwenda remontait l'Esplanade. Il soufflait un vent âpre, et elle s'arrêta soudain devant un des abris vitrés qu'une municipalité prévoyante avait fait édifier à l'intention des promeneurs.

— Miss Marple! s'écria la jeune femme, frappée d'étonnement.

Car c'était bien la vieille demoiselle, qui était assise là, emmitouflée dans un épais manteau de lainage, le cou soigneusement entouré d'une écharge.

— J'imagine, dit-elle, que c'est pour vous une surprise de me trouver ici. Mais mon médecin m'a ordonné l'air de la mer, et vous m'aviez tellement vanté le charme de Dillmouth que j'ai décidé de venir y passer quelque temps. De plus, l'ancienne cuisinière d'une de mes amies tient ici une pension de famille.

— Pourquoi n'êtes-vous pas venue nous voir?

— Vous savez, les vieilles personnes sont parfois bien ennuyeuses. Et puis, il faut laisser les jeunes mariés tranquilles.

Elle sourit à la protestation de Gwenda.

— Oh! je suis sûre que vous m'auriez très bien reçue... Et comment allez-vous, tous les deux? Avez-vous élucidé votre mystère?

— Pas encore, mais nous avons une piste, déclara

Gwenda en s'asseyant près de la vieille demoiselle.

Et elle lui fit part des résultats de leurs recherches.

— Maintenant, termina-t-elle, nous venons de faire paraître une annonce dans plusieurs journaux régionaux, ainsi que dans le *Times* et dans d'autres grands quotidiens. Nous demandons à toute personne ayant connu Hélène Spenlove Halliday, née Kennedy, de bien vouloir se mettre en rapports avec nous. Je crois que nous devrions recevoir des réponses. Qu'en dites-vous?

— Je le crois aussi, dit lentement Miss Marple, je le crois...

Son ton était aussi calme qu'à l'accoutumée, mais son regard paraissait troublé. Elle jeta un coup d'œil rapide à la jeune femme assise à ses côtés et dont les paroles lui avaient paru sonner un peu faux. Gwenda avait l'air soucieuse. Peut-être commençait-elle à apercevoir les conséquences possibles de sa curiosité, au demeurant bien naturelle. Mais il était maintenant trop tard pour revenir en arrière, et elle devait s'en rendre compte.

— Cette affaire, je l'avoue, m'intrigue et m'intéresse, reprit Miss Marple d'une voix douce. Vous savez, ma vie est tellement monotone... J'espère que vous ne me jugerez pas indiscrète si je vous demande de me tenir au courant des progrès de votre enquête?

— Vous saurez tout, je vous le promets! s'écria Gwenda avec chaleur. Je n'oublie pas que si vous n'aviez pas été près de moi à un certain moment, je serais maintenant en train de tarabuster les médecins pour qu'ils me fassent enfermer dans un asile psychiatrique. Donnez-moi votre adresse, et puis... il faudra aussi que vous veniez boire un verre... je veux dire... prendre le thé chez nous. Il faut bien que vous voyiez le lieu du crime, non?

La jeune femme se mit à rire, mais d'un rire qui paraissait un peu forcé. Lorsqu'elle se fut éloignée, Miss Marple hocha doucement la tête et fronça les sourcils.

Chaque jour, Giles et Gwenda attendaient le courrier avec impatience, mais leurs espoirs furent d'abord déçus. Les deux seules réponses reçues jusqu'a présent provenaient de deux agences de police privée qui leur proposaient d'entreprendre une enquête.

— Rien ne presse de ce côté, avait déclaré Giles. Et si nous sommes, par la suite, obligés d'avoir recours à une agence, il faudra la choisir soigneusement. Je n'ai pas la moindre confiance en celles qui font du battage dans la presse. D'ailleurs, je ne vois pas ce que ces gens-là pourraient faire de mieux que nous.

Son optimisme trouva sa récompense quelques jours plus tard lorsqu'arriva une lettre rédigée de cette écriture nette mais à peu près illisible qui caractérise généralement les membres des professions libérales.

Galls Hill
Woodleigh Bolton

Cher Monsieur,
En réponse à votre annonce parue dans les colonnes du Times, *je vous informe qu'Hélène Spenlove Kennedy est ma sœur. Je suis sans nouvelles d'elle depuis de longues années, et je serais naturellement heureux d'en avoir.*
Je vous prie d'agréer, etc.

James KENNEDY
Docteur en Médecine

— Woodleigh Bolton n'est pas très loin d'ici, fit remarquer Giles. A une trentaine de milles, je crois. Nous allons écrire à ce Dr Kennedy pour lui demander si nous pouvons lui rendre visite. A moins qu'il ne préfère venir ici.

La réponse ne se fit pas attendre. Le docteur annonçait qu'il serait disposé à recevoir ses visiteurs le mercredi suivant.

Woodlerigh Bolton était un village aux maisons éparses, disséminées au flanc d'une colline. Galls Hill se dressait tout au sommet et avait vue sur la lande en direction de la mer.

— C'est un endroit plutôt lugubre, dit Gwenda en frissonnant.

La maison elle-même était triste, et il paraissait évident que le Dr Kennedy méprisait les innovations modernes telles que le chauffage central. La femme qui ouvrit la porte était, elle aussi, d'aspect plutôt rébarbatif. Elle conduisit les visiteurs, à travers un hall presque nu, jusqu'à un bureau où le maître de céans se leva pour les accueillir. La pièce était longue, haute de plafond, les murs tapissés de livres.

Le Dr Kennedy était un homme d'un certain âge, aux cheveux blancs, aux yeux perçants surmontés d'épais sourcils.

— Mr. et Mrs. Reed? Asseyez-vous ici, madame. Ce fauteuil est sans doute le plus confortable. Et maintenant, de quoi s'agit-il?

Son air était froid et distant.

Giles se lança dans l'histoire que Gwenda et lui avaient préparée à l'avance. Ils s'étaient mariés récemment en Nouvelle-Zélande. Ils venaient d'arriver en Angleterre, où sa femme avait vécu quelque temps lorsqu'elle était enfant, et elle souhaitait retrouver des parents ou des amis de la famille.

Le docteur gardait son impassibilité. Il était certes courtois, mais visiblement contrarié par l'insistance des deux jeunes gens à vouloir renouer de vieux liens de famille.

— Et vous pensez que ma sœur — ou plutôt ma demi-sœur — est une de vos parentes?

Une légère hostilité perçait maintenant sous sa politesse.

— C'était ma belle-mère, expliqua Gwenda. La seconde femme de mon père. Mais je ne me souviens pas bien d'elle, car je n'étais qu'une enfant, à cette époque. Mon nom de jeune fille est Halliday.

Le vieux médecin la regarda avec des yeux remplis d'étonnement et, soudain, un sourire illumina son visage. Il avait perdu toute sa raideur et son indifférence.

— Juste Ciel! s'écria-t-il. Ne me dites pas que vous êtes Gwennie!

La jeune femme fit un petit signe de tête affirmatif. Ce diminutif, depuis longtemps oublié, sonnait à ses oreilles avec une familiarité rassurante.

— Mais si! Je suis Gwennie.

— Que Dieu me pardonne, déjà adulte et mariée! Il doit bien y avoir quinze ans depuis que... Non, ça fait beaucoup plus que ça. Je suppose que vous ne vous souvenez pas de moi.

— A vrai dire, non. Je ne me souviens même pas de mon père. Du moins, toute cette époque est-elle très confuse dans ma mémoire.

— Bien sûr, la première femme de Halliday était originaire de Nouvelle-Zélande. Il me l'avait dit un jour. Un beau pays, n'est-il pas vrai?

— C'est pour moi le plus beau du monde. Mais j'aime bien l'Angleterre aussi.

— Y êtes-vous en visite, ou bien... comptez-vous rester?

Tout en parlant, il appuya sur le bouton de la sonnette.

— Nous allons prendre le thé.

La femme à l'air revêche apparut sur le seuil.

— Le thé, s'il vous plaît, dit le docteur. Avec des toasts... ou des gâteaux, ou autre chose.

La respectable femme de charge avait toujours son air venimeux. Néanmoins, elle inclina la tête et disparut.

— Je ne prends généralement pas le thé, reprit le médecin, mais il faut bien fêter ça.

— C'est très aimable à vous, répondit Gwenda. Non, nous ne sommes pas en visite en Angleterre. Nous y avons acheté une maison... Hillside.

— Ah oui? A Dillmouth, j'imagine, puisque c'est de là que vous m'avez écrit.

— Oui, Et c'est la coïncidence la plus extraordinaire. N'est-ce pas, Giles?

— C'est bien mon avis. Vraiment renversant.

— Voyez-vous, continua Gwendy, elle était à vendre...

Et, voyant que le docteur ne paraissait pas bien comprendre, elle ajouta :

— C'est la maison même où j'ai habité autrefois avec mon père.

Kennedy fronça les sourcils.

— Hillside? En effet, j'ai entendu dire qu'on l'a débaptisée. Elle s'appelait autrefois... Sainte... je ne sais plus quoi. Du moins si c'est bien de la même que nous parlons. Elle se trouve sur la route de Leahampton, à droite, un peu avant d'entrer dans la ville.

— C'est exact.

— Il est étrange que les noms puissent ainsi vous sortir de la tête. Attendez... C'était... Sainte-Catherine, je crois.

— Et est-ce que j'y ai vraiment vécu?

— Certes.

Il considéra la jeune femme d'un air amusé.

— Pour quelle raison avez-vous voulu y revenir? Vous ne pouvez pas en avoir gardé des souvenirs très précis.

— Non. Et pourtant, dès que je l'ai vue, j'ai eu l'impression que c'était, en quelque sorte, mon chez-moi.

— Votre chez-vous, murmura le docteur.

Il n'y avait dans sa voix nulle intonation particulière, et pourtant Giles se demanda soudain à quoi il pouvait bien penser.

— Voyez-vous, reprit Gwenda, j'espérais que vous pourriez me parler de ce passé déjà lointain. De mon père, d'Hélène et... enfin... de tout.

Kennedy la regarda à nouveau d'un air pensif.

— Je suppose que vos parents de Nouvelle-Zélande n'ont jamais été au courant des événements. D'ailleurs, il n'y a pas grand-chose à dire. Ma sœur Hélène revenait des Indes sur le même bateau que père. Il était veuf, avec une petite fille... Hélène a dû le plaindre ou tomber amoureuse de lui, je ne sais pas. Votre père se sentait seul, et il s'est mis à l'aimer aussi. Il est difficile de savoir, après coup, comment arrivent les choses. Quoi qu'il en soit, ils se sont mariés à Londres dès leur arrivée, puis ils sont venus me voir à Dillmouth, où j'exerçais à cette époque. Kelvin Halliday était un garçon sympathique, un peu nerveux peut-être; mais tous deux paraissaient heureux.

Le docteur se tut pour reprendre au bout d'un instant :

— Pourtant, moins d'un an plus tard, Hélène s'enfuyait avec un autre homme. Vous le savez sans doute.

— Pour quelle raison est-elle partie? demanda Gwenda.

Kennedy la fixa de ses yeux perçants.

— Elle ne me l'a pas dit. Elle ne m'a jamais fait de confidences. Néanmoins, j'avais remarqué — il était impossible de ne pas le voir — qu'il existait certaines frictions entre elle et Kelvin. J'en ignore la raison. J'ai toujours été un peu... prude et, de plus, partisan de la fidélité conjugale. Ce qui explique qu'Hélène ne m'ait pas mis au courant de ce qui se tramait. J'avais entendu certaines rumeurs, comme il arrive souvent dans ces cas-là, mais sans qu'il fût fait mention d'un nom quelconque. Kelvin et Hélène recevaient souvent des invités, qui venaient de Londres ou d'autres coins d'Angleterre, et j'imagine qu'il s'agissait de l'un d'eux.

— Le divorce ne fut pas prononcé, n'est-ce pas?

— Non. Hélène n'en voulait pas. C'est Kelvin lui-même qui me l'a dit. Ce qui m'a conduit à penser — peut-être à tort, d'ailleurs — qu'il s'agissait d'un homme marié. Ce pouvait être quelqu'un dont la femme était catholique; mais il y a évidemment d'autres possibilités.

— Et mon père?

— Il ne tenait pas, lui non plus, à divorcer, répondit le médecin d'un ton plutôt sec.

— Parlez-moi de lui, reprit Gwenda. Pourquoi a-t-il soudain décidé de m'envoyer en Nouvelle-Zélande?

Kennedy réfléchit un moment avant de répondre.

— Je suppose que votre oncle et votre tante ont fait pression sur lui. Et, après l'échec de son second mariage, il a sans doute pensé que c'était la meilleure solution.

— Pourquoi ne m'y a-t-il pas emmenée lui-même?

Le médecin parcourut des yeux le dessus de la cheminée, à la recherche d'un cure-pipe.

— Je ne sais pas... Voyez-vous, il était déjà en assez mauvaise santé.

— Qu'avait-il? De quoi est-il mort?

La porte s'ouvrit au même moment devant la femme de charge qui apportait le thé. Il y avait sur le plateau quelques toasts beurrés et de la confiture, mais pas de gâteaux. Le médecin adressa un petit signe à Gwenda pour lui demander de bien vouloir servir. Elle s'exécuta. Quand les tasses furent remplies, elle prit un toast, tandis que Kennedy poursuivait avec une gaieté un peu forcée :

— Parlez-moi des transformations que vous avez fait subir à la maison. Y avez-vous apporté beaucoup de changements? J'imagine que je ne la reconnaîtrais pas si je la voyais.

— Jusqu'à présent, nous ne nous sommes guère occupés que des salles de bains, dit Giles.

Gwenda leva les yeux vers le docteur.

— De quoi mon père est-il mort? demanda-t-elle à nouveau.

— Je ne saurais vous l'apprendre, ma chère. Comme je le disais tout à l'heure, depuis un certain temps, sa santé laissait à désirer, et il est finalement entré dans une maison de repos, quelque part sur la côte est. C'est là qu'il est mort deux ans plus tard.

— Où se trouvait exactement cette maison?

— Désolé, mais je ne m'en souviens pas. Je suis à peu près sûr, toutefois, que c'était bien sur la côte est.

Il y avait à présent une certaine réticence dans l'attitude de Kennedy. Giles et Gwenda échangèrent un coup d'œil.

— Du moins pouvez-vous nous apprendre où il est enterré? insista le jeune homme. Gwenda souhaite, comme il est naturel, se rendre sur sa tombe.

Le docteur se pencha vers le foyer de la cheminée pour curer sa pipe.

— Vous savez, répondit-il ensuite d'une voix sourde, à votre place, je ne m'appesantirais pas trop sur le passé. Tout ce culte des morts est, à mon avis, une erreur. Ce qui compte, c'est l'avenir. Vous êtes, tous les deux, jeunes et en bonne santé, vous avez le monde devant vous. Regardez donc en avant, pas en arrière. Il ne sert à rien d'aller fleurir la tombe de quelqu'un que vous avez à peine connu.

— Je désire néanmoins me rendre sur celle de mon père! répliqua Gwenda d'un air de révolte.

— Je regrette de ne pouvoir vous aider, dit le docteur d'une voix calme. Cela remonte à un certain nombre d'années, et ma mémoire n'est plus aussi fidèle qu'autrefois. D'autre part, j'ai perdu votre père de vue après son départ de Dillmouth. Je crois qu'il m'a écrit une fois depuis le sanatorium, mais je n'en suis même pas absolument sûr. Et je n'ai pas la moindre idée de l'endroit où il a pu être enterré.

— N'est-ce pas étrange? fit remarquer Giles.

— Pas vraiment. Le lien qui nous unissait, c'était évidemment Hélène, pour qui j'ai toujours eu une grande affection. Ce n'est que ma demi-sœur, et elle est beaucoup plus jeune que moi, mais je me suis efforcé de l'élever aussi bien que je l'ai pu, choisissant pour elles les meilleures écoles et tout le reste. Malheureusement, je dois à la vérité de reconnaître qu'elle n'a jamais eu un caractère très stable. Alors qu'elle était encore toute jeune, nous avons eu des ennuis à cause d'un garçon parfaitement indésirable dont elle s'était entichée. J'ai eu cependant la chance de pouvoir la tirer sans dommage de cette fâcheuse situation. Ensuite, elle décida de partir pour l'Inde et d'épouser Walter Fane, le fils du plus gros notaire de Dillmouth; un brave garçon, mais ennuyeux comme la pluie. Il l'avait toujours adorée, mais elle n'avait jamais daigné lever les yeux sur lui. Et puis, brusquement, elle change d'avis et s'embarque pour l'Inde avec l'intention de l'épouser. Seulement, dès qu'elle le revoit, le projet tombe à l'eau et elle m'envoie un câble me demandant de lui faire parvenir le montant de son voyage de retour. Que pouvais-je faire? Je lui expédiai l'argent, naturellement. Et c'est au cours de ce voyage qu'elle fit la connaissance de Kelvin. Ils étaient mariés avant même que je ne fusse au courant de leur décision. Voyez-vous, j'ai toujours eu des ennuis avec ma sœur. C'est ce qui explique que Kelvin et moi n'ayons pas continué à nous fréquenter après le départ d'Hélène. Mais, dites-moi, où est-elle en ce moment? Le savez-vous? J'aimerais tellement la retrouver ou, du moins, avoir de ses nouvelles.

— Mais... nous n'en savons rien, répondit Gwenda. Rien du tout.

— Oh! d'après votre annonce, je m'étais imaginé...

Son regard intrigué alla de Gwenda à Giles.

— Pourquoi, au fait, avez-vous fait paraître cette annonce?

— Nous souhaitions entrer en relations...

— Avec quelqu'un dont il ne vous reste à peu près aucun souvenir? s'étonna Kennedy.

— Je pensais que si je pouvais la retrouver, elle me parlerait de mon père.

— Hum! Oui, je comprends. Et je suis sincèrement désolé de ne pouvoir vous être d'aucune aide. Tout cela est si lointain, et ma mémoire...

— Vous devez tout de même savoir, intervint Giles, dans quel genre de maison de repos était entré le major Halliday. Était-ce un sanatorium pour tuberculeux?

Le visage du docteur se ferma de nouveau.

— Heu... oui, je crois.

— Dans ce cas, nous devrions le retrouver sans difficulté. Je vous remercie, docteur, pour tout ce que vous nous avez appris.

Giles se leva, aussitôt imité par sa femme.

— Merci beaucoup, dit à son tour Gwenda. Et j'espère que vous viendrez nous voir à Hillside.

Au moment où elle franchissait le seuil, elle tourna la tête et aperçut une dernière fois le Dr Kennedy, debout près de la cheminée. Il tiraillait nerveusement sa moustache grisonnante et paraissait soucieux.

— Il sait quelque chose dont il n'a pas voulu nous faire part, dit la jeune femme en prenant place dans la voiture aux côtés de son mari. Oui, il y a quelque chose, Giles. Et je souhaiterais à présent n'avoir jamais mis le nez dans cette vieille histoire.

Les deux jeunes gens se regardèrent pendant un instant et, dans l'esprit de chacun d'eux, une sorte de crainte commençait à s'insinuer.

— Miss Marple avait raison, continua Gwenda, nous aurions dû laisser dormir le passé.

— Nous ne sommes pas obligés de poursuivre, fit observer Giles d'une voix mal assurée. Peut-être ferions-nous aussi bien d'abandonner, chérie.

Gwenda secoua la tête.

— Non, Giles. Nous ne pouvons pas nous arrêter maintenant. Nous nous poserions toujours des questions qui resteraient sans réponses, nous imaginerions des tas de choses... Il nous faut continuer, nous n'avons pas le choix. Il est certain que le Dr Kennedy nous a caché certains détails, sans doute par pure bonté d'âme. Seulement, nous n'avons que faire de ce genre de bonté. Il nous faut absolument découvrir ce qui s'est réellement passé. Même si... même si c'est mon père qui a...

Sa voix se brisa, et elle se tut.

CHAPITRE VIII

Les hallucinations de Kelvin Halliday

Le lendemain matin, Giles et Gwenda étaient dans le jardin lorsque Mrs. Cocker apparut sur le seuil de la porte-fenêtre.

— Excusez-moi, monsieur, un certain Dr Kennedy vous demande au téléphone.

Laissant Gwenda en conversation avec le vieux Foster, Giles rentra dans la maison et saisit le combiné.

— Ici Giles Reed.

— Kennedy à l'appareil. J'ai réfléchi à notre conversation d'hier, Mr. Reed, et je suis parvenu à la conclusion que certains faits que j'ai pas cru bon de mentionner devraient cependant être connus de vous et de votre femme. Pourrais-je vous rendre visite cet après-midi?

— Naturellement. Vers quelle heure?

— Disons trois heures. Est-ce que cela vous conviendrait?

— A merveille.

Au même moment, le jardinier demandait à Gwenda :

— Est-ce que ce Dr Kennedy est celui qui habitait autrefois ici, à West Cliff?

— Je le suppose. Vous le connaissiez?

— Comme ci, comme ça. Les gens prétendent que c'était un excellent médecin; mais le Dr Lazenby était plus populaire, c'est sûr. Il avait toujours un mot aimable ou une bonne plaisanterie. Le Dr Kennedy, lui, était plutôt sec; mais il connaissait son affaire.

— Quand a-t-il abandonné sa clientèle?

— Oh! ça fait longtemps. Une bonne quinzaine d'années, rapport à sa santé, qu'on dit...

Giles, qui venait de disparaître, répondit aussitôt au regard interrogateur de sa femme.

— Il doit venir cet après-midi.

— Oh!

Gwenda se tourna à nouveau vers le jardinier.

— Avez-vous connu la sœur du Dr Kennedy?

— Sa sœur? Je crois pas. L'était qu'une gamine qui allait encore à l'école. Ensuite, l'est partie à l'étranger, mais il me semble qu'elle est revenue ici après son mariage. Et puis, l'a filé avec un autre gars. L'avait toujours été un peu folle, la petite Kennedy. Mais je me demande si je l'ai jamais vue moi-même, parce que je travaillais alors à Plymouth.

Gwenda s'éloigna en compagnie de son mari.

— Pourquoi vient-il? demanda-t-elle.

— Nous le saurons bientôt.

Le Dr Kennedy arriva à trois heures précises.

— Ça me fait tout drôle de me retrouver ici, dit-il en parcourant des yeux le salon où on venait de le faire entrer.

Puis, sans autre préambule, il en vint au but de sa visite.

— J'ai compris que vous étiez résolus à trouver la maison de repos où est mort Kelvin Halliday et que vous désiriez également en savoir davantage sur sa maladie et sur ses derniers jours.

— Absolument, dit Gwenda.

— Vous pouvez évidemment y parvenir sans difficulté. C'est pourquoi il me semble que le choc sera moins rude si je vous mets moi-même au courant des faits que j'ai passés sous silence hier. Je suis désolé d'avoir à vous l'apprendre, car cela risque de vous causer de la peine, Gwennie, mais votre père n'était pas atteint de tuberculose. Il est mort dans une clinique psychiatrique.

— Une clinique… psychiatrique? Avait-il donc… perdu la raison?

Le visage de la jeune femme était devenu d'une pâleur de cire.

— Officiellement, il n'a jamais été déclaré atteint de maladie mentale. Et, à mon avis, il n'était pas fou au sens que l'on donne généralement à ce terme. Il avait eu une très grave dépression nerveuse, et il souffrait d'hallucinations obsessionnelles. Il est entré dans cet établissement de son propre gré, et il aurait pu le quitter à n'importe quel moment s'il l'avait désiré. Néanmoins, son état ne s'améliora pas, et il y mourut.

— Des hallucinations obsessionnelles? répéta Giles. Quel genre d'hallucinations?

Le Dr Kennedy répondit d'un ton plus sec :

— Il croyait avoir étranglé sa femme.

Gwenda étouffa un petit cri. Giles se rapprocha vivement d'elle et s'empara de sa main glacée qu'il serra dans la sienne.

— Et… était-ce la vérité? demanda-t-il.

— Quoi?

Le médecin le regarda d'un air étonné.

— Non, bien sûr que non. Il n'avait rien fait de tel.

— Mais… comment le savez-vous? demanda Gwenda d'une voix tremblante.

— Ma chère enfant, il n'a jamais été question d'une pareille chose. Hélène l'a quitté pour un autre homme. Or, depuis un certain temps, il souffrait de dépression nerveuse, et ce dernier choc l'a fait basculer, si je puis ainsi m'exprimer. Les psychiatres ont une explication pour de tels cas : si un homme aime mieux voir sa femme morte plutôt qu'infidèle, il peut finir par croire qu'elle est véritablement morte et même qu'il l'a tuée de ses propres mains.

Giles et Gwenda échangèrent un coup d'œil discret.

— Ainsi donc, reprit le jeune homme, vous êtes bien sûr qu'il n'avait pas commis l'acte dont il s'accusait?

— Oh, absolument sûr. Voyez-vous, j'ai reçu, par la suite, deux lettres d'Hélène : la première — qui venait de France — une semaine après don départ, la seconde environ six mois plus tard. Non, croyez-moi, tout se résume à un cas d'hallucination.

Gwenda respira profondément.

— Voulez-vous tout me raconter, s'il vous plaît?

— Je vous dirai tout ce que je peux, bien entendu. Comme je l'ai déjà mentionné, votre père souffrait, depuis un certain temps, d'une sorte de névrose, et il était même venu me consulter à ce sujet. Il disait faire des rêves inquiétants, toujours les mêmes et qui finissaient toujours de la même façon; il se voyait étranglant Hélène. J'essayai d'aller à la racine du mal et pensai qu'il avait dû y avoir quelque conflit dans son enfance. Apparemment, son père et sa mère ne s'entendaient pas très bien. Mais je n'insisterai pas sur ce point, qui n'offre guère d'intérêt que pour un médecin. Je lui conseillai d'aller consulter un psychiatre — il y en a d'excellents —, mais il ne voulut rien entendre, persuadé que cela n'était que niaiseries.

« J'avais l'impression qu'Hélène et lui ne s'accordaient pas parfaitement; mais de cela, il ne m'a jamais parlé, et je ne lui ai pas posé de questions. L'affaire, cependant, trouva son aboutissement le jour où — il me souvient que c'était un vendredi — en rentrant de l'hôpital, je le trouvai qui m'attendait dans mon cabinet de consultation. A mon entrée, il leva les yeux vers moi et me dit : « J'ai tué Hélène. »

« Pendant un moment, je ne sus quoi penser, tellement il était calme et froid. Je lui demandai s'il avait encore fait un de ces cauchemars auxquels il était sujet. « Cette fois, me répondit-il, ce n'est pas un rêve, mais la vérité. Je l'ai étranglée. » Et puis, toujours aussi calme, il ajouta : « Vous feriez bien de retourner à la maison avec moi; nous appellerons la police de là-bas. » Je ne savais toujours quoi penser. Néanmoins, j'allai ressortir la voiture, et nous partîmes. Quand nous arrivâmes, la maison était calme et sombre. Nous montâmes jusqu'à la chambre à coucher...

— La chambre à coucher? intervint vivement Gwenda.

Sa voix trahissait un étonnement profond. Le docteur la considéra d'un air intrigué.

— Oui, dit-il. Mais il n'y avait personne. Aucune femme ne gisait en travers du lit; rien n'avait été dérangé, le dessus de lit n'était même pas froissé. Une fois de plus, tout n'était qu'hallucination.

— Et... qu'a dit mon père?

— Il a persisté dans son histoire, naturellement. Et il y croyait vraiment. Je lui ai administré un sédatif et l'ai fait coucher dans la petite chambre voisine. Ensuite, j'ai jeté un coup d'œil dans la maison. Et, dans la corbeille à papiers du salon, j'ai découvert une feuille froissée qui portait quelques lignes écrites de la main d'Hélène : *Ceci est un adieu. Je suis désolée, mais notre mariage a été une erreur dès le début. Je pars avec le seul homme que j'aie jamais aimé. Pardonne-moi si tu le peux. Hélène.*

« J'interrogeai ensuite la femme de chambre, dont c'était le jour de sortie et qui rentra fort tard. Je l'emmenai dans la chambre d'Hélène, pour lui faire inventorier les affaires de ma sœur. Tout était parfaitement clair : Hélène avait emporté une valise et un sac de voyage qu'elle avait évidemment remplis de vêtements. Je fouillai tout de même la maison de fond en comble; mais, naturellement, sans découvrir le moindre indice me permettant de conclure qu'une femme avait été assassinée.

« Le lendemain matin, j'eus un moment assez difficile avec Kelvin, mais il se rendit enfin compte qu'il avait eu une hallucination — du moins me le dit-il —, et il consentit à entrer en traitement dans une maison de santé.

« Une semaine plus tard, ainsi que je vous l'ai déjà dit, je reçus une lettre d'Hélène, postée à Biarritz, dans laquelle elle m'annonçait son départ imminent pour l'Espagne. Elle me demandait également de dire à Kelvin qu'elle ne désirait pas divorcer, mais qu'il devait s'efforcer de l'oublier aussi vite que possible.

« Je montrai la lettre à Kelvin. Il ne fit aucun commentaire, mais écrivit en Nouvelle-Zélande aux parents de sa première femme pour leur demander de se charger de sa petite fille. Il mit ensuite ses affaires en ordre et entra dans une excellente clinique privée pour y recevoir les soins nécessités par son état. Le traitement, hélas, fut un échec, et il mourut deux ans plus tard. Je puis vous donner l'adresse de la clinique. Elle se trouve dans le Norfolk. Le directeur actuel y était déjà jeune médecin, à cette époque, et il pourra très certainement vous fournir tous les détails sur la maladie de votre père. »

— Vous nous avez dit, je crois, avoir reçu une autre lettre d'Hélène? interrogea Gwenda.

— Oui, environ six mois plus tard. Elle venait de Florence, et elle donnait une adresse poste restante au nom de « Miss Kennedy ». Hélène se rendait compte, disait-elle, qu'il était peut-être injuste envers Kelvin de refuser le divorce, même si elle ne le souhaitait pas. Et elle précisait que s'il le désirait, il me suffisait de l'en informer. Elle veillerait alors à lui faire parvenir toutes les preuves nécessaires. J'apportai la lettre à Kelvin, mais il m'affirma que lui non plus ne tenait nullement à divorcer. J'écrivis aussitôt à Hélène pour lui donner la réponse. Depuis lors, je n'ai plus jamais entendu parler d'elle. J'ignore où elle se trouve et ne sais même pas si elle est encore en vie. C'est pourquoi j'ai été attiré par votre annonce et espérais que vous seriez susceptibles de me donner des nouvelles d'elle.

Il s'interrompit un instant pour ajouter ensuite d'une voix plus douce :

— Je suis véritablement désolé, Gwennie, mais il fallait que vous sachiez. Je regrette seulement que vous n'ayez pas laissé dormir tout ce passé déjà lointain...

CHAPITRE IX

Un facteur inconnu

Lorsque Giles rentra dans le salon après avoir raccompagné le Dr Kennedy jusqu'à sa voiture, il retrouva Gwenda assise à l'endroit même où il l'avait laissée. Elle avait les pommettes rouges, et ses yeux paraissaient fiévreux. Lorsqu'elle parla, sa voix avait un accent dur et cassant qui ne lui était pas habituel.

— Comment dit cette vieille citation? *La mort ou la folie de part et d'autre*. Voilà où nous en sommes, Giles. La mort ou la folie.

— Gwenda, ma chérie...

Giles s'approcha de sa femme et lui entoura les épaules de son bras. Il la sentit raidie et tendue.

— Pourquoi n'avons-nous pas laissé dormir tout ça? Pourquoi? C'est mon père lui-même qui l'a tuée. Et c'est sa voix que j'ai entendue prononcer ces paroles... Pas étonnant que tout me soit revenu; pas étonnant que j'aie été tellement effrayée. Mon propre père!

— Un instant, Gwenda, un instant! Nous ne savons pas vraiment...

— Mais bien sûr que si, nous savons! Il a déclaré au Dr Kennedy qu'il avait étranglé sa femme, n'est-ce pas?

— Mais Kennedy affirme qu'il n'en a rien fait.

— Parce qu'il n'a pas trouvé de cadavre. Pourtant, il y en avait un : je l'ai vu!

— Et tu l'as vu dans le hall. Pas dans la chambre à coucher.

— Qu'est-ce que ça change?

— Eh bien, c'est bizarre, tu ne crois pas? Pourquoi ton père aurait-il dit avoir étranglé sa femme dans sa chambre si, en réalité, cela s'était passé dans le couloir?

— Oh! je ne sais pas. Ce n'est qu'un détail sans importance.

— Je n'en suis pas si sûr. Réfléchis, ma chérie. Il y a dans toute cette affaire un certain nombre de points assez étranges. Admettons, si tu le veux, que ton père ait étranglé Hélène dans le hall. Que s'est-il passé ensuite?

— Il est allé chez le Dr Kennedy.

— Oui. Il lui a raconté qu'il avait tué sa femme dans sa chambre et l'a ramené avec lui. Or, quand ils sont arrivés, il n'y avait pas le moindre cadavre. Pas plus dans la chambre que dans le hall. Qu'était-il devenu?

— Peut-être y en avait-il un et le docteur a-t-il aidé mon père a le faire disparaître. Seulement, ça, il ne pouvait pas nous l'avouer!

Giles hocha la tête d'un air peu convaincu.

— Non, Gwenda, je ne puis imaginer Kennedy agissant de cette manière. C'est un Écossais peu impressionnable et d'esprit pratique, et tu suggères qu'il a pu se compromettre en acceptant d'être complice après coup. Je ne crois pas qu'il ait jamais pu faire une chose semblable. Il aurait probablement fait l'impossible pour venir en aide à son beau-frère en témoignant à l'enquête de l'état mental du coupable. Ça, oui. Mais pour quelle raison aurait-il voulu étouffer l'affaire? Après tout, Kelvin Halliday n'était véritablement ni un de ses parents ni un ami intime. Or, c'était sa propre sœur qui avait été tuée; une sœur qu'il aimait tendrement, même si son tempéramment un peu victorien désapprouvait la conduite de la jeune femme. Ce n'est même pas comme si tu avais été, toi, l'enfant de sa sœur. Non, je reste persuadé qu'il n'aurait pas été capable de dissimuler un crime.

Tout ce qu'il aurait pu faire, c'eût été de délivrer un certificat de mort naturelle — arrêt du cœur ou quelque chose dans ce genre. Oui, je suppose qu'il aurait pu aller jusque là; mais nous savons qu'il n'en a rien fait, puisque les registres de l'état civil ne mentionnent pas le décès. De plus, s'il avait agi ainsi, il nous aurait dit que sa sœur était morte. Alors, maintenant, explique-moi, si tu le peux, ce qu'est devenu le cadavre.

— Peut-être mon père l'a-t-il enterré quelque part : dans le jardin, par exemple.

— Pour aller ensuite annoncer à Kennedy qu'il avait assassiné sa femme? Pourquoi? Et pourquoi n'admettrions-nous pas purement et simplement qu'elle l'a quitté?

Gwenda écarta ses cheveux de son front. Elle était à présent moins tendue, et son visage reprenait progressivement son aspect normal.

— Je ne sais pas, dit-elle. Je veux bien reconnaître que tout cela est bizarre. Crois-tu que Kennedy nous ait dit la vérité?

— J'en suis à peu près sûr. A son point de vue, l'affaire est parfaitement claire. Des rêves, des hallucinations et, finalement, une hallucination plus forte que les autres. L'ennui, c'est que, en ce qui nous concerne, nous savons qu'il y avait un cadavre. Pour Kennedy, tout cadre : le billet d'adieu, les valises et les vêtements disparus et, plus tard, deux lettres de sa sœur.

— Oui, mais quelle explication allons-nous trouver pour ces lettres?

— Si nous partons du principe que Kennedy dit la vérité — ce qui, à mon avis, est bien le cas —, il nous faut bien trouver une explication.

— Je suppose que ces lettres étaient véritablement de la main de sa sœur et qu'il a dû reconnaître l'écriture.

— Je ne crois pas qu'il faille attacher une très grande importance à ce point particulier. Vois-tu, ce n'est pas comme s'il s'agissait d'une signature sur un chèque. Si l'écriture de ces lettres se rapprochait suffisamment de celle de sa sœur, Kennedy n'a pas eu l'idée de douter de leur authenticité. Il avait déjà la conviction qu'Hélène s'était enfuie avec un autre homme, et ces lettres n'ont fait que le confirmer dans cette croyance. S'il n'avait jamais reçu de ses nouvelles, alors il aurait pu éprouver des soupçons. Malgré cela, il y a certains détails auxquels il ne semble pas avoir prêté attention, mais qui me frappent, moi. Ces lettres sont étrangement anonymes et ne comportent qu'une adresse poste restante. Aucune indication, d'autre part, de l'homme avec qui Hélène serait partie, ce qui dénote une détermination bien établie de rompre tous les liens anciens. C'est exactement le genre de lettres que pourrait imaginer un meurtrier s'il voulait endormir les soupçons de la famille de la victime. De plus, faire expédier des lettres de l'étranger est chose relativement facile.

— Tu crois que mon père...

— Non, c'est précisément ce que je ne crois pas. Imagine un homme absolument décidé à se débarrasser de sa femme. Il fait d'abord courir le bruit de son infidélité, puis procède à une mise en scène susceptible de faire croire à une fuite : un billet d'adieu, des vêtements disparus de la garde-robe... Ensuite, quelqu'un enverra de l'étranger deux ou plusieurs lettres à des intervalles calculés à l'avance. En réalité, il a tranquillement tué sa femme et dissimulé le cadavre, disons sous le dallage de la cave. C'est là un crime qui a souvent été exécuté. Seulement, ce genre de meurtrier ne va pas ensuite se précipiter chez son beau-frère pour lui raconter qu'il a assassiné sa femme et lui demander d'appeler la police. D'un autre côté, si ton père était le type du criminel émotif et follement amoureux de sa femme, s'il l'avait étranglée dans une crise de jalousie frénétique, à la manière d'Othello — et cela cadre avec les paroles que tu as entendues —, il n'aurait pas exécuté toute cette mise en scène — vêtements, lettres à venir — avant d'aller annoncer son crime à l'homme le moins susceptible de se taire et de garder le secret. Rien ne cadre dans tout ça, Gwenda. Tout sonne faux.

— Où veux-tu en venir, Giles?

— Je ne sais pas. Il semble y avoir un facteur inconnu, quelqu'un qui n'a pas fait son apparition jusqu'à présent, mais dont on commence à apercevoir la technique.

Le regard de la jeune femme s'assombrit.

— Tu inventes cela pour me consoler, Giles, dit-elle d'une voix mal assurée.

— Je te jure que non. Ne vois-tu pas qu'il est impossible d'imaginer un canevas qui s'adapte à tous les faits? Nous savons qu'Hélène Halliday a été étranglée, parce que tu as vu toi-même...

Il s'interrompit soudain.

— Bon Dieu! j'ai été stupide. Je comprends tout, maintenant. Tu as raison. Et Kennedy a raison aussi. Écoute, Gwenda... Hélène s'apprête à s'enfuir avec son amant... Qui est-il? nous n'en savons rien. Mais elle rédige un billet pour son mari. Celui-ci entre au même moment dans la pièce, lit ce qu'elle est en train d'écrire et devient fou furieux. Il froisse le billet, le jette dans la corbeille à papiers et s'élance sur sa femme. Effrayée, elle s'enfuit dans le hall. Il la rattrape, la prend à la gorge, et elle s'effondre sur le dallage. C'est alors que, debout à quelques pas d'elle, il prononce cette citation de la *Duchesse d'Amalfi,* juste au moment où une fillette, là-haut, le regarde à travers les barreaux de l'escalier.

— Et après ça?

— Le point essentiel, c'est qu'*Hélène n'est pas morte.* Il a pu penser qu'elle l'était; mais, en réalité, elle est seulement inconsciente. Peut-être son amant arrive-t-il après le départ du mari qui s'est précipité chez le Dr Kennedy, à l'autre extrémité de la ville; ou peut-être reprend-elle connaissance toute seule. Quoi qu'il en soit, dès qu'elle est à nouveau consciente, elle file sans perdre un instant. Et cela explique tout : la conviction de Kelvin, lequel est persuadé avoir tué sa femme; la disparition des vêtements, qu'Hélène avait évidemment dû préparer et expédier un peu plus tôt au cours de la journée; les lettres, aussi, qui sont donc parfaitement authentiques.

— Ta théorie n'explique pourtant pas pourquoi mon père avait déclaré à Kennedy avoir tué sa femme dans la chambre à coucher.

— Il était tellement bouleversé qu'il ne se rappelait pas exactement où cela s'était passé.

— J'aimerais te croire. Mais je suis et je reste persuadée que lorsque j'ai baissé les yeux vers le hall, elle était morte.

— Comment aurais-tu pu le savoir? Souviens-toi que tu n'avais que trois ans.

La jeune femme considéra son mari d'un air bizarre.

— Je crois que l'on se souvient à cet âge beaucoup mieux qu'on ne peut le faire plus tard. C'est un peu comme les chiens qui sentent la mort et se mettent à hurler. Je crois que les enfants, eux aussi, sentent la mort.

— Sottises que tout ça...

Il fut brusquement interrompu par la sonnerie de la porte d'entrée.

Je me demande qui ça peut bien être.

Gwenda prit un air consterné.

— Mon Dieu! J'avais complètement oublié. J'ai invité Miss Marple à venir prendre le thé aujourd'hui. Ne lui parlons de rien de tout ça.

2

Gwenda craignait que sa petite réception ne se passât pas exactement comme elle le désirait. Mais Miss Marple, fort heureusement, ne parut pas remarquer que son hôtesse parlait légèrement trop vite et que sa gaieté était un peu forcée. Elle était apparemment trop occupée à bavarder, disant combien elle appréciait son séjour à Dillmouth, parlant d'amis à elle qui avaient écrit à des connaissances de la région, de sorte qu'elle avait déjà reçu plusieurs invitations d'habitants de la localité.

— Voyez-vous, continua-t-elle, on se sent tellement moins étrangère, moins isolée, quand on parvient à connaître quelques-unes des personnes installées depuis des années. Par exemple, je dois aller prendre le thé chez Mrs. Fane, qui est la veuve d'un des associés de la plus importante étude d'hommes de loi des environs. C'est aujourd'hui son fils qui dirige l'affaire.

Et la vieille demoiselle continuait son bavardage. La propriétaire de la pension de famille était absolument charmante pour elle, et la cuisine véritablement excellente.

— Voyez-vous, elle est restée quelques années cuisinière chez ma vieille amie Mrs. Bantry. Bien qu'elle ne soit pas originaire de la région, sa tante a vécu ici pendant longtemps, et elle y venait passer les vacances avec son mari. C'est pourquoi elle est au courant de bien des histoires, de bien des commérages. A propos, êtes-vous satisfaits de votre jardinier? J'ai entendu murmurer qu'on le considère un peu comme une sorte de fantaisiste qui parle plus qu'il ne travaille.

— Oui, répondit Giles, ce qui l'intéresse le plus, c'est effectivement de bavarder et d'ingurgiter de nombreuses tasses de thé. Cependant, quand nous sommes dans les parages, il travaille fort convenablement.

— Venez donc voir le jardin, proposa Gwenda.

Les deux jeunes gens firent visiter à Miss Marple non seulement le jardin, mais encore toute la maison. Gwenda avait un peu peur de recevoir des critiques de la part de la vieille demoiselle, mais ses craintes étaient vaines. Miss Marple ne parut rien trouver de bizarre ou d'anormal. Et, chose étrange, ce fut Gwenda qui agit soudain d'une manière imprévue, l'interrompant au beau milieu d'une anecdote pour s'adresser à son mari.

— Tant pis, je vais lui dire...

Miss Marple tourna la tête dans sa direction; Giles ouvrit la bouche comme pour parler, haussa les épaules, hésita et, finalement :

— Ma foi, ça te regarde, dit-il.

Et la jeune femme débita toute l'histoire, sans oublier de mentionner leur visite au Dr Kennedy, puis celle qu'il leur avait rendue.

— C'est ce que vous vouliez dire, à Londres, n'est-ce pas? demanda-t-elle ensuite d'une voix entrecoupée. Vous pensiez que mon père avait pu... être compromis dans cette affaire.

— Cette possibilité m'avait effectivement traversé l'esprit, avoua la vieille demoiselle d'une voix douce. Hélène pouvait fort bien être votre jeune belle-mère et, dans un cas comme celui-là, c'est souvent le mari qui se trouve compromis.

Miss Marple parlait maintenant d'une voix claire, sans la moindre émotion, comme quelqu'un qui expose un fait banal et parfaitement naturel.

— Je comprends, dit Gwenda pourquoi vous nous aviez conseillé de ne pas nous occuper de tout ça. Et je souhaiterais maintenant vous avoir écoutée. Hélas, nous ne pouvons plus abandonner. Il est impossible de revenir en arrière.

— Oui, répondit doucement Miss Marple, c'est impossible.

— Vous devriez à présent écouter Giles qui doit avoir, je crois, quelques observations à formuler.

— Je prétends seulement, dit le jeune homme, qu'il y a quelque chose qui ne cadre pas.

Lentement, avec clarté, il exposa les divers points qu'il avait déjà soulignés devant sa femme.

— Si seulement, dit-il en terminant, vous pouviez convaincre Gwenda que c'est la seule façon dont ont pu se dérouler les événements!

Les yeux perçants de Miss Marple se fixèrent un instant sur la jeune femme, puis revinrent à son mari.

— Votre hypothèse est parfaitement raisonnable, dit-elle. Cependant, il reste toujours, ainsi que vous l'avez fait remarquer vous-même, la possibilité de l'existence d'un... X.

— Un X? répéta Gwenda.

— Oui. Le facteur inconnu. Quelqu'un, dirons-nous, qui reste en coulisse, mais dont l'existence semble être prouvée par certains faits.

— Nous allons nous rendre dans cette maison de santé du Norfolk, où mon père est mort, annonça Gwenda. Peut-être y découvrirons-nous quelque chose.

CHAPITRE X

Les dessous d'une affaire

Saltmarsh House se trouvait dans un site agréable à environ six milles de la côte, et la maison de santé était desservie par la gare de la petite ville de South Benham.

Giles et Gwenda furent introduits dans un vaste salon aux sièges recouverts d'une cretonne fleurie. Une charmante vieille dame aux cheveux blancs pénétra dans la pièce, un verre de lait à la main. Elle adressa un petit signe de tête aux visiteurs et alla s'asseoir près de la cheminée. Ses yeux se posèrent pensivement sur Gwenda, puis elle se pencha vers la jeune femme et demanda dans un murmure :

— *S'agit-il de votre pauvre enfant?*

Gwenda fut légèrement décontenancée.

— Heu... non, répondit-elle avec une certaine hésitation.

— Ah! je me le demandais.

La vieille hocha la tête et but une gorgée de lait.

— Dix heures et demie, reprit-elle ensuite sur le ton de la conversation. C'est l'heure. Toujours à dix heures et demie. Vraiment extraordinaire.

Elle baissa la voix et se pencha à nouveau en avant.

— Derrière la cheminée, souffla-t-elle. Mais ne dites à personne que je vous ai parlé.

Au même moment, une employée en uniforme blanc

pénétra à son tour dans la pièce et pria les visiteurs de bien vouloir la suivre jusqu'au cabinet du Dr Penrose.

Le médecin se leva pour les accueillir.

Gwenda ne put s'empêcher de penser qu'il avait lui-même l'air un peu fou; au moins autant que la vieille dame qui buvait sa tasse de lait en débitant d'incompréhensibles sornettes. Mais sans doute tous les psychiatres lui ressemblaient-ils.

— J'ai reçu votre lettre, ainsi que celle du Dr Kennedy, commença-t-il. Et j'ai étudié le cas de votre père, Mrs. Reed. Je me le rappelle d'ailleurs fort bien, mais j'ai tenu tout de même à me rafraîchir la mémoire, de manière à pouvoir vous apprendre tout ce que vous désirez savoir. J'ai cru comprendre que vous n'aviez été mise que tout récemment au courant des faits.

Gwenda expliqua qu'elle avait été élevée en Nouvelle-Zélande par des parents du côté de sa mère et que tout ce qu'elle savait de son père, c'était qu'il était décédé dans une maison de santé.

— C'est bien cela, répondit le médecin. Son cas présentait certains faits assez particuliers.

— Par exemple? demanda Giles.

— Eh bien, son obsession — ou, si vous préférez, son hallucination — était relativement grave. Il affirmait catégoriquement avoir étranglé sa seconde femme au cours d'une crise de jalousie. Néanmoins, un grand nombre des signes habituels à ce genre de névrose étaient absents, et je n'hésite pas à avouer franchement, Mrs. Reed, que, n'eût été la déclaration du Dr Kennedy précisant que Mrs. Halliday était encore en vie, j'aurais pu, à cette époque, prendre au sérieux les allégations de votre père.

— Aviez-vous donc l'impression qu'il avait véritablement tué sa femme? demanda Giles.

— J'ai dit, « à cette époque ». Plus tard, j'eus quelque motif de réviser mon opinion, à mesure que le caractère et l'état mental du major Halliday me devenaient plus familiers. Votre père, Mrs. Reed, n'appartenait pas au type paranoïaque. Il ne souffrait pas de la manie de la persécution et n'avait aucun penchant pour la violence. Il n'était pas non plus ce que l'on appelle « fou », et il ne présentait absolument aucun danger pour autrui. Mais il avait une fixation tenace en ce qui concernait la mort de Mrs. Halliday; et, pour expliquer l'origine de cet état d'esprit, je suis convaincu qu'il nous aurait fallu pouvoir remonter fort loin — probablement jusqu'à une expérience traumatisante se situant dans son enfance. Pourtant, je dois reconnaître que toutes nos méthodes d'analyse ont échoué et que nous avons été incapables de déterminer avec précision l'origine de ses troubles. Briser la résistance d'un malade est parfois un très long travail, qui peut exiger des années. Dans le cas de votre père, c'est le temps qui nous a manqué.

Il s'interrompit un instant, puis levant vivement les yeux :

— Vous savez, je présume, que le major Halliday s'est suicidé.

— Oh *non!* s'écria Gwenda.

— Veuillez m'excuser, Mrs. Reed, mais je vous croyais au courant. Quoi qu'il en soit, peut-être avez-vous le droit de nous en vouloir jusqu'à un certain point. Car je suis obligé de reconnaître qu'une surveillance plus serrée aurait sans doute pu éviter un tel dénouement. Mais, franchement, je n'avais décelé chez votre père aucun signe pouvant laisser supposer qu'il était homme à se suicider. Il n'avait aucune tendance à la mélancolie ou à l'abattement. Il se plaignait seulement d'insomnie, et mon confrère avait jugé bon de lui faire donner chaque soir des comprimés de somnifère. Hélas, au lieu de les prendre, il les mettait de côté; jusqu'au moment où il en eut une quantité suffisante pour...

Il laissa sa phrase en suspens et esquissa un geste vague des deux mains.

— Se sentait-il donc tellement malheureux, ici?

— Je ne le crois pas. Il souffrait plutôt, à mon avis, d'un complexe de culpabilité et du désir de subir le châtiment qu'il croyait mériter. Vous savez qu'il avait d'abord insisté, le jour même de la disparition de sa femme, pour qu'on appelât immédiatement la police. Et, bien qu'on l'en eût dissuadé en lui affirmant qu'il n'avait commis aucun crime, il refusait obstinément de se laisser convaincre entièrement. Pourtant, on lui avait prouvé à maintes reprises — et il avait été obligé de l'admettre — qu'il n'avait aucun souvenir réel d'avoir commis l'acte dont il s'accusait.

Le Dr Penrose fouilla dans les papiers étalés devant lui.

— Ses déclarations quant à son comportement au cours de la fameuse soirée n'ont jamais varié. Quand il est rentré chez lui, il faisait déjà nuit. Ainsi qu'il le faisait d'habitude, il est entré dans la salle à manger, s'est versé un verre qu'il a bu aussitôt, puis est passé dans le salon en traversant la porte de communication. Après cela, il ne s'est plus souvenu de rien jusqu'au moment où il s'est trouvé debout dans la chambre à coucher, contemplant sa femme morte étendue sur le lit. Étranglée. Et il a tout de suite été persuadé qu'il avait commis le crime.

— Excusez-moi, docteur, interrompit Giles, mais pourquoi en était-il tellement persuadé?

— Il semble qu'il n'y ait jamais eu le moindre doute dans son esprit. Depuis des mois, il entretenait des soupçons aussi fous que mélodramatiques. Il était, par exemple, convaincu que sa femme lui administrait des drogues à son insu. Il avait vécu aux Indes et, là-bas, les tribunaux ont souvent à juger de cas où la femme a rendu son mari fou en lui faisant absorber du datura. Il avait souffert à plusieurs reprises d'hallucinations qui brouillaient son esprit en ce qui concernait particulièrement le temps et le lieu. Il niait vigoureusement avoir soupçonné sa femme d'infidélité; mais, en dépit de ces dénégations, je suis persuadé que c'était bien là que se trouvait la motivation. Il semble que les choses se soient passées ainsi : en entrant au salon, il trouve le billet écrit par sa femme et dans lequel elle lui annonce qu'elle le quitte; et sa manière à lui d'esquiver ce coup brutal, c'est de se convaincre qu'il aime mieux la voir morte qu'infidèle, qu'il aime mieux la *tuer*. D'où l'hallucination.

— Ce qui veut dire qu'il l'aimait beaucoup, murmura Gwenda.

— Cela paraît l'évidence même, Mrs. Reed.

— Et il n'a jamais voulu admettre que son crime n'avait eu lieu que dans son imagination?

— Il a été obligé de reconnaître qu'il *devait forcément* en être ainsi; mais, au fond de lui-même, sa croyance restait inchangée. L'obsession était trop forte pour céder devant le raisonnement. Si nous avions pu découvrir la nature de la fixation profonde se situant sans doute dans son enfance...

Gwenda l'interrompit à nouveau. Elle trouvait ce détail sans grand intérêt.

— Mais vous êtes absolument certain qu'il n'a pas commis ce crime, n'est-ce pas?

— Si c'est cette pensée qui vous tracasse, Mrs. Reed, vous pouvez la chasser de votre esprit. Le major Halliday, si jaloux qu'il ait pu être de sa femme, n'était pas le moins du monde un assassin.

Le docteur toussota et se saisit d'un petit carnet noir à la couverture défraîchie.

— Si vous désirez ceci, Mrs. Reed, je puis vous le remettre. Ce carnet contient des notes écrites par votre père durant son séjour ici. Lorsque nous avons remis ses effets personnels à ses exécuteurs testamentaires — une firme d'hommes de loi —, le Dr McGuire, qui était alors directeur de l'établissement, a cru pouvoir conserver ce document comme particulièrement révélateur. Le cas de votre père apparaît d'ailleurs — sous de simples initiales, naturellement — dans un ouvrage écrit par le Dr McGuire en personne. Donc, si vous désirez avoir cette sorte de journal...

Gwenda tendit la main pour s'emparer du petit carnet noir.

— Je vous remercie, dit-elle. J'aimerais beaucoup le conserver, en effet.

2

Dans le train de Londres, Gwenda ouvrit le carnet au hasard et se mit à lire.

Je suppose que ces médecins connaissent leur affaire... Tout ça paraît tellement extraordinaire et stupide... Étais-je amoureux de ma mère? Est-ce que je haïssais mon père? Je n'en crois pas un mot... Je ne puis m'empêcher de penser que cela n'est qu'une simple affaire de police — une affaire pour les tribunaux — et non pas une histoire pour les psychiatres... Pourtant, je dois bien reconnaître que certains des malades soignés dans cet établissement ont l'air tellement naturels et raisonnables — exactement comme tout le monde — sauf quand on touche à leur point faible. Eh bien, il semble que, moi aussi, j'aie mon point faible...

J'ai écrit à James... en lui demandant de se mettre en rapport avec Hélène... Qu'on la laisse venir me voir, si elle est en vie... Il prétend qu'il ignore où elle se trouve... tout simplement parce qu'il sait qu'elle est morte et que c'est moi qui l'ai tuée... C'est un brave garçon, mais ses affirmations ne me trompent pas... Hélène est morte...

Quand ai-je commencé à la soupçonner? Il y a long-temps... Peu de temps après notre arrivée à Dillmouth... Son comportement avait changé... Elle dissimulait quel-que chose... Je la surveillais... Oui, et elle m'observait aussi de son côté...

Mettait-elle des drogues dans mes aliments?... Ces

cauchemars étranges et affreux... Non pas des rêves ordinaires... mais des cauchemars vivants, réels... Je sais qu'il s'agissait de drogues... Elle seule a pu faire ça... Pourquoi?... Il y avait un homme... Un homme dont elle avait peur...

Il me faut être honnête envers moi-même. Je l'ai soupçonnée d'avoir un amant, et il y avait sûrement quelqu'un... Je le sais... Elle m'en avait vaguement parlé sur le bateau... Quelqu'un qu'elle aimait et ne pouvait épouser... Nous étions semblables, elle et moi... Car je ne pouvais oublier Megan... Comme notre petite Gwennie lui ressemble parfois!... Hélène jouait si gentiment avec Gwennie, sur le bateau... Hélène... Tu es si charmante, Hélène...

Est-elle encore en vie? Ou bien lui ai-je véritablement mis les mains autour de son cou et ai-je serré jusqu'à l'étouffer? J'ai traversé la salle à manger et j'ai vu le billet sur le bureau du salon... Ensuite... ensuite, tout est devenu noir... tout noir... un grand trou noir... Mais il n'y a aucun doute : je l'ai tuée... Dieu merci, Gwennie est en sécurité en Nouvelle-Zélande. Son oncle et sa tante sont de braves gens, et ils veilleront bien sur elle pour l'amour de Megan... Megan... Megan, comme je voudrais que tu sois encore là...

C'est le meilleur moyen... Sans scandale. La meilleure solution pour l'enfant. Il m'est impossible de continuer ainsi pendant des années. Il faut que je prenne le chemin le plus court... Gwennie n'en saura jamais rien... Elle ne saura jamais que son père était un assassin...

Les yeux de Gwenda, brouillés de larmes étaient fixés sur Giles, assis en face d'elle; mais ceux du jeune homme étaient dirigés vers le coin opposé du compartiment. Conscient du regard de sa femme, il tourna la tête.

L'autre voyageur, assis un peu plus loin, lisait un journal du soir et, sur la première page, s'étalait un gros titre mélodramatique : QUELS ÉTAIENT LES HOMMES DANS SA VIE?

Lentement, Gwenda fit un petit signe de tête et baissa à nouveau les yeux vers les notes écrites par son père dans le petit carnet noir.

Il y avait sûrement quelqu'un... Je le sais...

CHAPITRE XI

Des hommes dans sa vie

Miss Marple traversa l'Esplanade et s'engagea dans Fore Street. On y trouvait principalement de très vieilles boutiques : un magasin de laines à tricoter et d'ouvrages de dame, un confiseur, un tailleur dont la devanture était restée résolument victorienne, d'autres encore du même genre.

La vieille demoiselle jeta un coup d'œil à la vitrine du marchand de laines. Deux jeunes vendeuses étaient occupées avec des clientes, mais une autre — d'un certain âge — était tranquillement assise au fond de la boutique. Miss Marple poussa la porte et entra.

— Qu'y a-t-il pour votre service, madame? lui demanda la vendeuse aux cheveux grisonnants.

Miss Marple expliqua qu'elle désirait de la laine bleu pâle pour tricoter un vêtement de bébé. Sans la moindre hâte, elle discuta ensuite de modèles et parcourut des revues présentant des vêtements d'enfants. La vendeuse ne montrait pas le moindre signe d'impatience. Elle était depuis longtemps habituée à recevoir des clientes comme celle-là. D'ailleurs, elle aimait beaucoup mieux ces vieilles dames douces et bavardes que les jeunes mamans énervées et parfois impolies qui ne savaient jamais ce qu'elles voulaient et ne regardaient que les articles bon marché et tape-à-l'œil.

— Oui, continua Miss Marple, je crois que ce sera très beau, et je sais qu'on est généralement satisfait de cette marque de laine, qui ne rétrécit pas au lavage.

Tout en faisant le paquet, la vendeuse fit remarquer que le vent était, ce jour-là, particulièrement froid.

— Oui, je l'ai senti en longeant l'Esplanade, dit la vieille demoiselle. Je trouve aussi que Dillmouth a beaucoup changé. Je n'y étais pas venue depuis... voyons... quelque chose comme dix-neuf ans.

— Il n'est donc pas surprenant que vous y voyiez des tas de changements. Le *Superb* n'était pas encore construit, à cette époque, et le *Southview Hotel* non plus, je suppose?

— Oh non! Dillmouth n'était alors qu'une toute petite station. Je résidais chez des amis... à la villa Sainte-Catherine, sur la route de Leahampton. Vous connaissez peut-être?

Mais la vendeuse n'habitait Dillmouth que depuis une dizaine d'années.

Miss Marple la remercia de son amabilité, prit le paquet et quitta le magasin pour entrer, tout à côté, chez le marchand de nouveautés. Là aussi, elle se dirigea vers une employée d'un certain âge, et la conversation s'engagea sur les mêmes sujets, tandis que la vieille demoiselle examinait des cardigans d'été. Cette fois, l'employée répondit sans hésitation.

— Ce devait être chez Mrs. Findeyson.

— Heu... oui, il me semble que c'est ça. Mais les amis dont je parle avaient loué la maison en meublé. C'étaient un certain major Halliday et sa femme. Ils avaient une fillette, qui devait avoir... trois ans, à l'époque.

— Je me rappelle. Ils ont dû rester environ un an.

— Oui. La major rentrait des Indes. Ils avaient une excellente cuisinière, qui m'avait donné une recette de pudding aux pommes absolument extraordinaire. Et aussi, me semble-t-il, une recette de pain d'épice. Je ne me rappelle pas son nom, et je me demande ce qu'elle est devenue.

— Je suppose que vous parlez d'Edith Pagett, madame. Elle est toujours à Dillmouth : elle sert maintenant à Windrush Lodge.

— J'avais aussi rencontré d'autres personnes : les Fane, par exemple. Je crois que Mr. Fane était avoué, ou quelque chose comme ça.

— C'est vrai. Mais il est mort il y a plusieurs années. Son fils, Mr. Walter Fane habite encore avec sa mère, car il ne s'est jamais marié. Et c'est lui, à présent, qui dirige l'étude.

— Vraiment? J'avais dans l'idée qu'il était parti pour l'Inde.

— Vous ne vous trompez pas. Mais il était alors tout jeune, et il est revenu au bout d'un an ou deux. Son étude est actuellement la plus cotée de la région et celle qui traite la plupart des grosses affaires. Mr. Fane est d'ailleurs un homme charmant, et tout le monde l'aime beaucoup.

— Il avait été fiancé à Miss Kennedy, n'est-ce pas? Et ensuite la jeune fille a rompu pour épouser le major Halliday.

— Oui, elle était partie pour l'Inde dans l'intention d'épouser Mr. Fane; mais elle a changé d'avis et a finalement choisi le major.

Le ton de l'employée contenant un rien de désapprobation.

Miss Marple se pencha un peu en avant et baissa la voix.

— J'ai beaucoup plaint ce pauvre major Halliday et sa petite fille. J'ai cru comprendre que sa seconde femme l'a quitté pour s'enfuir avec un autre. Elle devait être de tempérament un peu volage.

— Complètement écervelée, voilà ce qu'elle était. Son frère, le médecin, était pourtant un homme charmant. Et tellement compétent!

— Avec qui est-elle partie? Je ne l'ai jamais su.

— Ça, je ne saurais le dire. Certains prétendent que c'est avec un des invités qui avaient été reçus à la villa pendant l'été. Ce que je sais, par contre, c'est que le major a éprouvé un choc terrible. Il a quitté Dillmouth, et j'ai entendu dire que sa santé s'était complètement délabrée... Votre monnaie, madame.

Miss Marple ramassa la monnaie et prit son paquet.

— Merci beaucoup, dit-elle. Je me demande si... Edith Pagett — c'est bien ainsi que vous l'avez appelée? — a toujours cette recette de pain d'épice. Parce que je l'ai perdue — ou plutôt, c'est ma petite bonne qui l'a égarée —, et j'aime tellement le pain d'épice.

— Je souhaite qu'elle l'ait encore, madame. A propos, sa sœur habite justement la maison voisine; elle est mariée à Mr. Mountford, le confiseur, et Edith vient la voir toutes les fois qu'elle a un jour de liberté. Je suis certaine que Mrs. Mountford lui transmettrait votre message.

— C'est une très bonne idée, et je vous remercie infiniment pour tout le mal que vous vous êtes donné.

— Tout le plaisir a été pour moi, madame.

Miss Marple sortit dans la rue.

— Une bonne vieille maison, murmura-t-elle. Et ces cardigans sont vraiment très jolis. Je n'ai donc pas gaspillé mon argent.

Elle jeta un coup d'œil à sa montre.

— Encore cinq minutes avant d'aller retrouver ces deux charmants enfants au *Ginger Cat*. J'espère qu'ils n'auront rien appris de trop inquiétant, dans cette maison de santé du Norfolk.

2

Giles et Gwenda étaient assis à une table d'angle dans la salle du *Ginger Cat*, le petit carnet noir posé devant eux, lorsque Miss Marple vint les rejoindre.

— Que désirez-vous prendre? demanda gentiment Gwenda. Du café?

— Volontiers, je vous remercie. Mais pas de gâteaux; un simple scone beurré.

Giles passa la commande à la serveuse, tandis que Gwenda poussait le carnet vers la vieille demoiselle.

— Il vous faut d'abord lire ceci, dit-elle. Ensuite, nous pourrons parler. C'est mon père qui a écrit ces notes pendant son séjour à la maison de santé...

Et, se tournant vers son mari :

— Oh! Giles, voudrais-tu auparavant, répéter exactement à Miss Marple ce que nous a appris le Dr Penrose?

Le jeune homme s'exécuta sans se faire prier. Quand il eut terminé, Miss Marple ouvrit le carnet, tandis que la serveuse posait sur la table trois tasses de café léger, puis une assiette contenant un scone beurré et des gâteaux. Giles et Gwenda gardaient maintenant le silence.

Au bout d'un moment, Miss Marple referma le carnet. Son expression était difficile à déchiffrer, mais Gwenda crut déceler dans ses yeux une flamme de colère. En tout cas, compte tenu de son âge, ils brillaient étrangement.

— Vous nous aviez conseillé de ne pas nous occuper de cette affaire, dit la jeune femme, vous vous rappelez? Je comprends maintenant le sens de cette recommandation. Nous ne vous avons pas écoutée, et voilà où nous en sommes. Seulement, il semble à présent que nous soyons arrivés à un autre endroit où on pourrait s'arrêter si on le voulait. Croyez-vous que nous le devrions?

Miss Marple hocha lentement la tête. Elle paraissait soucieuse et perplexe.

— Je ne sais pas, répondit-elle. Je ne sais vraiment pas. Il serait peut-être mieux de le faire; parce que, après ce laps de temps, il n'y a rien que vous puissiez entreprendre — rien, en tout cas, qui soit de nature constructive.

— Vous voulez dire, je suppose, qu'après tout ce temps, nous ne pouvons rien découvrir? demanda Gwenda.

— Oh non! Ce n'est pas du tout ce que j'ai voulu dire.

Dix-neuf ans, ce n'est pas tellement long, vous savez. Il y a encore des gens qui se souviendraient, qui répondraient à des questions. Beaucoup de gens. Par exemple, des domestiques. Il devait y en avoir au moins deux dans la maison, à ce moment-là, sans compter la nurse et probablement un jardinier. Il suffirait de prendre son temps et de se donner un peu de mal pour les amener à raconter ce qu'ils peuvent savoir. En fait, j'ai déjà découvert l'un d'eux : la cuisinière. Non, ce n'est pas cela que je voulais dire. Je songeais surtout au résultat pratique que vous pourriez en retirer; et je serais assez portée à déclarer : aucun. Pourtant...

Elle s'interrompit un instant.

— Il y a un pourtant... Je suis un peu lente à me faire une opinion, mais j'ai le sentiment qu'il y a quelque chose — peut-être pas très tangible, je le reconnais — qui vaudrait la peine que l'on prenne certains risques. Mais je ne parviens pas à déterminer avec exactitude de quoi il s'agit.

— Il me semble...

Giles s'interrompit brusquement, et Miss Marple tourna les yeux vers lui.

— Les messieurs, dit-elle, paraissent capables de classer les faits plus clairement. Je suis certaine, Mr. Reed, que vous vous êtes déjà formé une opinion.

— J'ai évidemment réfléchi à la question, et je crois qu'on ne peut parvenir qu'à deux conclusions. La première est celle que j'ai déjà suggérée. Hélène Halliday n'était pas morte lorsque Gwennie l'a vue étendue dans le hall. Elle est revenue à elle et s'est enfuie avec son amant. Cette hypothèse cadre avec les faits tels que nous les connaissons. Elle s'accorde avec la conviction de Halliday — qui croyait avoir tué sa femme —, ainsi qu'avec le billet d'adieu et les vêtements manquants. Mais elle laisse certains points dans l'ombre. Par exemple, elle n'explique pas pourquoi Halliday était persuadé avoir étranglé Hélène *dans la chambre à coucher*. D'autre part, elle ne répond pas à ce qui me paraît être une question essentielle : *Où se trouve actuellement Hélène Halliday?* Parce que je considère comme invraisemblable que personne n'ait jamais eu de ses nouvelles depuis cette époque lointaine. En admettant que les deux lettres reçues par Kennedy soient authentiques, qu'est-elle devenue ensuite? Pourquoi n'a-t-elle jamais écrit à nouveau? Elle était en termes affectueux avec son frère, lequel, de son côté, lui a toujours été très attaché. Il pouvait désapprouver la conduite de sa sœur, mais ce n'est pas une raison pour qu'il n'ait plus jamais entendu parler d'elle, pour qu'il n'ait plus jamais reçu de ses nouvelles. A mon avis, ce point a sérieusement tracassé le docteur. A l'époque, il a probablement accepté l'histoire telle qu'il nous l'a racontée : la fuite de sa sœur et l'effondrement de son beau-frère. Mais, à mesure que les années passaient sans lui apporter de nouvelles d'Hélène et tandis que persistait la conviction d'Halliday qu'il avait tué sa femme, le doute a dû commencer à se glisser dans son esprit. Et si l'histoire de Kelvin était vraie? S'il avait étranglé sa femme, comme il le prétendait? Telle est l'angoissante question qu'il a dû se poser. Pas de nouvelles de sa sœur. Sous aucune forme. Si elle était décédée quelque part à l'étranger, ne l'aurait-on pas prévenu? Je crois que cela explique son impatience à la vue de notre annonce. Il espérait évidemment que nous pourrions lui apprendre ce qu'était devenue sa sœur depuis sa disparition et où elle se trouvait en ce moment. Quoi qu'il en soit, j'ai la conviction qu'il est anormal de disparaître aussi *complètement* que semble l'avoir fait Hélène Halliday. Ce seul point est en soi extrêmement suspect.

— Je suis d'accord avec vous, dit Miss Marple. Et... l'autre hypothèse, Mr. Reed?

— Elle est assez fantastique, répondit Giles d'une voix lente. Un peu effrayante aussi, parce qu'elle implique une sorte de... malveillance, si je puis dire.

— Oui, intervint Gwenda, malveillance est le mot qui convient. Il y aurait même, je crois, quelque chose de... dément.

La jeune femme réprima un frisson.

— C'est très possible, reconnut Miss Marple. Il se passe autour de nous bien des choses étranges, beaucoup plus que les gens ne se l'imaginent. Je l'ai souvent constaté.

Le visage de la vieille demoiselle était à nouveau soucieux.

— Voyez-vous, reprit Giles, on ne peut trouver aucune explication *normale*. Je vais maintenant vous exposer ma seconde hypothèse — assez bizarre, je dois le reconnaître —, selon laquelle Kelvin Halliday *n'a pas* tué sa femme, mais croyait sincèrement l'avoir fait. C'est visiblement ce que pense le Dr Penrose, qui paraît être un brave type. Sa première impression a sans doute été, au début, qu'Halliday avait commis le crime et désirait, pour cette raison, se livrer à la police. Ensuite, il a dû se ranger à l'avis de Kennedy et admettre que Kelvin souffrait d'un complexe de fixation — si toutefois c'est là l'expression exacte dans le jargon des médecins. Mais cette solution ne lui plaisait tout de même pas entièrement. Il avait l'expérience de ce genre de malades. Or, Halliday paraissait différent. A mesure qu'il le connaissait mieux, il était de plus en plus persuadé que ce n'était pas le type d'homme capable d'étrangler une femme. Même sous l'emprise de la colère. Il acceptait donc la théorie de la fixation, mais avec méfiance et quelque hésitation. Cela signifie, à mon avis, qu'une seule théorie s'adapte à ce cas : Halliday a été contraint par quelqu'un d'autre à penser qu'il avait tué sa femme. En d'autres termes, nous sommes parvenus jusqu'à X. En examinant les faits avec soin, je dirai que cette hypothèse est au moins *possible*. Selon ses propres déclarations, en arrivant chez lui ce soir-là, Halliday est entré dans la salle à manger pour boire un verre, ainsi qu'il le faisait toujours; puis il est passé dans le salon contigu, a vu le billet sur le bureau et a éprouvé un malaise...

Miss Marple esquissa un signe d'approbation.

— Sans doute pas un simple vertige, continua Giles, mais plus probablement un malaise beaucoup plus sérieux dû à l'effet d'une drogue versée dans sa bouteille de whisky. La suite est assez claire, n'est-ce pas? X avait étranglé Hélène dans le hall, puis l'avait transportée au premier étage, étendue sur le lit et tout arrangé pour faire croire à un crime passionnel. Lorsque Kelvin retrouve sa lucidité, c'est là qu'il voit sa femme. Et le pauvre diable, qui a été tourmenté par la jalousie, est persuadé qu'il vient de commettre un crime dans un moment d'aberration. Que fait-il ensuite? Il part à pied pour se rendre chez son beau-frère, qui habite à l'autre extrémité de la ville. Et cette absence permet à X de parfaire sa mise en scène. Il entasse quelques vêtements dans une valise et un sac de voyage qu'il emporte en même temps que le corps... Mais ce qu'il a pu faire du cadavre, j'avoue que ça me dépasse...

— Je suis surprise de vous entendre dire cela, Mr. Reed, intervint Miss Marple. A mon sens, ce problème ne présentait que peu de difficultés. Mais continuez, je vous prie.

— « *Quels étaient les hommes dans sa vie?* » cita Giles. J'ai aperçu ce titre sur la première page d'un journal, alors que nous revenions de Londres, Gwenda et moi. Et je me suis mis à réfléchir parce que, dans le cas qui nous occupe, c'est le point crucial, n'est-il pas vrai? S'il y a véritablement un certain X, comme nous le pensons, tout ce que nous pouvons supposer de lui, c'est qu'il devait être absolument fou de la jeune femme.

— C'est pourquoi il haïssait mon père et souhaitait le faire souffrir, dit Gwenda.

— Voilà donc où nous en sommes. Nous savons quel genre de fille était Hélène...

Giles s'interrompit, comme s'il répugnait à exprimer son opinion.

— Folle des hommes, compléta Gwenda.

Miss Marple leva vivement la tête mais ne dit rien.

— ... et très belle. Mais nous ne possédons aucun indice concernant les autres hommes qu'il pouvait y avoir dans sa vie. En plus de son mari, il pouvait y en avoir... n'importe quel nombre.

Miss Marple hocha la tête.

— C'est peu probable. Je vous rappelle qu'elle était fort jeune. De plus, vous commettez une petite erreur, Mr. Reed, car nous savons quelque chose sur les hommes qu'elle a fréquentés. Il y a d'abord celui qu'elle devait épouser avant de rencontrer le major Halliday.

— Ah oui! Le fils de l'avoué. Comment s'appelait-il donc?

— Walter Fane.

— C'est juste. Mais vous ne pouvez pas le compter au nombre des suspects, car il se trouvait alors en Inde.

— En êtes-vous certain? Rappelez-vous qu'il n'y est pas resté longtemps. Il en est revenu pour entrer dans l'étude de son père.

— Peut-être a-t-il suivi Hélène jusqu'ici! s'écria Gwenda.

— C'est possible, mais nous n'en savons rien.

Giles considérait la vieille demoiselle avec une certaine curiosité.

— Comment avez-vous découvert tout ça?

Miss Marple esquissa un sourire.

— J'ai un peu bavardé. Dans les magasins... en attendant le bus... Les vieilles dames passent pour être curieuses, et on peut, de cette manière, récolter pas mal de potins locaux.

— Walter Fane, murmura Giles d'un air pensif. Hélène l'avait repoussé, et il a pu en être terriblement ulcéré. S'est-il jamais marié?

— Non, répondit Miss Marple. Il habite avec sa mère. Je suis invitée à prendre le thé chez eux à la fin de la semaine.

— Il y a aussi quelqu'un d'autre dont nous avons entendu parler, dit soudain Gwenda. Un homme, rappelez-vous, avec qui Hélène s'était plus ou moins compromise, à sa sortie du lycée. Un individu indésirable, pour reprendre l'expression du Dr Kennedy. Je me demande d'ailleurs pour quelle raison il était « indésirable ».

— Cela fait deux hommes, dit Giles. Et chacun d'eux a pu garder rancune à la jeune fille qui l'avait repoussé... Peut-être le premier souffrait-il de quelque déficience... mentale.

— Le Dr Kennedy pourrait nous renseigner sur ce point, fit remarquer Gwenda. Seulement, il sera un peu difficile de lui poser des questions sur ce sujet. Chercher à savoir ce qu'est devenue ma belle-mère — dont je me souviens pourtant à peine —, passe encore; mais m'informer de ses affaires de cœur ou de ses liaisons antérieures, ça risque d'exiger quelques explications; parce que cet intérêt peut paraître un peu excessif à propos d'une personne que l'on n'a pratiquement pas connue.

— Il y a probablement d'autres moyens de se renseigner, dit Miss Marple.

— De toute manière, nous sommes en possession de deux « possibilités », fit observer Giles.

— Et nous pouvons, me semble-t-il, en ajouter une troisième. Ce peut n'être qu'une pure hypothèse, mais sans doute justifiée par les événements.

Gwenda et son mari regardèrent la vieille demoiselle avec une légère surprise.

— Ce n'est qu'une simple déduction, reprit Miss Marple en rougissant un peu. Hélène Kennedy était partie pour l'Inde dans l'intention d'épouser le jeune Fane. Même si elle n'en était pas follement amoureuse, elle devait éprouver pour lui une certaine affection, puisqu'elle était prête à passer sa vie à ses côtés. Pourtant, dès qu'elle arrive là-bas, elle rompt son engagement et télégraphie à son frère de lui envoyer l'argent nécessaire pour rentrer en Angleterre. Pourquoi?

— Elle avait changé d'idée, j'imagine, dit Giles.

Gwenda haussa les épaules.

— Naturellement, dit-elle. Nous le savons. Mais Miss Marple a voulu demander : pourquoi avait-elle changé d'idée?

— Cela arrive parfois aux jeunes filles.

— *Dans certaines circonstances,* précisa Miss Marple.

— Évidemment, il a dû se passer quelque chose, reconnut Giles.

— Bien sûr! dit vivement Gwenda. Un autre homme.

Les deux femmes se regardèrent avec l'assurance de personnes admises au sein d'une franc-maçonnerie dont les hommes étaient exclus.

— Sur le bateau qui l'emmenait aux Indes! ajouta Gwenda. La rencontre fortuite, puis le clair de lune sur le pont... Seulement, ce devait être sérieux... Pas un simple flirt de voyage.

— Oui, je pense que c'était sérieux, murmura Miss Marple.

— Mais alors, intervint Giles, pourquoi n'a-t-elle pas épousé cet homme?

— Peut-être ne l'aimait-il pas réellement? suggéra la jeune femme d'une voix lente.

Puis, secouant doucement la tête :

— Non, je crois que dans ce cas, elle aurait épousé Fane. Mais alors... Mon Dieu, je suis stupide! Un homme marié, bien sûr!

Elle leva vers Miss Marple un regard triomphant.

— Exactement, dit la vieille demoiselle. C'est bien ainsi que je verrais les choses. Ils sont tombés follement amoureux l'un de l'autre; mais l'homme était marié — peut-être même avait-il des enfants. Il était probablement honnête, et... les choses ne sont pas allées plus loin.

— Seulement, Hélène ne voulait plus épouser Walter Fane, reprit Gwenda, et elle décide de rentrer en Angleterre. Oui, tout cadre. Et puis, sur le bateau qui la ramenait ici, elle rencontre mon père...

La jeune femme s'interrompit quelques secondes pour réfléchir.

— Elle n'était sûrement pas follement amoureuse de lui; mais attirée tout de même. Tous les deux étaient malheureux... et ils se sont consolés mutuellement. Mon père lui a parlé de ma mère, et peut-être lui a-t-elle parlé de l'autre homme...

Gwenda se saisit du petit carnet noir et en tourna vivement les pages.

— Oui, bien sûr... *Il y avait sûrement quelqu'un... Je le sais... Elle m'en avait vaguement parlé sur le bateau... Quelqu'un qu'elle aimait et ne pouvait épouser.* Oui, c'est cela. Hélène et mon père se sentaient semblables, et elle a dû se dire qu'elle pourrait le rendre heureux; peut-être même même a-t-elle cru qu'elle serait heureuse elle aussi, en fin de compte.

Elle s'arrêta encore et adressa un signe de tête à Miss Marple.

— C'est cela! répéta-t-elle d'un air convaincu.

Giles paraissait légèrement exaspéré.

— Vraiment, Gwenda, tu es en train d'imaginer des tas de choses, et tu prétends ensuite qu'elles se sont réellement passées.

— Elles se sont passées, Giles. Il faut qu'il en soit ainsi. Et nous avons maintenant un troisième personnage qui pourrait être notre X.

— Tu veux dire...

— L'homme marié. Nous ne savons pas comment il était... Il se peut qu'il n'ait pas été du tout l'honnête garçon dont nous parlions tout à l'heure. Peut-être même était-il un peu fou. Il a pu suivre Hélène jusqu'ici.

— Tu viens de nous expliquer qu'il se rendait aux Indes.

— Sans doute. Mais on peut aisément en revenir. C'est ce qu'a fait Walter Fane, un an plus tard. Je n'affirme pas, note bien, que notre inconnu soit revenu; néanmoins, il représente une autre « possibilité ». Tu voulais savoir quels étaient les hommes qui avaient pu se trouver dans la vie d'Hélène. Eh bien, nous en avons trois : Walter Fane, un jeune homme dont nous ignorons le nom et un homme marié...

— Dont nous ignorons l'existence réelle, compléta Giles.

— Nous trouverons, n'est-ce pas, Miss Marple?

— Si nous savons nous y prendre, nous pouvons effectivement découvrir beaucoup de choses. Et maintenant, voici ma contribution à l'enquête. Au cours d'une petite conversation dans la boutique du marchand de nouveautés, j'ai appris qu'Edith Pagett, cuisinière à Sainte-Catherine à l'époque qui nous intéresse, habite toujours Dillmouth. Je crois, Gwenda, qu'il paraîtrait tout à fait naturel que vous désiriez la voir. Elle pourrait peut-être vous raconter certaines choses.

— C'est merveilleux! s'écria la jeune femme. Et... j'ai aussi une autre idée. Je vais faire un nouveau testament... Ne prends pas cet air soucieux, Giles. Je te lèguerai toujours mon argent; mais c'est Mr. Fane que je vais charger de rédiger le document.

— Gwenda, sois prudente, je t'en prie.

— Faire un testament est une chose tout à fait normale. Et la tactique que j'ai imaginée est parfaite. Je veux voir cet homme, Giles! Je veux voir à quoi il ressemble et si, à mon avis, il a pu...

Elle laissa sa phrase inachevée.

— Ce qui me surprend, c'est que personne d'autre n'ait répondu à notre annonce. Cette Edith Pagett, par exemple...

Miss Marple hocha la tête.

— A la campagne, les gens mettent longtemps à se décider... Ils sont soupçonneux et aiment à réfléchir avant d'agir.

CHAPITRE XII

Lily Kimble

Lily Kimble étala deux journaux sur la table de la cuisine avant de faire égoutter les pommes de terre qui grésillaient dans la friteuse. Tout en fredonnant une rengaine à la mode, elle se pencha distraitement sur le journal qui se trouvait le plus près d'elle.

Et soudain, cessant de fredonner, elle appela :

— Jim... Jim, écoute ça, tu veux?

Jim Kimble, un homme d'âge mûr, bougon et taciturne, était en train de se laver devant l'évier de l'arrière-cuisine.

— Hem! grommela-t-il.

— C'est un truc dans le journal, reprit sa femme. Écoute... *Toute personne susceptible de donner des nouvelles d'Hélène Halliday, née Kennedy, est priée de se mettre en rapport avec Messrs Reed et Hardy, Southampton Row*. On doit vouloir parler de cette Mrs. Halliday chez qui j'ai travaillé autrefois, à la villa Sainte-Catherine. Son mari et elle avaient loué la maison à Mrs. Findeyson. Et je me rappelle que son prénom était Hélène. C'était la sœur du Dr Kennedy, celui qui disait toujours que je devrais me faire enlever les végétations.

Mrs. Kimble se tut pendant qu'elle s'occupait des pommes de terre. Jim Kimble reniflait dans la serviette de toilette avec laquelle il s'essuyait le visage.

— Bien sûr, c'est un vieux journal, reprit Lily en regardant la date. Il a près d'une semaine. Je ne comprends pas de quoi il s'agit. Tu ne crois pas qu'il pourrait y avoir de l'argent à gagner là-dedans, Jim?

— Hem! grogna encore Kimble sans se compromettre.

—. Il pourrait s'agir d'un testament ou quelque chose comme ça, conjectura sa femme. Ça remonte déjà assez loin...

— Hem!

— Près de... dix-neuf ans. Peut-être même vingt. Je me demande... Je me demande pourquoi on revient là-dessus maintenant. Tu ne penses pas que ce pourrait être la police, n'est-ce pas, Jim?

— Pour quelle raison?

— Ma foi, tu sais ce que j'ai toujours pensé, reprit Mrs. Kimble d'un air mystérieux. Je te l'ai raconté, à l'époque, quand nous sortions ensemble. On a prétendu qu'elle avait filé avec un type. Mais c'est toujours ça que disent les maris qui se débarrassent de leur femme. Tu peux être sûr que c'était un crime. C'est ce que je t'avais dit; et à Edie aussi. Mais Edie n'a pas voulu y croire; elle n'a jamais eu aucune imagination. Rappelle-toi ces vêtements, que la patronne avait soi-disant emportés... Eh bien, ça ne cadrait pas, si tu vois ce que je veux dire. Une valise avait disparu, un sac de voyage aussi, et assez de vêtements pour les remplir toutes les deux, d'accord. Mais pas ceux qu'elle aurait dû prendre! C'est ce que j'ai fait remarquer à Edie. « Crois-moi, que je lui ai dit, c'est le patron qui l'a zigouillée et enterrée dans la cave. » Seulement, ce n'était pas dans la cave, parce que Léonie — la nurse suisse — avait vu quelque chose par la fenêtre. Elle n'aurait pas dû quitter la maison, mais elle était tout de même venue au cinéma avec moi. La gamine ne se réveillait jamais pendant la nuit. Sage comme une image qu'elle était, cette gosse. « Et Madame ne monte jamais à la nursery le soir, que j'ai dit à Léonie; personne saura que tu es sortie avec moi. » Et elle est venue. Ensuite, quand nous sommes rentrées, il paraissait y avoir du grabuge. Le patron, malade, dormait dans la petite chambre, et le docteur le surveillait. C'est alors qu'il m'a posé des questions sur les vêtements. A ce moment-là, j'ai pas fait attention. J'ai pensé qu'elle avait bel et bien levé le pied avec ce type dont elle s'était toquée — un homme marié —, et Edie espérait que nous n'allions pas être mêlées à une affaire de divorce. Quel était donc le nom de ce gars? Je ne peux pas arriver à m'en souvenir. Ça commençait par un M... ou peut-être un R; je ne sais plus. Je dois perdre la mémoire, je suppose.

Mr. Kimble revenait de l'arrière-cuisine. Ignorant les sujets de moindre importance, il demanda si le souper était prêt.

— Un instant, répondit sa femme. Je vais sortir les frites, mais laisse-moi aller chercher un autre journal. Celui-ci, vaut mieux le garder, on sait jamais. De toute façon, ça peut pas être la police, après tant de temps. Peut-être des hommes de loi... Dans ce cas, pourrait y avoir de l'argent à ramasser. Évidemment, dans l'annon-

ce, il est pas question de récompense; mais il pourrait tout de même y en avoir une. Je voudrais bien le savoir... On donne une adresse pour répondre, mais j'aime pas tellement ça. Avec des gens de Londres... Qu'est-ce que tu en dis, Jim?

— Hem! grommela Kimble en contemplant d'un œil gourmand le poisson et les frites.

La discussion s'arrêta là.

CHAPITRE XIII

Walter Fane

Gwenda posa les yeux sur Walter Fane, assis en face d'elle de l'autre côté du vaste bureau d'acajou.

Elle vit un homme d'une cinquantaine d'années, à l'air las, au visage doux et insignifiant. Le genre d'homme, songea-t-elle, dont il serait malaisé de se souvenir si on le rencontrait par hasard. Un homme qui, pour employer une terminologie moderne, manquait de personnalité. Sa voix, lorsqu'il parla, était lente et agréable. Probablement un homme de loi très compétent, se dit encore la jeune visiteuse.

Elle jeta un coup d'œil discret autour de la pièce — le bureau du principal associé de la firme. Il convenait parfaitement à Walter Fane, avec son aspect vieillot et ses meubles usagés. Contre les murs, s'alignaient des classeurs portant des noms de notabilités du comté : Lady Jessup; Arthur ffoulkes, Esq. Décédé; Sir John Vava-sour-Trench...

Les grandes fenêtres à guillotine aux carreaux légèrement sales donnaient sur une arrière-cour flanquée par les murs imposants d'une maison voisine qui datait du XVIIᵉ siècle. Il n'y avait nulle part rien d'élégant ni de moderne, mais rien de laid, non plus. C'était un bureau quelconque, avec ses classeurs empilés les uns sur les autres, sa table de travail encombrée de paperasses et ses rangées d'ouvrages de droit alignés dans la bibliothèque; mais c'était aussi, selon toute apparence, le bureau de quelqu'un qui devait savoir exactement où chercher ce qu'il désirait.

La plume de Walter Fane cessa de gratter le papier. Et l'homme de loi leva les yeux en esquissant un vague sourire.

— Voilà qui est très clair, Mrs. Reed, dit-il. Un testament très simple. Quand aimeriez-vous revenir pour le signer?

Gwenda déclara qu'elle n'était nullement pressée.

— Vous savez, ajouta-t-elle, nous avons acheté une villa à Dillmouth... Hillside.

L'homme de loi baissa les yeux sur ses notes.

— Oui, en effet. Vous m'avez donné l'adresse.

Il n'y avait pas eu le moindre changement dans l'intonation de sa voix.

— C'est une très belle maison, et nous l'aimons beaucoup.

Walter Fane sourit.

— Vraiment! Est-elle au bord de la mer?

— Non. Elle s'appelait autrefois Sainte-Catherine, mais elle a été débaptisée.

Mr. Fane ôta ses lunettes et se mit à en frotter les verres avec une pochette de soie, les yeux fixés sur le bureau.

— Ah oui, dit-il. Sur la route de Leahampton, n'est-ce pas?

Il leva la tête, et Gwenda constata une fois de plus combien les gens habitués à porter des lunettes paraissent différents quand ils les ôtent. Les yeux de Walter Fane, d'un gris très pâle, semblaient étrangement vagues, avec leur myopie prononcée. Il semble, se dit Gwenda, que son visage ne soit pas réellement présent.

Walter Fane remit ses lunettes et déclara, de sa voix nette d'homme de loi :

— Vous m'avez dit, je crois, avoir déjà fait un testament au moment de votre mariage.

— Oui, mais j'y avais inclus, en Nouvelle-Zélande, certains legs en faveur de personnes maintenant décé-

120

dées; aussi ai-je pensé qu'il était plus simple d'en établir un nouveau, d'autant que mon mari et moi avons l'intention de nous fixer définitivement en Angleterre.

Walter fit un signe d'approbation.

— C'est une décision fort sage. Eh bien, je crois que tout cela est en règle, Mrs. Reed. Peut-être voudriez-vous passer après-demain vers onze heures? Cela vous conviendrait-il?

— Oui, ce serait parfait.

Gwenda se leva, aussitôt imitée par Walter Fane. Puis, avec une précipitation préméditée, elle ajouta :

— Je... je me suis adressée à vous parce que je crois que vous avez autrefois... connu ma mère.

— Vraiment? dit Fane avec un peu plus de chaleur dans la voix. Comment s'appelait-elle?

— Halliday. Megan Halliday. Je crois... enfin, on m'a dit que vous aviez été fiancés pendant un certain temps.

Sur le mur, la pendule faisait entendre son lent tic-tac. C'était le seul bruit à rompre le silence de la pièce.

Gwenda sentit tout à coup son cœur battre plus fort. Le visage de Mr. Fane était d'une parfaite et presque inquiétante impassibilité. Il faisait un peu penser à une maison aux stores baissés. Une maison contenant un cadavre? (Quelles pensées stupides peuvent traverser ton esprit, ma pauvre Gwenda!)

— Non, répondit l'homme de loi d'une voix inchangée, je n'ai jamais connu votre mère, Mrs. Reed. Mais j'ai été fiancé, pendant un certain temps, à Hélène Kennedy, qui est devenue plus tard la seconde femme de votre père.

— Oh! je comprends. C'est stupide de ma part. J'avais mal compris. Il s'agissait donc d'Hélène, ma belle-mère. Naturellement, je ne m'en souviens guère. Je n'étais qu'une enfant quand le second mariage de mon père s'est brisé. Mais quelqu'un m'avait dit que vous aviez été fiancé à Mrs. Halliday, en Inde, et j'ai cru qu'il s'agissait de ma mère, parce que... c'est là-bas que mon père avait fait sa connaissance.

— Hélène Kennedy était venue en Inde pour m'épouser, dit Walter Fane; et puis, elle a changé d'idée. Et c'est sur le bateau qui la ramenait en Angleterre qu'elle a rencontré votre père.

C'était là un simple exposé des faits, dépourvu de toute émotion. Gwenda avait encore l'impression de se trouver devant la façade d'une maison aux stores baissés.

— Excusez-moi, dit-elle. Ai-je commis un impair?

Walter Fane ébaucha encore un de ses rares sourires. Les stores se levaient.

— Il y a de cela dix-neuf ou vingt ans, Mrs. Reed, dit-il. Après un tel laps de temps, les ennuis et les folies de jeunesse ne signifient plus grand-chose. Vous êtes donc la fille de Kelvin. Vous n'ignorez certainement pas que votre père et Hélène ont vécu un certain temps à Dillmouth.

— Bien sûr que non, et c'est même pour cette raison que mon mari et moi nous sommes installés ici. Certes, il ne me restait pratiquement aucun souvenir de cette époque. Mais quand il nous a fallu choisir un endroit pour nous fixer, je suis tout d'abord venue jeter un coup d'œil à Dillmouth. J'ai trouvé l'endroit si attrayant que j'ai décidé que nous nous installerions ici et nulle part ailleurs. Et nous avons eu la chance de pouvoir acheter la maison même où nous avions vécu autrefois.

— Je me la rappelle, dit Walter Fane.

Encore un de ses sourires.

— Vous ne vous en souvenez évidemment pas, Mrs. Reed, mais je vous ai autrefois portée sur mes épaules.

Gwenda se mit à rire.

— Vraiment? Dans ce cas, vous êtes un vieil ami. Je ne puis prétendre me souvenir de vous, naturellement, car je devais avoir à cette époque deux ans et demi ou trois ans... Étiez-vous revenu des Indes pour... passer quelques mois de congé en Angleterre?

— Non, j'avais quitté les Indes pour tout de bon. J'y

étais allé dans l'intention de m'occuper de plantations de thé, mais cette vie ne me convenait pas. J'étais né pour suivre les traces de mon père et devenir un prosaïque homme de loi. J'avais obtenu mes diplômes avant mon départ, et je suis donc rentré tout de suite dans l'étude paternelle. J'y suis resté depuis lors...

Il s'arrêta une ou deux secondes et répéta :

— Oui... depuis lors...

Dix-huit ans, se dit Gwenda, ce n'est pourtant pas tellement long.

Changeant soudain d'attitude, Mr. Fane tendit la main à sa visiteuse.

— Eh bien, dit-il, puisque nous semblons être de vieilles connaissances, il vous faudra venir un de ces jours prendre le thé en compagnie de votre mari. Je dirai à ma mère de vous envoyer une carte. En attendant, jeudi onze heures?

Gwenda quitta le bureau. Il y avait une toile d'araignée dans un angle de la cage d'escalier et, au milieu, une banale bestiole qui, songea la jeune femme, n'avait pas l'air réelle. Ce n'était pas une de ces araignées grasses et dodues qui attrapent des mouches pour les manger. Elle ressemblait plutôt à un fantôme d'araignée. Un peu comme Walter Fane ressemblait, lui aussi, à une sorte de fantôme.

2

Giles attendait sa femme sur le bord de mer.

— Eh bien? demanda-t-il sans préambule.

— A l'époque qui nous intéresse, il était rentré des Indes et se trouvait à Dillmouth. Il m'a même portée sur son dos, m'a-t-il dit! Mais il n'a pu assassiner personne : ce n'est vraiment pas possible. Il est bien trop calme et doux pour cela. Réellement très gentil. Mais c'est le genre d'homme que l'on ne remarque pas. Il est de ces gens qui viennent aux réunions mondaines, mais dont on ne sait jamais à quel moment ils sont partis. Je suppose que c'est un homme foncièrement honnête, dévoué à sa mère et pourvu d'un tas de qualités. Mais si l'on se place au point de vue d'une femme, il est horriblement terne. Je comprends qu'il n'ait pu faire grande impression sur Hélène. Tu sais, c'est un de ces hommes sur qui on doit pouvoir compter dans le mariage, mais... dont on n'a vraiment pas envie.

— Pauvre diable! Et j'imagine qu'il devait être fou d'elle.

— Oh, je ne sais pas... En fait, je ne le crois même pas. De toute façon, je suis certaine que ce n'est pas lui notre assassin. Ce n'est pas du tout ainsi que je vois un meurtrier.

— Seulement, tu ne sais pas grand-chose des assassins, ma chérie.

— Que veux-tu dire?

— Eh bien, je songeais à la tranquille Lizzie Borden, dont seuls les jurés ont prétendu qu'elle n'était pas coupable. Et à Wallace, cet homme paisible déclaré coupable et acquitté en appel. Et à Armstrong, dont tout le monde disait que c'était le garçon le plus gentil de la terre. Vois-tu, je ne crois pas que les assassins puissent se classer dans une catégorie bien déterminée.

— Je ne puis vraiment pas m'imaginer Walter Fane...

Gwenda s'interrompit brusquement.

— Qu'y a-t-il? demanda Giles.

— Rien.

La jeune femme revoyait Walter Fane en train d'essuyer les verres de ses lunettes; et elle se rappelait le regard étrange de ses yeux myopes quand elle avait parlé de la villa Sainte-Catherine.

— Peut-être, dit-elle avec l'ombre d'une hésitation, peut-être était-il toqué d'elle, après tout.

124

CHAPITRE XIV

Edith Pagett

Le salon de Mrs. Mountford était assez confortable et accueillant. On y trouvait au centre une petite table ronde couverte d'une nappe immaculée, des fauteuils à l'ancienne mode près de la cheminée et, contre le mur, un canapé à l'air un peu sévère. Il y avait sur la cheminée deux chiens en porcelaine et d'autres bibelots. Un peu plus loin, dans un cadre, une vieille photo représentant les princesses Elizabeth et Margaret Rose. Sur le mur opposé, leur père le roi George VI en uniforme d'amiral de la Royal Navy. Une autre photo montrait Mrs. Mountford au milieu d'un groupe de pâtissiers et de confiseurs. Un tableau fait de coquillages ornait un autre endroit et voisinait avec une aquarelle représentant Capri et sur laquelle s'étalait une mer invraisemblablement bleue. Il y avait encore beaucoup d'autres objets. Aucun d'eux ne prétendait à la beauté ou à l'élégance, et cependant, tout cela contribuait à faire de ce modeste salon une pièce gaie et agréable où les visiteurs prenaient plaisir à s'asseoir.

Mrs. Mountford, née Pagett, était une femme trapue et rondelette, avec des cheveux noirs striés de gris. Sa sœur, au contraire, était grande et mince, sans un seul fil d'argent dans sa chevelure, bien qu'elle eût certainement atteint la cinquantaine.

— Songez donc! disait Edith Pagett à ce moment-là.

125

La petite Miss Gwennie. Veuillez m'excuser, madame, de vous donner encore ce nom, mais c'est tellement renversant de vous voir ici, après tant d'années. Je vous revois encore telle que vous étiez alors quand vous veniez dans ma cuisine, si fraîche et si jolie. « Winnies! » disiez-vous. Dans votre langage, cela désignait les raisins secs, et je me suis toujours demandée où vous aviez bien pu dénicher ce mot. Mais c'était bien des raisins que vous vouliez. Et je vous donnais des raisins de Smyrne, à cause des pépins.

Gwenda regardait la femme assise en face d'elle, avec ses yeux noirs et ses joues rouges; mais aucun souvenir ne lui revenait. La mémoire est chose bien étrange.

— Je voudrais pouvoir me rappeler, murmura-t-elle.

— Il est peu probable que vous le puissiez, madame. Vous n'étiez qu'une toute petite fille. De nos jours, on dirait que personne ne veut plus servir dans une maison où il y a des enfants. Je ne peux pas comprendre ça. A mon sens, ce sont les enfants qui mettent de la vie dans une maison. Bien sûr, leurs repas compliquent parfois un peu le service; mais, dans ce cas, c'est souvent la faute de la nurse et non celle de l'enfant. Les nurses sont toujours assez exigeantes — des plateaux et tout un tas de chichis, si vous voyez ce que je veux dire. Vous souvenez-vous de Léonie, Miss Gwennie? Oh! veuillez m'excuser encore : je devrais dire Mrs. Reed.

— Léonie? C'était ma nurse?

— Oui. Elle venait de Suisse et ne parlait pas très bien l'anglais. Elle était aussi très sensible et se mettait à pleurer si Lily lui disait quelque chose qui la chagrinait. Lily Abbott était notre femme de chambre, à l'époque. Une fille légèrement effrontée et passablement écervelée. Elle jouait beaucoup avec vous... Vous vous amusiez à vous cacher dans l'escalier...

Gwenda frissonna involontairement.

L'escalier.

Puis, soudain :

126

— Je me souviens d'elle! C'est elle qui avait mis un ruban au cou du chat, n'est-ce pas?

— Comme c'est curieux que vous vous rappeliez ce détail! Oui, c'était votre anniversaire, et Lily avait décidé que Thomas devait avoir un nœud autour du cou. Elle a donc pris un ruban qui se trouvait autour d'une boîte de chocolats et lui a mis une faveur. Ce pauvre Thomas était furieux. Il est parti comme un fou dans le jardin et s'est frotté aux buissons jusqu'à se débarrasser de cet ornement qui lui déplaisait. Les chats n'aiment pas beaucoup, en général, qu'on leur joue des tours.

— C'était un chat noir et blanc, n'est-ce pas?

— Mais oui. Brave vieux Tommy. Il était merveilleux pour la chasse aux souris.

Edith Pagett s'interrompit un instant et toussota.

— Excusez mon bavardage, madame. Mais il me semble revivre les jours anciens. Vous vouliez peut-être me demander quelque chose?

— J'aime entendre parler du passé, dit Gwenda. En fait, c'est tout ce que j'espérais. Voyez-vous, j'ai été élevée en Nouvelle-Zélande et, naturellement, là-bas, on ne pouvait rien m'apprendre sur mon père, sur ma belle-mère... Elle était... belle, n'est-ce pas?

— Oui. Et elle vous aimait beaucoup. Elle vous emmenait à la plage, jouait avec vous dans le jardin... Elle était elle-même si jeune! Rien qu'une gamine, en vérité. Je me disais toujours qu'elle devait prendre à ces jeux autant de plaisir que vous. Voyez-vous, elle était fille unique, pour ainsi dire. Le Dr Kennedy, son frère, était beaucoup plus âgé qu'elle, et il était toujours plongé dans ses livres. De sorte que, lorsqu'elle n'était pas au lycée, elle devait jouer toute seule...

Miss Marple, assise un peu en retrait, tout contre le mur, demanda d'une voix douce :

— Vous avez toujours habité Dillmouth, n'est-il pas vrai?

— Oui, mademoiselle. Mon père possédait la ferme

de Rylands, de l'autre côté de la colline. Mais il n'avait pas de fils et, après sa mort, ma mère s'est sentie incapable de s'occuper de la propriété. Aussi l'a-t-elle vendue pour acheter le petit magasin d'articles de fantaisie qui se trouve au bout de la Grand-Rue. Oui, j'ai passé toute ma vie ici.

— Vous devez donc savoir bien des choses sur les habitants de la localité.

— Mon Dieu, oui. Dillmouth n'était autrefois qu'une toute petite station, bien qu'il y ait toujours eu des tas d'estivants durant la belle saison. Mais c'étaient des gens calmes et agréables, qui revenaient ici chaque année; pas de ces excursionnistes en autocar que nous avons à présent.

— J'imagine, dit Giles à son tour, que vous connaissiez bien Hélène Kennedy, avant qu'elle ne devînt Mrs. Halliday?

— Ma foi, j'avais entendu parler d'elle, et j'avais dû l'apercevoir à plusieurs reprises, mais je ne la connaissais pas vraiment jusqu'au jour où je suis entrée à son service, après son mariage avec le major Halliday.

— Et... vous l'aimiez bien? demanda Miss Marple.

Edith Pagett tourna la tête vers elle.

— Oui, mademoiselle, je l'aimais beaucoup. Quoique les gens puissent raconter sur son compte, elle a toujours été envers moi aussi gentille et aussi bonne qu'il est possible de l'être. Je ne l'aurais jamais crue capable de faire ce qu'elle a fait. Cela m'a véritablement consternée. Bien sûr, il y avait eu des cancans...

Elle s'interrompit encore et jeta un coup d'œil d'excuse à Gwenda. La jeune femme se mit brusquement à parler.

— Je veux savoir, dit-elle. Je vous en prie, ne croyez pas que je me froisserai de ce que vous pourrez dire. Ce n'était pas vraiment ma mère...

— C'est vrai, madame.

— Et, voyez-vous, nous tiendrions beaucoup à la retrouver. Depuis qu'elle a quitté Dillmouth, on n'a plus jamais eu de ses nouvelles, et nous ne savons même pas si elle est encore en vie. Or, il y a des raisons...

Elle hésita, et ce fut Giles qui précisa :

— Des exigences légales. Nous ne savons pas s'il faut présumer son décès ou bien...

— Je comprends parfaitement. Après la guerre, le mari de ma cousine avait été porté disparu, et il y a eu des tas d'ennuis et de formalités. Alors, si je puis vous aider d'une manière quelconque, je suis disposée à le faire. Ce n'est pas comme si vous étiez des étrangers. Miss Gwennie et ses « winnies »... C'était si drôle, la façon dont vous disiez ça, madame.

— C'est très aimable à vous, reprit Giles. Eh bien, puisque vous n'y voyez pas d'inconvénient, je vais vous poser une première question. Mrs. Halliday a quitté la maison très brusquement, n'est-il pas vrai ?

— Oui, monsieur. Et ce fut pour nous tous un choc terrible. Surtout pour ce pauvre major, qui en perdit complètement la santé.

— Pardonnez-moi d'être brutal, mais... avez-vous une idée de l'homme avec qui elle s'est enfuie ?

Edit Pagett secoua la tête.

— Pas vraiment. C'est une des questions que m'a posées le Dr Kennedy, à l'époque, et j'ai été incapable de lui répondre avec précision. Lily n'a pas pu en dire davantage, d'ailleurs. Quant à Léonie, elle était étrangère, parlait assez mal l'anglais, et bien des choses lui échappaient.

— Vous n'aviez donc pas de certitude. Mais pourriez-vous hasarder une conjecture ? Tout cela appartient à un passé déjà lointain, et ça n'a plus grande importance, même si votre supposition est erronée. Vous avez certainement dû avoir des soupçons ?

— Certes, nous avions nos soupçons, mais ce n'était rien d'autre que des soupçons. Et, en ce qui me concerne, je n'ai jamais rien vu. Mais Lily, qui était une fine mouche, avait depuis quelque temps ses idées sur la question. « Remarque bien, ce que je te dis, me disait-elle, ce gars-là a le béguin pour elle. Y a qu'à voir la façon dont il la reluque quand elle sert le thé. Et sa femme, dont! Les regards furieux qu'elle lui lance... »

— Et qui était ce... cet homme?

— Je suis désolée, mais je ne me souviens pas de son nom, après tout ce temps. Un certain capitaine... Esdale... Non, ce n'était pas ça. Emery, peut-être? Non plus. Mais il me semble que ça commençait par un E... ou par un H. Un nom assez peu courant, d'ailleurs. Mais je n'ai plus repensé à tout ça depuis dix-huit ans. Sa femme et lui résidaient au *Royal Clarence*.

— Des estivants?

— Oui, mais je crois qu'ils avaient connu Mrs. Halliday auparavant. Ils venaient très souvent à la villa. En tout cas, d'après Lily, il était amoureux d'elle.

— Et, naturellement, cela ne plaisait pas à sa femme.

— Ma foi, non... Pourtant, je n'ai pas cru, à l'époque, qu'il pût y avoir quelque chose entre eux. Et encore aujourd'hui, je ne sais quoi dire.

— Se trouvaient-ils encore au *Royal Clarence,* demanda Gwenda, lorsque ma belle-mère s'est enfuie?

— Pour autant qu'il me souvienne, ils sont partis à peu près au même moment — peut-être un jour plus tôt ou un jour plus tard. De toute façon, les deux départs étaient assez rapprochés pour faire jaser. Mais je n'ai jamais rien su de précis. Tout s'est fait discrètement, si toutefois il y avait quelque chose, ce dont je doute encore. Ce qui est extraordinaire, c'est que Mrs. Halliday se soit enfuie ainsi, aussi brusquement. Mais les gens prétendaient qu'elle avait toujours été frivole, bien que, en ce qui me concerne, je n'aie jamais rien constaté de semblable. Si j'avais cru à ces racontars, je n'aurais pas accepté de les suivre dans le Norfolk.

Pendant un instant, les trois visiteurs dévisagèrent Edith Pagett avec le plus grand étonnement.

— Dans le Norfolk? répéta ensuite Giles. Avaient-ils donc l'intention d'aller s'installer là-bas?

— Oui, monsieur. Ils y avaient acheté une maison. Mrs. Halliday m'en avait parlé trois semaines environ avant... ces événements. Elle m'avait demandé si j'aimerais les suivre, et j'avais dit oui. Je n'avais jamais quitté Dillmouth et, comme je n'avais plus mes parents, j'ai pensé que cela me changerait un peu.

— Je n'avais jamais entendu dire qu'ils avaient acheté une maison dans le Norfolk, dit à nouveau Giles.

— Mrs. Halliday semblait vouloir garder le secret, et elle m'avait demandé de n'en parler à personne. Naturellement, j'avais obéi. Ça faisait un certain temps qu'elle souhaitait quitter Dillmouth et qu'elle harcelait le major Halliday pour qu'il cédât à son caprice. Mais lui se plaisait ici. Je crois même savoir qu'il avait écrit à Mrs. Findeyson — à qui appartenait la villa Sainte-Catherine — pour lui demander si elle ne serait pas disposée à la vendre. Mais Mrs. Halliday était absolument opposée à un tel projet. Elle semblait avoir pris Dillmouth en aversion. On aurait dit qu'elle avait peur de s'y fixer définitivement.

Ces dernières paroles avaient été prononcées sur le ton le plus naturel; et pourtant, les trois visiteurs se raidirent en les entendant.

— Ne croyez-vous pas, suggéra Giles, qu'elle désirait aller dans le Norfolk pour être plus près de cet homme?

Edith Pagett réfléchit pendant un instant, l'air soucieux.

— En vérité, monsieur, je ne le pense pas. D'ailleurs, je crois me rappeler que ces gens-là habitaient dans le nord de l'Angleterre. Dans le Northumberland, me semble-t-il. C'est pourquoi ils aimaient venir passer leurs vacances dans le Sud où la température est tellement plus douce.

— Vous avez dit il y a un instant, intervint Gwenda, que ma belle-mère semblait avoir peur. De quelque chose ou de quelqu'un?

— Maintenant que vous en parlez, je me rappelle...

— Quoi donc?

— Un jour, Lily, qui venait de faire l'escalier, entra brusquement dans la cuisine et me dit : « Y a de l'eau dans le gaz. » Elle avait parfois une manière assez vulgaire de s'exprimer, Lily. Je vous demande de m'excuser, madame. Naturellement, je lui demandai ce qu'elle voulait dire. Elle m'annonça alors que les maîtres venaient d'entrer au salon par la porte-fenêtre du jardin et que, la porte donnant sur le hall était ouverte, elle avait surpris leur conversation. « J'ai peur de toi, disait Mrs. Halliday qui, d'après Lily, paraissait fort effrayée. Il y a longtemps que j'ai peur de toi. Tu n'es pas normal : tu es fou. Va-t-en et laisse-moi tranquille. Je veux être seule. J'ai peur et je crois que, au fond de moi-même, tu m'as toujours fait peur. »

Edith Pagett marqua un temps d'arrêt. Elle semblait elle-même en proie à une certaine panique.

— Bien sûr, reprit-elle, il m'est impossible, après tout ce temps, de vous répéter les paroles exactes, mais c'était quelque chose comme ça. En tout cas, Lily avait pris cette conversation très au sérieux, et c'est pourquoi, après ce qui est arrivé, elle...

Une autre hésitation.

— Je ne veux pas dire, bien sûr... Excusez-moi, madame. Je me suis laissée entraîner...

— Dites-nous tout ce que vous savez, Edith, car c'est très important pour nous. Certes, ces événements datent de longtemps, mais il faut que nous sachions.

— Je ne pourrais pas, monsieur, répondit Edith d'un air gêné.

Miss Marple prit la parole.

— Qu'est-ce que pensait Lily? Que croyait-elle?

L'ancienne cuisinière de Mrs. Halliday reprit sur un ton d'excuse.

— Lily se mettait souvent des idées dans la tête, mais je n'y ai jamais beaucoup prêté attention. Elle était toujours fourrée au cinéma, et c'était là qu'elle prenait toutes ces sottises mélodramatiques qu'elle débitait parfois. Le soir du départ de Mrs. Halliday, elle était encore allée au cinéma et avait entraîné Léonie avec elle, ce qui était d'ailleurs très mal de sa part. Je ne me suis pas gênée pour le lui dire. Elle m'a répondu : « Ça n'a pas d'importance : je ne laisse pas la gamine toute seule dans la maison, puisque tu es en bas dans la cuisine. Et puis, les patrons ne vont pas tarder à rentrer. D'ailleurs, la petite ne se réveille jamais, une fois endormie. » Ce qui, je le lui fis remarquer, était absolument faux. Mais je n'ai su que plus tard que Léonie était sortie également. Si je l'avais su, je serais monter pour m'assurer que… vous n'aviez besoin de rien, Miss Gwenda. Parce que, depuis la cuisine, il était impossible de rien entendre quand la porte matelassée du hall était fermée.

Edith Pagett reprit son souffle avant de poursuivre :

— J'étais occupée à faire un peu de repassage, et la soirée s'écoula rapidement. Mais, brusquement, le Dr Kennedy fit irruption dans la cuisine et me demanda où était Lily. Je lui répondis qu'elle était sortie, mais qu'elle allait certainement rentrer d'une minute à l'autre. Je ne me trompais pas. Dès qu'elle fit son apparition, il l'emmena dans la chambre de Madame. Il voulait savoir si elle avait emporté des vêtements. Lily inspecta la garde-robe et lui dit approximativement ce qui manquait. Ensuite, elle redescendit à la cuisine, complètement bouleversée. « Elle a filé, me dit-elle. Partie avec quelqu'un. Le patron a eu un choc terrible : une attaque ou quelque chose comme ça. Quel idiot! Il aurait bien dû le voir venir. » — « Tu ne devrais pas parler ainsi, lui dis-je. Comment sais-tu qu'elle est partie avec quelqu'un? Elle a peut-être reçu un télégramme l'appelant auprès d'un parent malade. » — « Un parent malade, mon œil! » (C'était la façon de parler de Lily.) « D'ailleurs, elle a laissé un billet! » — « Et avec qui serait-elle partie, selon toi? » — « Sûrement pas avec l'austère Mr. Fane, bien qu'il lui fasse les yeux doux et tourne autour de ses jupes comme un caniche. » — « Tu penses donc, lui dis-je, qu'il s'agit du capitaine? » — « J'en mettrais la main au feu, me répondit-elle. A moins que ce ne soit avec notre mystérieux inconnu dans sa bagnole tape-à-l'œil. » (C'était là une plaisanterie stupide que nous faisions parfois.) Je protestai : « Je n'en crois rien! Je ne peux pas admettre ça de la part de Mrs. Halliday. Jamais elle n'aurait fait une chose pareille. » — « Eh bien, soupira Lily, il semble pourtant qu'elle l'ait faite. »

Edith marqua encore un temps d'arrêt avant de continuer son récit.

— Cela, comprenez-vous, c'était sur le moment. Un peu plus tard, je dormais lorsque Lily me secoua brutalement. « Écoute, me dit-elle, tout cela ne cadre pas. » — « Qu'est-ce qui ne cadre pas? demandai-je. » — « Les vêtements. » — « Que veux-tu dire? » — « Écoute, répéta-t-elle, le docteur m'a demandé d'examiner la garde-robe, et je l'ai fait. Il manque une valise, un sac de voyage et assez de vêtements pour les remplir tous les deux, d'accord. Seulement, ce ne sont pas les bons. » — « Je ne comprends pas, dis-je. » — « Elle a emporté sa robe du soir gris et argent, reprit Lily, mais elle n'a pas pris la ceinture qui va avec et pas davantage le soutien-gorge et le jupon indispensables avec cette robe. De plus, elle a emporté ses chaussures de soirée en brocart d'or, au lieu de celles en lamé d'argent. Elle a aussi pris son tailleur de tweed vert qu'elle n'utilise jamais avant l'automne et ses corsages de dentelle qui ne peuvent se porter qu'avec un tailleur habillé. Par contre, elle a laissé son joli pull-over fantaisie auquel elle tenait tant. Quant à ses sous-vêtements, tous dépareillés; choisis au hasard, quoi. Retiens bien ce que je te dis : elle n'est pas partie du tout. C'est son mari qui lui a fait son affaire. »

Edith Pagett jeta un coup d'œil angoissé en direction de Gwenda, avant de poursuivre d'une voix mal assurée.

— Naturellement, j'étais maintenant tout à fait réveillée. Je me dressai sur mon lit et lui demandai ce qu'elle voulait dire. « Exactement comme dans le *News of the World* de la semaine dernière, me répondit-elle. Le patron a découvert le pot aux roses, il l'a tuée et enterrée dans la cave. Tu n'as rien pu entendre parce que la cave se trouve juste au-dessous du hall, mais je te garantis que les choses se sont passées comme ça. Ensuite, il a entassé des vêtements dans une valise et un sac de voyage pour faire croire qu'elle avait levé le pied. Mais c'est dans la cave qu'elle est, et pas ailleurs, tu peux me croire. Elle n'a pas quitté la maison. » Je rabrouai vertement Lily et lui dis ce que je pensais de toutes ses inventions. Pourtant, je dois avouer que, le lendemain matin, je descendis à la cave. Naturellement, tout y était comme à l'ordinaire, rien n'avait été déplacé, et le sol n'avait été creusé en aucun endroit. Je remontai pour déclarer à Lily qu'elle se rendait ridicule à inventer de telles sornettes. Mais elle ne voulut pas en démordre : le major Halliday avait assassiné sa femme. « Rappelle-toi, me dit-elle encore, qu'elle avait peur de lui. Je le lui ai entendu dire. » Là, je l'arrêtai tout net. « Tu te trompes, ma petite, parce que ce n'était pas à son mari qu'elle parlait. Ce jour-là, tu venais juste de me raconter cette histoire, lorsque, jetant un coup d'œil par la fenêtre, j'ai vu le major Halliday qui descendait la colline avec ses clubs de golf. Ce n'était donc pas lui qui était entré dans le salon avec Madame. C'était quelqu'un d'autre. »

Ces derniers mots semblèrent se répercuter dans la pièce, tandis que Giles répétait à mi-voix :

— C'était quelqu'un d'autre.

CHAPITRE XV

Une adresse

Le *Royal Clarence* était le plus vieil hôtel de la ville; il y régnait une atmosphère un peu vieillotte, mais il était encore très fréquenté par des familles qui venaient passer un mois au bord de la mer.

Miss Narracott, qui trônait à la réception, était une femme de quarante-sept ans, à la poitrine généreuse et à la coiffure démodée. Elle se dérida à la vue de Giles, que son œil exercé classa immédiatement parmi « les gens bien ». Et le jeune homme, qui avait la parole facile et des manières persuasives quand il le voulait, lui débita une très belle petite histoire. Il avait eu une discussion avec sa femme pour savoir si la grand-mère de celle-ci avait ou non fait un séjour au *Royal Clarence* dix-huit ans auparavant. Sa femme affirmait qu'on ne pourrait jamais être fixé, car il était bien évident que la direction de l'hôtel avait dû se débarrasser depuis longtemps des registres concernant cette époque lointaine. Mais il avait prétendu, lui, qu'un établissement de cette classe devait sûrement conserver quelque chose, même si ces documents dataient de cent ans.

— Mon Dieu, Mr. Reed, répondit Miss Narracott, ce n'est pas tout à fait exact. Nous n'avons pas tous les vieux registres, mais nous conservons ce que nous appelons les « Livres des Visiteurs ». On y trouve des noms de personnalités célèbres : romanciers, artistes... Et même des signatures de membres de la famille royale.

Giles réagit comme il convenait, feignant intérêt et respect, de sorte que l'on ne fit aucune difficulté pour lui apporter le fameux volume correspondant à l'année en question. S'étant d'abord laissé complaisamment indiquer un certain nombre de noms illustres, il tourna ensuite les pages jusqu'au mois d'août.

Et il découvrit l'inscription qui, selon toute apparence, était celle qu'il cherchait :

Major et Mrs. Setoun Erskine, Anstell Manor, Daith, Nortumberland, 27 juillet-17 août.

— Puis-je recopier ceci? demanda-t-il.

— Mais bien entendu, Mr. Reed. Voici du papier et un stylo. Oh! vous avez le vôtre! Excusez-moi, il faut que j'aille jeter un coup d'œil...

Giles s'empressa de recopier les deux lignes qui l'intéressaient.

De retour à Hillside, il trouva Gwenda dans le jardin, penchée au-dessus d'une bordure de fleurs. Elle se redressa à son approche et lui lança un coup d'œil interrogateur.

— Quelque chose?

— Oui, je pense que c'est ça.

La jeune femme parcourut des yeux la feuille qu'il lui tendait.

— Daith, murmura-t-elle. Oui, Edith Pagett nous a effectivement parlé du Northumberland. Mais je me demande si ces gens habitent toujours cette région.

— Nous allons aller nous en rendre compte sur place.

— Oh oui! c'est la meilleure solution. Quand?

— Dès que possible. Veux-tu demain? Nous irons en voiture, et tu pourras ainsi voir une autre partie de l'Angleterre.

— Et s'ils étaient morts ou partis ailleurs? Si quelqu'un d'autre habitait maintenant à leur place?

Giles haussa les épaules.

— Dans ce cas, nous reviendrons, et il nous faudra

suivre nos autres pistes. A propos, j'ai écrit à Kennedy pour lui demander s'il lui était possible de me faire parvenir les deux lettres d'Hélène qu'il a reçues après son départ, ainsi qu'un spécimen de l'écriture de ta belle-mère. Mais, bien sûr, il se peut qu'il ne soit plus en possession de ces lettres.

— Je souhaiterais, quant à moi, pouvoir entrer en rapport avec la femme de chambre — Lily —, celle qui avait mis une faveur à Thomas.

— C'est drôle que tu te souviennes d'un détail comme celui-là.

— Oui, n'est-ce pas? Je me souviens aussi de Thomas. Il était noir avec des taches blanches, et il avait trois adorables chatons.

— Quoi! Thomas?

— Ma foi, on l'avait baptisé Thomas, mais il se trouva ensuite que ç'aurait dû être Thomasina! Tu sais comment ça se passe, avec les chats. En ce qui concerne Lily, je me demande ce qu'elle est devenue. Il semble qu'Édith Pagett l'ait complètement perdue de vue. Elle n'était pas de la région et, après les événements de la villa Sainte-Catherine, elle est entrée dans une autre place, à Torquay. Elle a écrit une fois ou deux, et puis plus rien. Edith a entendu dire qu'elle s'était mariée, mais elle ignore avec qui. Si nous pouvions la retrouver, nous en apprendrions peut-être davantage.

— Et Léonie, la nurse?

— Peut-être. Mais, tu sais, elle était étrangère et n'a pas dû très bien comprendre la situation. Je ne me souviens pas du tout d'elle. Non, je crois que c'est surtout Lily qui nous serait utile. C'était une fine mouche, nous a éclaré Edith... Oh! j'ai trouvé, Giles!... Faisons paraître une autre annonce pour tenter de la retrouver. Elle s'appelait Abbott. Lily Abbott.

— Oui, tu as raison, nous pourrions essayer. En tout cas, nous partons demain pour le Northumberland à la recherche des Erskine.

CHAPITRE XVI

Le fils de sa mère

— Couché, Henry! ordonna Mrs. Fane à un épagneul asthmatique dont les yeux clairs brillaient de gourmandise. Un autre scone, Miss Marple, pendant qu'ils sont encore chauds?

— Merci, ils sont délicieux. Vous devez avoir une excellente cuisinière.

— Mon Dieu, Louisa n'est pas mauvaise, quoique négligente, comme la plupart des domestiques. Et puis, pas la moindre diversité dans ses puddings. A propos, comment va la sciatique de Dorothy Yarde? Elle la faisait autrefois beaucoup souffrir. Je pense, quant à moi, que c'est surtout une question de nerfs.

Miss Marple s'empressa de fournir des détails sur les ennuis de santé de leur amie commune. Il était heureux, songeait-elle, que, parmi ses nombreux amis et parents dispersés dans toute l'Angleterre, elle ait eu la chance de découvrir quelqu'un qui connaissait Mrs. Fane et lui avait écrit pour lui annoncer la présence à Dillmouth de la vieille demoiselle en lui demandant de l'inviter un jour.

Eleanor Fane était une femme grande et imposante, aux yeux gris acier, aux cheveux blancs et frisés et au teint rose comme celui d'un bébé, alors qu'il n'y avait visiblement en elle pas grand-chose de la douceur d'un bébé.

Après avoir discuté des maux de Dorothy, les deux

femmes abordèrent le sujet de la santé de Miss Marple, parlèrent de l'air vivifiant de Dillmouth, puis de la condition médiocre qui est celle de la plus grande partie de la jeune génération.

— Trop gâtés quand ils étaient enfants, déclara Mrs. Fane d'un ton péremptoire. Chez moi, ça ne se passait pas ainsi.

— Vous avez plusieurs fils, n'est-ce pas?

— Trois. L'aîné, Gérald, est à Singapour, où il travaille à la Banque d'Extrême-Orient. Robert est dans l'Armée.

Mrs. Fane fit entendre un petit ricanement significatif avant d'ajouter :

— Et il a épousé une catholique. Vous savez ce que ça signifie : tous les enfants élevés dans la religion papiste. Je me demande ce qu'en aurait dit son pauvre père. A présent, j'ai rarement de ses nouvelles, car il trouve à redire à quantité de choses que j'avais essayé de lui inculquer pour son propre bien. Je suis d'avis qu'il faut toujours être sincère et dire exactement ce qu'on pense. Eh bien, son mariage a été, à mon sens, une catastrophe. Il peut bien faire semblant d'être heureux, le pauvre garçon, mais je ne puis croire que tout aille pour le mieux.

— Votre plus jeune fils n'est pas marié, si j'ai bien compris.

Le visage de Mrs. Fane s'épanouit.

— Non. Walter est resté à la maison. Il a toujours été de santé délicate, depuis son enfance, et j'ai dû veiller sur lui avec le plus grand soin. Vous allez le soir dans un instant. Je ne saurais assez vous dire à quel point il m'est dévoué. Je suis vraiment la plus heureuse des femmes d'avoir un tel fils.

— N'a-t-il jamais songé à se marier?

— Il dit toujours qu'il lui est impossible de s'intéresser aux jeunes filles modernes. Elles ne l'attirent pas. Lui et moi avons tant de choses en commun qu'il ne sort pas autant qu'il le devrait, je le crains. Le soir, il me lit des passages de Thackeray, et puis nous faisons habituellement une partie de piquet. C'est vraiment un homme d'intérieur.

— Comme ce doit être agréable pour vous! A-t-il toujours travaillé ici? Quelqu'un m'a dit que vous aviez autrefois un fils qui s'occupait de plantations de thé à Ceylan. Mais sans doute m'a-t-on induite en erreur.

Mrs. Fane fronça légèrement les sourcils et tendit une tranche de gâteau à son invitée.

— Il était alors très jeune et a cédé à une impulsion de son âge. Un garçon a toujours envie de voir le monde. Et puis, il faut bien l'avouer, il y avait une jeune fille, là-dessous. Les jeunes filles sont parfois bien désagréables.

— Oh! je sais. Je me rappelle que mon neveu...

Mais Mrs. Fane poursuivit, refusant de prêter la moindre attention au neveu de Miss Marple.

— Une fille qui ne lui convenait pas du tout, comme il arrive fréquemment. Oh! je ne veux pas dire que c'était une *actrice*, ou autre chose dans ce genre. En fait, c'était la sœur du docteur. Elle était d'ailleurs un peu comme sa fille, car elle était beaucoup plus jeune que lui, et le pauvre homme n'avait pas la moindre idée de la manière dont elle aurait dû être élevée. Les hommes sont tellement dépourvus de bon sens, n'est-ce pas? Elle commença à se dissiper, se compromit plus ou moins avec un simple clerc de l'étude de mon mari, un garçon absolument indésirable dont il fallut naturellement se débarrasser. Tout ceci en confidence, bien entendu. Évidemment, Hélène Kennedy passait pour être très jolie, bien que ce ne fût pas mon avis, car j'avais toujours eu l'impression qu'elle s'éclaircissait les cheveux. Mais Walter, le pauvre garçon, tomba follement amoureux d'elle. Comme je l'ai déjà dit, ce n'était pas du tout la femme qui lui convenait. Pas d'argent, pas d'espérances, et pas du tout la personne dont on peut rêver comme belle-fille. Seulement, que peut faire une mère? Walter la demanda en mariage, et elle refusa. C'est alors qu'il eut l'idée saugrenue de partir pour l'Inde et de devenir planteur. Mon mari me dit : « Laisse-le aller », bien qu'il fût, lui aussi, fort déçu. En effet, il avait projeté de garder Walter près de lui et d'en faire son successeur, car notre fils avait déjà obtenu tous ses diplômes de droit. Mais les choses étaient ainsi. Quels ravages font parfois ces jeunes femmes!

— A qui le dites-vous! Mon neveu...

Une fois de plus, Mrs. Fane écarta sans scrupule le neveu de Miss Marple.

— Donc, notre cher garçon s'embarqua pour Assam — à moins que ce ne fût Bangalore, je ne me rappelle plus très bien, et j'étais d'autant plus inquiète que je craignais pour sa santé délicate qui risquait de se dégrader au climat de l'Inde. Il n'était pas parti depuis un an — et il réussissait d'ailleurs fort bien, car Walter fait tout à la perfection — que cette impudente gamine change soudain d'idée et lui écrit que, tout bien réfléchi, elle est maintenant disposée à l'épouser.

— Mon Dieu! mon Dieu! fit Miss Marple en hochant la tête.

— Elle rassemble donc son trousseau, prend son billet de bateau et s'embarque. Et... que croyez-vous qui se passe ensuite?

— Je ne puis l'imaginer, répondit Miss Marple en se penchant en avant, son attention aussitôt éveillée.

— Elle a une liaison avec un homme marié, s'il vous plaît. Sur le bateau même qui l'amenait aux Indes. Un homme marié et pourvu de trois enfants, je crois. Walter l'attend naturellement sur le quai, et la première chose qu'elle fait, c'est de lui annoncer qu'il lui est impossible de l'épouser. Ne trouvez-vous pas ça odieux?

— Si, bien sûr. Une telle expérience aurait pu détruire complètement la confiance de votre fils en la nature humaine.

— Cela aurait effectivement dû lui montrer cette fille

sous son vrai jour. Mais ce genre de femme se tire toujours de tout.

— N'a-t-il pas été offensé de son attitude? demanda Miss Marple avec un soupçon d'hésitation dans la voix. Certains hommes en auraient été passablement irrités.

— Walter a toujours eu une extraordinaire maîtrise de soi. Si bouleversé ou chagriné qu'il soit, il se domine et ne montre jamais rien.

La vieille demoiselle observa Mrs Fane d'un air pensif avant de suggérer :

— C'est peut-être parce qu'il garde les choses au plus profond de lui-même. Pourtant, on est parfois surpris par les réactions des enfants. Il arrive que l'un d'eux fasse un éclat soudain, alors qu'on l'avait cru indifférent; il arrive qu'une nature très sensible ne puisse s'exprimer jusqu'au moment où elle est littéralement poussée à bout.

— C'est étrange que vous disiez cela. Je me rappelle... Tenez, Gerald et Robert sont tous deux très vifs et toujours prêts à se bagarrer. C'est tout naturel, pour des garçons en pleine santé.

— Oui, bien sûr.

— Et ce cher Walter a toujours été si calme, si patient! Eh bien, il me revient en mémoire un certain incident... Walter, qui était très habile de ses doigts, venait d'achever la construction d'un modèle réduit d'avion. Robert, intrépide et maladroit, s'empare de l'objet et le brise. Sur ces entrefaites, j'entre dans leur chambre et qu'est-ce que je vois? Robert couché à terre et Walter, un tisonnier à la main avec lequel il l'avait presque assommé. Je vous avoue que j'ai eu toutes les peines du monde à l'empêcher de frapper son frère une seconde fois. Il ne cessait de crier : « Il l'a fait exprès... il l'a fait exprès... je vais le tuer! » J'étais, comme vous vous en doutez, mortellement effrayée. Les enfants éprouvent parfois des sentiments si violents, n'est-il pas vrai?

— C'est la pure vérité, murmura Miss Marple d'un air pensif.

Puis, revenant au sujet primitif :

— Les fiançailles furent donc définitivement rompues, avec cette... Hélène Kennedy. Et qu'est devenue la jeune fille?

— Elle est rentrée en Angleterre. Sur le chemin du retour, elle s'est arrangée pour avoir une autre intrigue mais, cette fois, elle a épousé l'homme qu'elle venait de rencontrer. Un veuf avec un enfant. Un homme qui vient de perdre sa femme est toujours une proie facile. Pauvre garçon! Elle l'épousa donc, et ils allèrent habiter à l'autre extrémité de la ville, près de l'hôpital. Naturellement, ça ne dura pas : au bout d'un an, elle le quitta pour s'enfuir avec un autre.

— Mon Dieu! mon Dieu! répéta Miss Marple en prenant un air consterné. Votre fils l'a échappé belle.

— C'est ce que je lui dis toujours.

— Est-ce pour raison de santé qu'il a abandonné son travail de planteur?

Mrs. Fane plissa imperceptiblement le front.

— Cette vie ne lui convenait pas, répondit-elle. Il est rentré environ six mois après le retour de la jeune fille.

— Ce devait être un peu ennuyeux, si la jeune femme habitait ici. Dans la même ville...

— Walter est un garçon extraordinaire. Il s'est conduit exactement comme si rien ne s'était passé. J'avais la conviction — et je le lui dis, à l'époque — qu'il eût été souhaitable de couper définitivement les ponts, car des rencontres risquaient d'être gênantes pour tous les deux. Mais Walter voulut absolument rester dans les mêmes termes amicaux que par le passé. Il se rendait à la villa Sainte-Catherine de la façon la plus normale, jouait avec l'enfant... Il est curieux, d'ailleurs que cette fillette, devenue femme, soit précisément venue s'installer ici avec son mari. Elle est passée l'autre jour à l'étude dans l'intention de rédiger un testament. Quelle extraordinaire coïncidence. Elle s'appelle maintenant Reed.

— Mr. et Mrs. Reed? Mais je les connais! Un jeune couple charmant. Et dire que Mrs. Reed est cette fillette qui...

— Oui, la fille de la première femme du major Halliday. Pauvre homme! Il a été complètement brisé quand cette péronnelle l'a quitté. Comment se fait-il que les plus mauvaises femmes parviennent toujours à attirer les meilleurs hommes? C'est là un mystère qu'il m'est impossible de comprendre.

— Et ce garçon qui avait eu précédemment une intrigue avec elle? Ce jeune clerc de l'étude de votre mari, qu'est-il devenu?

— Jackie Afflich? Il s'est débrouillé. Il dirige maintenant une compagnie de voyages organisés. Les *Daffodil Coaches*. Des cars peints en jaune vif, s'il vous plaît. Nous vivons véritablement dans un monde d'une étonnante vulgarité.

— Afflich, avez-vous dit?

— Oui. Oh! un simple arriviste, toujours décidé à aller de l'avant. C'est sans doute pourquoi il avait jeté son dévolu sur Hélène Kennedy, qui était la sœur du médecin. Il devait penser qu'une telle union améliorerait sa position sociale.

— Cette Hélène n'est-elle jamais revenue à Dillmouth?

— Jamais. Et c'est un bon débarras. Elle a sans doute complètement mal tourné. J'en suis navré pour le Dr Kennedy. Ce n'est évidemment pas de sa faute. La seconde femme de son père était une petite écervelée, et Hélène a dû hériter d'elle. J'ai toujours pensé...

Mrs Fane s'interrompit.

— Voici Walter.

Son oreille de mère avait déjà capté, venant du hall, certains bruits familiers. La porte s'ouvrit, et Walter Fane entra.

Mrs. Fane fit les présentations. Puis, s'adressant à son fils :

— Voudrais-tu sonner pour qu'on apporte d'autre thé?

— Ne t'inquiète pas, mère, j'en ai déjà pris une tasse.

— Nous en reprendrons tous.

La femme de chambre venait précisément d'apparaître pour emporter la théière.

— Béatrice, veuillez apporter d'autre thé, ajouta Mrs. Fane. Et aussi des scones.

— Bien, madame.

Walter Fane avait pris place dans un fauteuil.

— Ma mère me gâte, dit-il avec un sourire aimable en se tournant vers Miss Marple.

La vieille demoiselle l'observait, tandis qu'elle murmurait une réponse banale.

C'était un homme à l'aspect calme et doux, insignifiant et qui semblait manquer d'assurance. Une personnalité assez indéfinissable. Le genre d'homme dévoué mais auquel les femmes ne prêtent guère attention et qu'elles n'épousent que lorsque celui qu'elles aiment ne répond pas à leur amour. Walter toujours présent... Walter le chéri de sa mère... Walter qui avait un jour frappé son frère à coups de tisonnier et déclaré vouloir le tuer.

Miss Marple réfléchissait, et des tas de questions se pressaient dans sa tête.

CHAPITRE XVII

Richard Erskine

Anstell Manor avait un aspect plutôt morne. C'était une maison blanche qui se détachait sur un fond de collines sombres, et on y accédait par une allée sinueuse qui traversait une végétation trop dense.

— Pourquoi sommes-nous venus? demanda Giles. Qu'allons-nous pouvoir raconter?

— Nous en avons déjà décidé.

— Oui, jusqu'à un certain point. Il est heureux que le beau-frère de la tante de la cousine de Miss Marple — ou quelque chose comme ça — habite la région. Cela nous servira de prétexte pour nous introduire dans la place. Seulement, aller poser à son hôte des questions sur ses anciennes intrigues amoureuses, ce n'est généralement pas le but d'une visite mondaine.

— Et cette histoire est tellement ancienne! Peut-être a-t-il complètement oublié cette fille.

— C'est possible. Et peut-être même n'y a-t-il eu, en réalité, aucune intrigue.

— Giles, est-ce que nous ne sommes pas en train de nous rendre complètement ridicules?

— Je ne sais pas. J'en ai quelquefois l'impression. Je ne comprends pas pourquoi nous nous occupons de tout ça. Quelle importance cela a-t-il maintenant?

— Bien sûr, Miss Marple et le Dr Kennedy nous vaient conseillé de laisser dormir cette vieille affaire.

Pourquoi ne l'avons-nous pas fait, Giles? Est-ce à cause d'Elle?

— Elle?

— Je veux parler d'Hélène. Est-ce pour cela que je me rappelle? Mes souvenirs d'enfance sont-ils le seul lien qu'elle ait avec la vie... avec la vérité? Est-ce Hélène qui se sert de moi — et de toi — pour faire éclater la vérité?

— Tu veux dire... parce qu'elle est décédée de mort violente?

— Oui. On dit — certains livres disent, en tout cas — que ces morts ne peuvent reposer en paix...

— Je crois que tu es en train de te forger des chimères, ma petite Gwenda.

— Peut-être. De toute façon, nous avons encore le choix. Nous faisons une visite de courtoisie, et il n'est nul besoin d'y introduire autre chose, à moins que nous ne le souhaitions vraiment.

Giles hocha la tête.

— Il nous faut continuer. Nous ne pouvons pas faire autrement.

— Oui, je crois que tu as raison. Et pourtant, tu sais, j'ai un peu peur...

2

— Vous êtes donc à la recherche d'une maison, dit le major Erskine.

Il tendit à Gwenda une assiette de sandwiches. La jeune femme en prit un, tout en levant les yeux vers leur hôte. Richard Erskine était d'assez petite stature, ses cheveux étaient gris, et il avait un regard las et pensif. Sa voix était grave et agréable, légèrement traînante. Il n'y avait en lui rien de particulièrement remarquable; et pourtant, Gwenda le trouva véritablement séduisant. En réalité, il était loin d'être aussi bel homme que Walter Fane. Mais, tandis que la plupart des femmes seraient passées près de ce dernier sans lui accorder un regard, elles se seraient intéressées à Erskine. Fane était falot; Erskine, en dépit de son apparence calme, avait de la personnalité. Il parlait d'événements ordinaires d'une manière ordinaire, et pourtant il y avait en lui *quelque chose*. Ce quelque chose que les femmes ont tôt fait de reconnaître et auquel elles réagissent d'une manière typiquement féminine. Presque inconsciemment, Gwenda arrangea sa jupe, mit en place une mèche rebelle de sa coiffure et vérifia discrètement le dessin de ses lèvres. Dix-neuf ans plut tôt, Hélène Kennedy avait fort bien pu tomber amoureuse de cet homme. Gwenda en était absolument sûre.

En levant les yeux, elle rencontra ceux de son hôtesse, et elle se sentit rougir involontairement. Mrs. Erskine était en conversation avec Giles, mais elle observait Gwenda, et son regard avait quelque chose de vaguement soupçonneux. C'était une femme de haute taille, à la voix presque aussi grave que celle d'un homme, de carrure quasi athlétique et vêtue d'un tailleur de tweed pourvu d'immenses poches. Elle paraissait plus âgée que son mari, mais Gwenda était à peu près sûre que ce n'était là qu'une apparence trompeuse. Son visage avait quelque chose de hagard. Une femme insatisfaite, jalouse et malheureuse, se dit Gwenda. Et, tout en poursuivant sa conversation avec le major Erskine, la jeune Mrs. Reed songeait : « Je suis sûre qu'elle lui mène la vie dure. »

— Partir à la recherche d'une maison est terriblement décevant, disait-elle en ce moment à son hôte. Les descriptions fournies par les agences sont toujours merveilleuses, mais quand vous êtes sur les lieux, vous trouvez l'habitation absolument impossible.

— Vous songez à vous fixer dans cette région?

— Mon Dieu, c'est un des coins auxquels nous avions pensé. Surtout parce que ce n'est pas très éloigné du Mur d'Adrien, et que cet endroit a toujours fasciné mon mari. Voyez-vous — j'imagine que ça doit vous paraître bizarre — où que nous nous installions en Angleterre, cela nous est à peu près indifférent. Je suis originaire de Nouvelle-Zélande, et je n'ai aucune attache ici. Quant à Giles, il a passé de nombreuses vacances chez différentes tantes, et il n'a lui non plus aucun lien particulier. La seule chose que nous désirions, c'est de ne pas être trop près de Londres. Nous tenons à la vraie campagne.

Erskine sourit.

— La vraie campagne, vous la trouverez certes par ici. En fait, nous sommes complètement isolés, nos voisins étant peu nombreux et fort éloignés les uns des autres.

Gwenda crut déceler, dans sa voix bien timbrée, un fond de tristesse. Elle eut soudain la vision d'une vie solitaire — les jours courts et sombres de l'hiver avec le vent qui siffle dans la cheminée, les portes closes et les rideaux tirés, pas de voisins, et cette femme jalouse, à l'air insatisfait et malheureux.

Puis la vision disparut. C'était à nouveau l'été, avec les portes-fenêtres ouvertes sur le jardin, le parfum des roses et le chant des oiseaux.

— Cette demeure est très ancienne, n'est-ce pas? dit Gwenda.

— Oui, elle date de l'époque de la reine Anne, et elle se trouve dans notre famille depuis plus de trois cents ans.

— Elle est splendide, et vous devez en être très fier.

— Certes. Malheureusement, elle n'est plus en parfait état. Les impôts sont tellement écrasants qu'ils ne nous laissent même pas de quoi entretenir convenablement les bâtiments. Mais, maintenant que les enfants sont casés, le plus dur est passé.

— Combien d'enfants avez-vous?

— Deux garçons. L'un est dans l'Armée, l'autre vient de terminer ses études à Oxford et va entrer dans une importante maison d'édition.

Il tourna les yeux vers la cheminée, et Gwenda suivit

son regard. Elle aperçut la photographie de deux jeunes gens de dix-huit ou dix-neuf ans, prise probablement quelques années plus tôt. Il y avait dans les yeux du père à la fois de l'orgueil et de l'affection.

— Ce sont de braves garçons, dit-il. Vous pouvez me croire, bien que ce soit moi qui l'affirme.

— Ils en ont l'air, en effet.

— Oui. Et je crois que ça vaut la peine... vraiment...

Gwenda le regarda d'un air interrogateur.

— ... de faire des sacrifices pour ses enfants, compléta-t-il.

— J'imagine qu'il faut souvent renoncer à certaines choses.

— A bien des choses, parfois...

A nouveau, la jeune femme sentit en lui une tristesse qu'il s'efforçait de dissimuler. Mais, déjà, Mrs. Erskine intervenait de sa voix grave et autoritaire.

— Cherchez-vous véritablement une maison dans cette partie du monde? En tout cas, je crains fort de ne rien connaître dans les parages qui puisse vous convenir.

Et si tu connaissais quelque chose, vieille sorcière, tu te garderais bien de me le dire, songea Gwenda avec amertume. Cette femme imbécile est jalouse parce que je parle à son mari et parce que je suis jeune et attrayante.

— Ça dépend si vous êtes pressés ou non, dit Erskine.

— Pas tellement pressés, en vérité, répondit Giles d'un air enjoué. Nous voulons être certains de trouver quelque chose qui nous plaise. Pour le moment, nous avons une maison à Dillmouth, sur la côte sud.

Le major Erskine se leva pour aller chercher des cigarettes sur le guéridon qui se trouvait près de la fenêtre.

— Dillmouth, répéta Mrs. Erskine.

Sa voix était dénuée de toute expression, mais elle fixait avec attention la nuque de son mari.

— Charmante petite ville, dit Giles. La connaissez-vous?

Il y eut un moment de silence, puis ce fut Mrs. Erskine qui reprit la parole.

— Nous y avons passé quelques semaines, un certain été, il y a bien longtemps. Mais nous n'avons pas tellement aimé cet endroit. Un climat trop mou.

— C'est aussi notre avis, dit Gwenda. Mon mari et moi préférerions un air plus vivifiant.

Erskine revenait avec les cigarettes. Il tendit le coffret à la jeune femme.

— Vous trouveriez ça dans notre région, dit-il.

Il y avait dans sa voix comme une étrange gravité. Gwenda leva les yeux sur lui, tandis qu'il présentait la flamme d'une allumette.

— Vous souvenez-vous bien de Dillmouth? demanda-t-elle d'un ton neutre.

Erskine pinça les lèvres comme sous l'effet d'une douleur soudaine.

— Très bien, oui. Nous séjournions... voyons un peu... au *Royal George,* je crois. Ou plutôt, non... au *Royal Clarence.*

— C'est le plus ancien hôtel de la ville. Notre maison est tout près... Hillside. Mais elle s'appelait autrefois... Sainte-Marie. C'est bien ça, Giles?

— Sainte-Catherine, corrigea son mari.

Cette fois, il était impossible de se méprendre sur l'effet produit. Erskine se détourna brusquement, et la tasse de sa femme heurta la soucoupe avec un petit tintement de porcelaine.

— Peut-être aimeriez-vous voir le jardin? dit vivement Mrs. Erskine.

— Oh, bien volontiers!

Ils sortirent par la porte-fenêtre. Le jardin était très bien entretenu, les allées pavées et soigneusement bordées de fleurs. Gwenda comprit que le mérite en revenait au major Erskine, qui se mit à lui parler avec enthousiasme de roses et de plantes herbacées. Le jardinage était visiblement son passe-temps favori.

154

Quelques instants plus tard, alors que les deux visiteurs s'éloignaient en voiture, Giles demanda avec une certaine hésitation :

— Est-ce que... tu l'as laissée tomber?

— Oui. Près du second massif de delphiniums.

Elle considéra l'annulaire de sa main gauche et fit distraitement tourner son alliance.

— Et si tu ne la retrouvais pas?

— Tu sais, ce n'est pas ma véritable bague de fiançailles. Celle-là... je n'aurais pas accepté de la risquer.

— Je suis heureux de te l'entendre dire.

— Elle me tient tellement à cœur! Te souviens-tu de ce que tu m'as dit lorsque tu l'as passée à mon doigt? « Une émeraude pour un mystérieux petit chaton aux yeux verts. »

— J'imagine, fit remarquer Giles avec calme, que nos petits mots tendres paraîtraient un peu étranges à une personne de la génération de Miss Marple.

— Je me demande ce que notre vieille amie peut bien faire en ce moment. Elle est sans doute assise au soleil, en train de rêvasser.

— Plutôt en train de fouiner ou de fureter dans quelque coin, si je l'ai bien jugée. J'espère qu'elle ne va pas exagérer, un de ces jours, avec toutes ses questions.

— Chez une vieille dame, la curiosité est naturelle, et on n'y prête pas autant d'attention que si nous allions nous-mêmes poser des tas de questions à tort et à travers.

Giles reprit son air grave.

— C'est pourquoi il me déplaît que tu aies à le faire. Je ne puis supporter la pensée de rester bien tranquille à t'attendre pendant que tu vas faire la sale besogne.

Gwenda promena doucement son index sur la joue de son mari.

— Je sais, mon chéri, je sais. Mais tu dois admettre que c'est une tâche délicate d'aller faire subir à un homme un interrogatoire sur ses affaires de cœur. Seule une femme douée d'un peu d'habileté et de diplomatie peut se tirer de ce genre d'indiscrétion.

— Je n'ai jamais douté ni de ton intelligence ni de ton habileté. Mais si Erskine est l'homme que nous recherchons...

— Je ne crois pas qu'il le soit, dit Gwenda d'un air pensif.

— Veux-tu laisser entendre que nous faisons fausse route?

— Pas entièrement. Je pense qu'il était bel et bien amoureux d'Hélène. Mais il est gentil, Giles. Terriblement sympathique. Ce n'est pas le genre d'homme à étrangler une femme.

— Permets-moi de te faire observer, ma petite fille, que, jusqu'à présent, tu n'as pas beaucoup fréquenté les étrangleurs!

— C'est vrai. Mais j'ai mon instinct féminin.

— J'imagine que c'est ce que doivent souvent dire les victimes de ce genre d'individus. Non, Gwenda, toute plaisanterie mise à part, je te conjure d'être prudente.

— Je le serai, c'est promis. Mais, tu sais, je le plains vraiment, ce pauvre homme affublé de ce dragon de femme. Je suis certaine qu'il a mené une bien triste vie.

— Je reconnais que c'est une femme bizarre. Et quelque peu inquiétante.

— Absolument sinistre. As-tu vu comment elle m'observait pendant que je parlais à son mari?

— J'espère que le plan réussira.

3

Le plan en question fut mis à exécution le lendemain même.

Giles, qui se sentait, disait-il, pareil à un mauvais

156

détective dans une affaire de divorce, prit position en un point qui dominait la grille d'entrée d'Anstell Manor. Vers onze heures et demie, il alla prévenir Gwenda que tout allait bien. Mrs. Erskine était partie dans une petite Austin, de toute évidence pour aller faire son marché à la ville voisine, qui se trouvait à une distance de trois milles. Par conséquent, la voie était libre.

Gwenda se dirigea aussitôt vers la grille de la propriété, arrêta sa voiture, mit pied à terre et sonna. Elle demanda Mrs. Erskine, mais il lui fut répondu, naturellement, qu'elle était sortie. Elle demanda alors le major Erskine. Il était dans le jardin, penché au-dessus d'un parterre, et se redressa à l'approche de la jeune femme.

— Je suis désolée de vous déranger, dit Gwenda, mais je crois avoir perdu une bague, hier. Je sais que je l'avais encore après le thé, quand nous sommes sortis dans le jardin. Et je serais navrée de ne pas la retrouver, car c'est ma bague de fiançailles. Elle est un peu grande à mon doigt, et...

On se mit à chercher. Gwenda refit le chemin qu'elle se rappelait avoir parcouru la veille, essayant de se souvenir des endroits où elle avait fait halte, des fleurs qu'elle avait touchées et, bien entendu, on aperçut bientôt le bijou auprès d'un massif de delphiniums, à l'endroit où elle l'avait volontairement laissé glisser de son doigt. Elle prit un air soulagé et ravi.

— Puis-je maintenant vous offrir quelque chose à boire, Mrs. Reed? demanda Erskine. De la bière, un peu de xérès? A moins que vous ne préfériez du café.

— Je n'ai besoin de rien, je vous remercie. Seulement... une cigarette, si vous voulez bien.

Elle s'assit sur un banc, et Erskine prit place à ses côtés. Pendant quelques minutes, ils fumèrent en silence. Gwenda sentait son cœur battre plus vite, mais il n'y avait qu'un seul moyen d'atteindre le but : il fallait faire le saut sans hésiter.

— Je voudrais vous demander quelque chose, major

Erskine, dit-elle. Sans doute allez-vous me juger terriblement indiscrète, mais je voudrais absolument savoir, et... vous êtes probablement la seule personne à pouvoir me renseigner. Car je crois que vous avez été, à un certain moment, amoureux de ma belle-mère.

Erskine tourna vers elle un visage où se réflétait son étonnement.

— Votre belle-mère?

— Oui. Hélène Kennedy, qui devint par la suite Mrs. Halliday.

— Oh! je comprends.

Erskine paraissait très calme, les yeux fixés sans la voir sur la pelouse inondée de soleil. Sa cigarette se consumait lentement entre ses doigts. Mais, malgré ce calme apparent, Gwenda sentait en lui une tension nerveuse et un trouble profonds. Comme s'il répondait à une question qu'il venait de se poser à lui-même, il murmura enfin :

— Les lettres, j'imagine.

Gwenda ne répondit pas.

— Je ne lui en ai pas envoyé beaucoup : deux, peut-être trois. Elle m'avait affirmé les avoir détruites; mais les femmes ne détruisent jamais les lettres, n'est-ce pas? Elles sont donc tombées entre vos mains, et vous voulez savoir...

— J'aimerais en savoir davantage sur elle. Voyez-vous, je l'aimais beaucoup, bien que je ne fusse qu'une toute petite fille quand elle est partie.

— Elle est partie?

— Ne le saviez-vous pas?

Les yeux d'Erskine, remplis de franchise et d'étonnement, se fixèrent sur ceux de Gwenda.

— Je n'ai jamais rien su d'elle depuis... depuis cet été que nous avons passé à Dillmouth.

— Vous ne savez donc pas où elle se trouve à présent?

— Comment le saurais-je? Il y a de cela des années... Tout est maintenant fini. Oublié.

— Oublié?

Erskine esquissa un pauvre sourire chargé de tristesse et d'amertume.

— Peut-être pas oublié... Vous êtes très observatrice, Mrs. Reed. Mais... parlez-moi d'elle... Elle n'est pas... morte, n'est-ce pas?

Une petite brise fraîche se leva soudain, frôla leur nuque et passa.

— J'ignore si elle est morte ou non, dit Gwenda. Je pensais même que vous pourriez peut-être le savoir.

Il secoua lentement la tête.

— Voyez-vous, continua la jeune femme, elle a quitté Dillmouth précisément un soir de ce même été sans rien dire à personne, Et elle n'est jamais revenue.

— Et vous pensiez que je pourrais avoir de ses nouvelles?

— Oui.

— Je n'ai pas reçu un seul mot. Mais son frère le docteur, qui habite Dillmouth, doit sûrement savoir quelque chose. Ou bien est-il mort?

— Il est toujours en vie, mais il ne sait rien. Voyez-vous, tout le monde a pensé qu'elle s'était enfuie... avec quelqu'un.

Erskine tourna vivement la tête vers la jeune femme. Un profond chagrin se lisait dans ses yeux.

— On a pensé qu'elle s'était enfuie avec moi?

— C'était une possibilité.

— Oh! je ne crois pas qu'une telle possibilité ait jamais existé. Mais peut-être avons-nous été assez fous pour laisser passer, sans la saisir, notre chance de bonheur.

Gwenda se taisait. A nouveau, Erskine se tourna vers elle.

— Sans doute ferais-je mieux de tout vous dire, car je ne voudrais pas que vous vous mépreniez sur le compte d'Hélène et que vous la jugiez mal. Nous nous sommes rencontrés pour la première fois sur le bateau qui nous amenait tous les deux aux Indes. Un de mes enfants venait d'être malade, et ma femme était restée en Angleterre.

Elle devait me rejoindre un peu plus tard. Hélène partait dans l'intention d'épouser un homme qui était dans les Eaux et Forêts... ou quelque chose comme ça. Elle ne l'aimait pas, mais c'était un vieil ami, doux et gentil, et elle souhaitait s'éloigner de chez elle, où elle n'était pas heureuse. Nous nous éprîmes l'un de l'autre...

Il marqua un temps d'arrêt, puis reprit d'une voix lente :

— Mais ce n'était pas — je tiens à le préciser — l'aventure banale que l'on rencontre parfois sur un bateau. C'était sérieux. Nous étions tous deux... comment dire?... profondément épris et bouleversés par notre amour. Hélas, il n'y avait pas de solution, car il m'était impossible d'abandonner Janet et les enfants. Hélène le comprit aussi bien que moi. S'il n'y avait eu que ma femme, les choses auraient pu être différentes; mais il y avait les enfants. C'était sans espoir. Nous tombâmes d'accord pour nous dire adieu et essayer d'oublier.

Il se mit à rire. Un rire sans gaieté et qui sonnait affreusement faux.

— Oublier! Non, je n'ai jamais oublié. Pas un seul instant. Ma vie n'a été qu'un enfer... Il m'était impossible de ne pas penser à Hélène... Elle n'a d'ailleurs pas épousé le garçon qu'elle allait rejoindre. Au dernier moment, elle n'a pu s'y résoudre. Elle est repartie pour l'Angleterre, et c'est durant ce voyage de retour qu'elle a rencontré quelqu'un d'autre : votre père, j'imagine. Deux mois plus tard, elle m'a écrit pour me dire ce qu'elle avait fait. Le major Halliday avait été très affecté par la perte de sa femme, disait-elle, et puis il y avait une enfant, une fillette de deux ou trois ans. Hélène pensait pouvoir rendre son mari heureux, et elle ferait de son mieux pour cela. Sa lettre venait de Dillmouth. Environ huit mois plus tard, mon père mourut, et je vins me fixer en Angleterre après avoir donné ma démission de l'Armée. Nous souhaitions prendre quelques semaines de vacances avant de nous installer ici, et ma femme suggéra Dillmouth, qu'une de ses amies lui avait décrit comme un endroit coquet et tranquille. Elle ignorait tout d'Hélène, bien entendu. Et vous pouvez aisément imaginer la tentation que fut la mienne! Revoir Hélène... Voir à quoi ressemblait l'homme qu'elle avait épousé...

Un autre bref silence, et Erskine continua :

— Nous discendîmes au *Royal Clarence*. Ce séjour fut une erreur, car revoir Hélène c'était souffrir le martyre... Elle paraissait assez heureuse, dans l'ensemble... je ne sais pas. En tout cas, elle évitait de se trouver seule avec moi. J'ignore si elle m'aimait encore ou non. Peut-être s'était-elle résignée... Mais je crois que Janet se doutait de quelque chose. C'est une femme extrêmement jalouse. Elle l'a toujours été. Une jalousie véritablement maladive...

Le major Erskine poussa un long soupir.

— Et voilà. C'est tout... Nous quittâmes Dillmouth...

— Le 17 août, précisa Gwenda.

— C'était à cette date? C'est possible. Je ne me rappelle pas exactement.

— Un samedi.

— Oui, vous avez raison. Je me souviens que ma femme me fit observer que les routes seraient encombrées, le lendemain matin... Mais je ne crois pas que c'était...

— Essayez, je vous prie, de vous rappeler à quel moment vous avez vu Hélène pour la dernière fois.

Erskine ébaucha un sourire doux et infiniment las.

— Je n'ai pas besoin de réfléchir, car cette dernière vision d'Hélène est gravée à jamais au fond de ma mémoire. C'était la veille de notre départ. Sur la plage. J'y étais descendu faire une promenade après le dîner, et je l'y ai rencontrée. Il n'y avait personne d'autre dans les environs, et je l'ai raccompagnée jusque chez elle. Nous avons traversé le jardin...

— Quelle heure était-il?

— Je ne sais pas exactement. Environ neuf heures, je suppose.

— Et vous vous êtes dit adieu?

— Et nous nous sommes dit adieu.

Encore un petit rire désenchanté.

— Oh! pas le genre d'adieu auquel vous pourriez penser. Ça été brusque et très bref. Hélène m'a dit simplement : « Allez-vous-en, maintenant, je vous en prie. Allez-vous-en vite, j'aime mieux... » Elle s'interrompt brusquement, et... je m'en allai.

— A l'hôtel?

— Oui. Mais je marchai d'abord longtemps à travers la campagne, sans but précis...

— Il est difficile d'être affirmatif, après tant d'années, mais je crois bien que c'est ce même soir qu'Hélène est partie pour ne jamais revenir.

— Je comprends. Et comme j'ai quitté Dillmouth le lendemain, les gens se sont imaginé qu'elle s'était enfuie avec moi. Charmante mentalité, en vérité.

— Et, naturellement, ce n'est pas avec vous qu'elle s'est enfuie?

— Grand Dieu, non! Il n'a jamais été question d'une chose semblable.

— Dans ces conditions, pour quelle raison pen-vous qu'elle soit partie?

Erskine fronça les sourcils.

— C'est évidemment la question qu'on peut se poser. N'a-t-elle laissé... heu... aucune explication?

Gwenda réfléchit avant d'énoncer ce qu'elle croyait, au fond d'elle-même, être la vérité.

— Je ne pense pas qu'elle ait laissé de mot. Croyez-vous qu'elle soit partie avec quelqu'un d'autre?

— Non, bien sûr que non.

— Vous en paraissez absolument certain.

— Je le suis. Absolument.

— Alors, encore une fois, *pourquoi* s'est-elle enfuie?

— Si elle est partie aussi brusquement... je ne puis

imaginer qu'une seule raison : c'était *moi* qu'elle fuyait.

— Vous! Comment cela?

— Peut-être craignait-elle que j'essaie de la revoir, que je l'importune. Elle a dû comprendre que j'étais encore... fou d'elle... Oui, ce ne peut être que ça.

— Tout de même, cela n'explique pas qu'elle ne soit jamais revenue. Dites-moi, vous a-t-elle jamais parlé de mon père? Vous aurait-elle dit, par hasard, qu'elle se faisait du souci à son sujet ou... qu'elle en avait peur? Ou autre chose...

— Peur de lui! Mais pourquoi? Oh! je comprends : vous pensez qu'il pouvait être jaloux... Était-il de tempérament jaloux?

— Je l'ignore. Je n'étais encore qu'une enfant quand il est mort.

— Oui, c'est vrai. En ce qui me concerne, je l'ai toujours trouvé normal et même agréable. D'autre part, il était visiblement très attaché à Hélène et très fier d'elle... Non, en réalité, c'est moi qui étais jaloux de lui.

— Vous m'avez dit tout à l'heure qu'ils paraissaient plutôt heureux ensemble, n'est-il pas vrai?

— Oui. Et je m'en réjouissais pour Hélène. Mais, en même temps, cela me faisait très mal... Non, elle ne m'a jamais parlé de lui. Ainsi que je vous l'ai dit, nous n'étions presque jamais seuls, et nous n'avons pas échangé de confidences. Pourtant, maintenant que vous avez soulevé la question, je me rappelle avoir remarqué qu'elle paraissait inquiète.

— Inquiète?

— Oui. Je me suis dit que c'était peut-être à cause de ma femme; mais... il y avait sûrement autre chose.

Erskine leva vivement les yeux vers le visage de la jeune femme assise à ses côtés.

— Aurait-elle vraiment eu peur de son mari, ainsi que vous l'avez suggéré tout à l'heure? Était-il jaloux des autres hommes?

— Vous semblez penser que tel n'était pas le cas.

— La jalousie est un sentiment étrange. Elle peut être, dans certains cas, si bien cachée qu'on ne la soupçonne même pas.

— Il y a un autre détail que j'aimerais aussi connaître...

Mais Gwenda s'interrompit brusquement en entendant une voiture qui remontait l'allée.

— Ah! c'est ma femme qui revient de la ville, dit Erskine.

En quelques secondes, il devint un homme différent. Son ton était maintenant compassé, son visage dénué d'expression, et seul un léger tremblement de ses mains trahissait sa nervosité.

Mrs. Erskine contourna à grands pas l'angle de la maison. Son mari se leva et s'avança à sa rencontre.

— Mrs. Reed avait perdu une de ses bagues dans le jardin, expliqua-t-il.

— Vraiment! répliqua sa femme d'u ton sec.

— Bonjour, dit Gwenda en s'approchant. J'avais effectivement perdu une bague, mais j'ai eu la chance de la retrouver.

— C'est fort heureux.

— N'est-ce pas? J'aurais été navrée... Eh bien, il faut maintenant que je prenne congé...

Mrs. Erskine ne répondit pas.

— Je vous raccompagne jusqu'à votre voiture, dit le major.

Il commençait à longer la terrasse derrière Gwenda lorsque retentit la voix sèche de sa femme.

— Richard, si Mrs. Reed veut bien t'excuser, il y a un coup de téléphone important...

— Oh! c'est très bien, dit vivement la jeune femme. Ne vous donnez pas la peine, je vous en prie.

Elle continua son chemin et tourna l'angle de la maison en direction de l'allée. Mais en y arrivant, elle constata que Mrs. Erskine avait rangé sa voiture de telle façon qu'elle n'avait aucune chance de pouvoir passer avec la sienne.

Elle hésita un instant, puis revint sur ses pas jusqu'à la terrasse. Elle s'arrêta net à une petite distance de la porte-fenêtre. La voix irritée de Mrs. Erskine lui parvenait nettement.

— Je me moque de ce que tu peux dire. C'était combiné... vous aviez arrangé ça hier... Tu avais demandé à cette fille de revenir pendant que je serais en ville. Tu es toujours le même... n'importe quelle jolie fille... Mais je ne le supporterai pas, tu m'entends? Je ne le supporterai pas!

Puis ce fut la voix d'Erskine, calme, presque désespérée.

— Parfois, Janet, je pense vraiment que tu es folle.

— C'est plutôt toi qui es fou. Tu ne peux pas laisser les femmes tranquilles.

— Tu sais que c'est faux, Janet.

— C'est *vrai!* Autrefois déjà, dans la ville d'où vient cette fille, à Dillmouth... Oseras-tu me dire que tu n'étais pas amoureux de cette blonde décolorée? La femme d'Halliday...

— Ne peux-tu donc jamais rien oublier? Pourquoi faut-il que tu rabâches les mêmes histoires? Tu ne fais que te monter la tête, et...

— C'est toi qui me brises le cœur! Mais je ne le supporterai pas, je te le dis! Je ne le supporterai pas. Donner des rendez-vous et rire de moi derrière mon dos! Tu ne m'aimes pas... Tu ne m'as jamais aimée. Je me tuerai. Je me jetterai du haut de la falaise... Je voudrais être morte...

— Janet, au nom du Ciel...

La voix grave de Mrs. Erskine s'était brisée, et le bruit de ses sanglots troublait maintenant l'air estival.

Sur la pointe des pieds, Gwenda contourna à nouveau la maison et se retrouva dans l'allée. Elle réfléchit un instant, puis alla sonner à la porte d'entrée.

— Y a-t-il quelqu'un, demanda-t-elle, qui pourrait

déplacer cette voiture, parce que je ne crois pas pouvoir sortir?

La femme de chambre entra dans la maison. Bientôt, un homme arriva des anciennes écuries, maintenant transformées en garages, salua Gwenda en portant la main à sa casquette, puis monta dans l'Austin et l'amena dans la cour. Gwenda grimpa vivement dans sa voiture et prit le chemin de l'hôtel, où Giles l'attendait avec impatience.

— Tu as été bien longue, fit remarquer le jeune homme. As-tu appris quelque chose?

— Oui. Je sais tout, à présent. Et c'est assez pathétique. Il était éperdument amoureux d'Hélène.

Elle narra les événements de la matinée.

— Je crois vraiment, dit-elle en terminant, que Mrs. Erskine est un peu folle. C'est tout à fait l'impression que j'ai eue. Et je comprends ce que le major voulait dire quand il parlait de jalousie. Ce doit être épouvantable d'éprouver de tels sentiments. De toute façon, nous savons maintenant qu'Erskine n'est pas l'homme qui s'est enfui avec Hélène et qu'il ne sait rien de sa disparition. Car elle était bien vivante quand il l'a quittée, ce soir-là.

— Du moins l'affirme-t-il.

Gwenda prit un air indigné.

— C'est ce qu'il prétend! répéta cependant Giles d'un ton plus ferme.

CHAPITRE XVIII

Liserons

Miss Marple se pencha sur la terrasse, au-dessus de la porte-fenêtre, et arracha un liseron. Maigre victoire, d'ailleurs, puisque, en dessous, ces plantes restaient en possession du terrain. Mais du moins les delphiniums connaîtraient-ils un soulagement temporaire.

Mrs. Cocker apparut à la fenêtre du salon.

— Excusez-moi, mademoiselle, mais le Dr Kennedy est là. Il aimerait savoir combien de temps Mr. et Mrs. Reed seront absents. Je lui ai répondu que je ne pouvais le lui dire exactement, mais que vous étiez sans doute au courant. Dois-je le conduire jusqu'ici?

— Oui, s'il vous plaît, Mrs. Cocker.

Le docteur apparut un instant plus tard. Miss Marple se présenta.

— ... et j'ai convenu avec Gwenda, continua-t-elle, que je viendrais arracher les mauvaises herbes pendant son absence. Voyez-vous, je crois que mes jeunes amis se laissent un peu abuser par ce Foster — le jardinier —, qui est quelque peu fantaisiste. Il vient deux fois par semaine, boit un nombre incroyable de tasses de thé, bavarde autant qu'il boit et, si je ne me trompe, ne travaille guère.

— Oui, répondit Kennedy d'un air distrait. Ils sont tous pareils.

Miss Marple le dévisagea avec attention. Il était plus âgé qu'elle ne l'avait imaginé d'après la description de Gwenda. Prématurément vieilli, se dit-elle. Il paraissait à la fois soucieux et malheureux.

— Ils sont donc partis, dit-il en se caressant le menton. Savez-vous pour combien de temps?

— Oh, pas pour longtemps. Ils sont allés rendre visite à des amis, dans le Nord. Que voulez-vous, j'ai l'impression que les jeunes ne tiennent plus en place, de nos jours. Il faut qu'ils soient sans cesse par monts et par vaux.

— Oui, c'est assez vrai.

Il s'interrompit pour reprendre au bout d'un instant d'un air un peu embarrassé :

— Mr. Reed m'a écrit pour me demander certains documents — des lettres —, si je pouvais les retrouver...

Il hésita encore, et Miss Marple demanda d'un ton calme :

— Les lettres de votre sœur?

Il lui décocha un coup d'œil vif et pénétrant.

— Vous êtes donc... au courant? Sans doute êtes-vous une parente.

— Seulement une amie, et je les ai conseillés de mon mieux. Mais les gens suivent rarement les conseils qu'on leur donne. C'est peut-être dommage, mais c'est ainsi.

— Et quel était votre conseil? demanda le vieux médecin d'un air intrigué.

— De laisser dormir cette affaire.

Kennedy prit place dans un fauteuil rustique, au demeurant fort inconfortable.

— Ce n'était pas une mauvaise idée, reconnut-il. J'aime beaucoup Gwennie, qui était autrefois une adorable petite fille et qui est devenue une ravissante jeune femme. C'est pourquoi je ne voudrais pas qu'elle s'attire des ennuis.

— Il y a tant de sortes d'ennuis...

— Pardon? Oh oui... vous avez raison.

Il poussa un soupir, puis reprit :

— Mr. Reed m'a donc écrit pour me demander si je pouvais lui confier les lettres de ma sœur, reçues après son départ, ainsi qu'un spécimen authentique de son écriture.

Il leva les yeux vers la vieille demoiselle.

— Vous comprenez ce que cela signifie, n'est-ce pas?

— Oui, je le crois.

—. Ils reviennent à l'idée que Kelvin, quand il prétendait avoir étranglé sa femme, ne disait que la vérité. Ils pensent que les lettres que j'ai reçues n'ont pas été écrites par Hélène et que ce ne sont que des faux. Ils sont donc persuadés qu'elle n'a pas quitté la maison vivante.

— Êtes-vous actuellement, vous-mêmes, très sûr de ce qui s'est passé? demanda Miss Marple d'une voix douce.

— Je l'étais à l'époque, répondit le docteur, les yeux perdus dans le vague. L'affaire paraissait absolument claire, et je considérais que tout cela n'était qu'hallucination de la part de Kelvin. Il n'y avait pas de cadavre, des vêtements avaient disparu... Que pouvais-je penser d'autre?

Miss Marple toussota légèrement.

— Et votre sœur avait récemment été... heu... attirée par un autre homme, n'est-il pas vrai?

Le docteur leva encore les yeux vers elle. Des yeux où se lisait le chagrin.

— J'adorais ma sœur, dit-il, mais je dois reconnaître qu'il y avait toujours un homme dans ses jupes. Certaines femmes sont ainsi faites... Elles n'y peuvent rien.

— Tout vous semblait donc, à cette époque, parfaitement clair. Mais il n'en est plus tout à fait ainsi à présent, n'est-ce pas? Pourquoi?

— Parce que, répondit Kennedy avec franchise, il paraît inconcevable que, si Hélène est encore en vie, elle ne m'ait jamais donné de ses nouvelles. D'autre part, si elle est morte ailleurs, il semble également étrange que je n'aie pas été avisé. Eh bien...

Il se leva et tira une enveloppe de sa poche.

— Voici tout ce que je possède. J'ai dû détruire la première lettre que j'ai reçue d'Hélène, car je ne l'ai pas retrouvée. Cependant, j'avais conservé la seconde — celle qui mentionnait une adresse poste restante. J'ai également apporté le seul spécimen d'écriture que j'aie pu trouver : une liste d'oignons à planter ou quelque chose du même genre. Le double d'une commande, sans doute. L'écriture me paraît semblable à celle de la lettre; mais, bien entendu, je n'ai rien d'un expert. Je vais vous laisser le tout, et vous voudrez bien le remettre à Giles et à Gwenda quand ils rentreront. Je suppose qu'il ne vaut pas la peine de le leur envoyer.

— Oh non. Je pense qu'ils seront de retour demain. Ou après-demain au plus tard.

Le docteur approuva d'un signe. Il regardait d'un œil absent la terrasse qui s'étendait devant lui. Puis, brusquement :

— Voulez-vous savoir ce qui me tracasse? demanda-t-il. Si Kelvin Halliday a tué sa femme, il a dû dissimuler le corps ou s'en débarrasser d'une manière ou d'une autre. Et cela signifie forcément que l'histoire qu'il m'a racontée avait été soigneusement mise au point. Cela voulait dire qu'il avait déjà caché une valise et un sac plein de vêtements pour faire croire qu'Hélène était partie, qu'il avait même pris des dispositions pour que des lettres me parviennent de l'étranger. En fait, cela signifie qu'il s'agissait d'un assassinat froidement prémédité. Et je songe à nouveau à Gwennie. C'était une charmante enfant. Il serait certes regrettable pour elle d'avoir un père paranoïaque, mais combien plus grave encore d'avoir un père assassin.

Il se tourna vers la porte-fenêtre ouverte. La brusque question de Miss Marple le fit sursauter.

— Dr Kennedy, de qui votre sœur avait-elle peur?

Il se retourna et dévisagea la vieille demoiselle d'un air étonné.

— Peur? De personne, autant que je sache.

— Je me le demandais... Je vous prie de m'excuser si mes questions sont indiscrètes, mais... il y avait un jeune homme, n'est-ce pas? Je veux parler d'une petite intrigue alors qu'elle sortait à peine du lycée. Il s'agissait, je crois, d'un certain Afflick.

— Oh! c'est de cela que vous voulez parler. Une simple amourette comme en connaissent la plupart des jeunes filles. Jackie Afflick était un sale petit bonhomme absolument indésirable, pas du tout du même milieu qu'Hélène. Il a eu ensuite certains ennuis et a quitté la région.

— Je me demandais s'il n'aurait pas pu... vouloir se venger.

Kennedy esquissa un sourire sceptique.

— Je ne pense pas que ses sentiments aient été bien profonds. De toute façon, ainsi que je viens de le dire, il a quitté la ville.

— A quel genre d'ennuis faites-vous allusion?

— Oh, rien de criminel. Seulement certaines petites indiscrétions concernant les affaires de son employeur.

— Et son employeur était Mr. Fane, n'est-ce pas?

Kennedy parut un peu surpris.

— Oui, en effet. Maintenant que vous en parlez, je me rappelle, en effet, qu'il travaillait chez Fane et Watchmann. Comme simple clerc, d'ailleurs.

Un simple clerc? se demandait Miss Marple en se penchant à nouveau sur les liserons après le départ du docteur.

CHAPITRE XIX

Mr. Kimble parle

— Je me demande ce que ça signifie, murmura Mrs. Kimble.

Son mari avança sa tasse en marmonnant :

— A quoi penses-tu donc, Lily? Pas de sucre, voyons!

Mrs. Kimble rectifia aussitôt l'erreur et reprit le sujet qui l'intéressait.

— Je pense à cette annonce. « Lily Abbott, autrefois femme de chambre Villa Sainte-Catherine à Dillmouth. » C'est assez clair, non? Il s'agit de moi.

— Hem! grogna Mr. Kimble.

— Après tout ce temps, tu dois reconnaître que c'est bizarre.

— Hem!

— Qu'est-ce que je vais faire, Jim?

— Laisse tomber.

— Et s'il y avait de l'argent à gagner?

Faisant entendre une sorte de glouglou, Mr. Kimble aspira quelques gorgées de thé pour se donner le courage de s'embarquer dans un long discours.

— Tu m'as autrefois raconté tout un tas de trucs sur ce qui s'est passé, mais je n'y ai pas prêté beaucoup d'attention. Je prenais ça pour des bêtises, des bavardages de femme. Peut-être que je me trompais, après tout. Mais, dans ce cas, c'est le boulot de la police; pas le tien.

Et tu n'as pas à t'en mêler. Et puis, c'est du passé. Laisse tomber, ma fille.

— Tout ça, c'est très bien. Mais on a pu me laisser de l'argent par testament. Mrs. Halliday était peut-être vivante jusqu'à présent; et si elle vient de mourir, elle a pu me léguer quelque chose.

— Tu rigoles, non? Et pourquoi qu'elle t'aurait laissé quelque chose?

— Même si c'est la police... Tu sais, Jim, il y a quelquefois une grosse récompense pour ceux qui peuvent donner des renseignements sur un assassin.

— Et qu'est-ce que tu pourrais dire? Tout ce qui est dans ta tête, c'est toi qui l'y as fourré. Des inventions, pas moins.

— C'est toi qui le dis. Mais j'ai réfléchi...

— Hem! fit Kimble d'un air désapprobateur.

— C'est pourtant vrai. Depuis que j'ai lu cette première annonce dans le journal. J'ai peut-être pas vu les choses comme il fallait les voir. Cette Léonie était un peu idiote, comme tous les étrangers. Elle ne comprenait même pas exactement ce qu'on lui disait, et son anglais était quelque chose d'affreux. Suppose que j'aie mal compris ce qu'elle m'a raconté... J'ai essayé de me rappeler le nom de cet homme... Car c'est lui qu'elle avait vu... Tu te rappelles ce film dont je t'ai parlé? *Amant secret,* que ça s'appelait. C'était formidable. On avait fini par attraper le gars grâce à sa voiture. Il avait refilé cinquante dollars à l'employé du garage pour qu'il oublie qu'il lui avait fait le plein d'essence cette nuit-là. Je sais pas trop ce que ça peut faire en livres... Et l'autre était là, aussi... Et le mari fou de jalousie... Ils étaient tous les deux toqués de la fille. Et finalement...

Mr. Kimble repoussa sa chaise, qui grinça sur le plancher. Puis il se leva lentement, avec un air digne et autoritaire. Sur le point de sortir de la cuisine, il lança son ultimatum.

174

— Tu vas laisser tomber tout ça, petite. Sinon, tu pourrais bien le regretter.

Il passa dans l'arrière-cuisine, mit ses chaussures et s'en alla sans ajouter un mot.

Lily resta assise pendant un long moment, plongée dans ses pensées. Bien sûr, elle ne pouvait pas aller exactement contre la volonté de son mari, mais tout de même... Jim était tellement terre-à-terre, et il avait des vues si étroites! Elle aurait voulu pouvoir demander conseil à quelqu'un d'autre. A quelqu'un qui aurait pu lui parler de la récompense possible, de la police et de tout ce que cela signifiait. Quel dommage de laisser échapper une chance de ramasser de l'argent!

Et elle poursuivait son rêve... Qu'avait donc dit Léonie, autrefois?

Finalement, il lui vint une idée. Elle se leva pour aller chercher un bloc de papier à lettres et un stylo.

Je sais ce que je vais faire, se dit-elle. Je vais écrire au docteur, au frère de Mrs. Halliday. Il me dira ce qu'il faut faire... si toutefois il est encore en vie. D'ailleurs, j'ai ça sur la conscience, au fond. Car je ne lui ai pas parlé de Léonie, à l'époque. Ni de la voiture.

On n'entendait maintenant dans la pièce que le grattement laborieux du stylo de Lily sur le papier. Il était assez rare qu'elle eût à écrire, et cette lettre exigeait d'elle un effort considérable.

Sa missive achevée, elle glissa la feuille dans une enveloppe qu'elle cacheta soigneusement. Pourtant, elle ne se sentait pas aussi satisfaite qu'elle avait espéré l'être. Il y avait neuf chances sur dix pour que le docteur fût mort ou qu'il eût quitté Dillmouth.

Y avait-il quelqu'un d'autre?

Quel était donc le nom de ce type? Si seulement elle pouvait s'en souvenir...

CHAPITRE XX

Hélène

Le lendemain de leur retour du Northumberland Giles et Gwenda venaient de terminer leur petit déjeuner lorsque Mrs. Cocker entra soudain pour annoncer Miss Marple, laquelle se confondit en excuses.

— Je me rends parfaitement compte que ma visite est très matinale, et il n'est pas dans mes habitudes d'aller déranger les gens à cette heure-ci. Mais il y a quelque chose que je désirais vous annoncer.

— Nous sommes ravis de vous voir, dit Giles en avançant une chaise à la vieille demoiselle. Vous prendrez bien une tasse de café?

— Non merci. J'ai déjà déjeuné fort convenablement. J'irai donc droit au but, si vous le permettez. Pendant votre absence, je suis venue, comme vous m'y aviez autorisée, pour arracher quelques mauvaises herbes...

— C'est vraiment très gentil de votre part, affirma Gwenda.

— Et il m'est apparu, continua Miss Marple, que deux journées par semaine ne sauraient suffire à l'entretien d'un jardin comme le vôtre. De plus, je pense que Foster abuse de vous. Trop de thé, trop de bavardages et pas assez de travail. Et comme il lui est impossible de vous accorder un troisième jour par semaine, j'ai pris sur moi d'engager un autre jardinier, qui viendra tous les mercredis.

Giles considéra la vieille demoiselle d'un air un peu surpris. Miss Marple avait évidemment agi dans les meilleurs intentions du monde; toutefois, son initiative semblait dénoter une assez étrange désinvolture qui ne lui ressemblait guère.

— Je sais bien, répondit-il, que Foster est un peu trop âgé pour fournir un travail valable...

— Je crains fort, Mr. Reed, que Manning ne le soit encore plus, car il m'a déclaré avoir soixante-quinze ans. Mais, voyez-vous, il m'a semblé que l'employer pendant quelque temps pourrait être une opération avantageuse, étant donné qu'il a autrefois travaillé chez le Dr Kennedy. A propos, le jeune homme à qui Hélène avait été plus ou moins fiancée s'appelle Afflick.

— Miss Marple, je vous ai calomniée en pensée. Vous êtes un génie. Savez-vous que Kennedy m'a apporté une lettre d'Hélène, ainsi qu'un spécimen de l'écriture de sa sœur?

— Je le sais. J'étais ici quand il est venu.

— Je me suis procuré l'adresse d'un excellent expert, et je vais lui envoyer les documents dès aujourd'hui.

— Si nous allions au jardin faire la connaissance de Manning? suggéra Gwenda.

Manning était un vieillard voûté, à l'air maussade mais à l'œil rusé. L'allure à laquelle il ratissait une allée s'accéléra sensiblement à l'approche de ses nouveaux maîtres.

— B'jour, madame, b'jour, monsieur, grommela-t-il. La dame m'a dit que vous aimeriez un petit coup de main supplémentaire le mercredi. Alors, je suis venu. Vot' jardin est négligé que c'en est une honte.

— Je crains effectivement qu'il n'ait été bien abandonné depuis quelques années.

— Pas de doute là-dessus. Aut'fois, du temps de Mrs. Findeyson, c'était une vraie merveille. L'aimait beaucoup son jardin, Mrs. Findeyson.

Giles s'appuya nonchalamment contre un rouleau. Gwenda se mit à cueillir des roses. Miss Marple se pencha pour arracher quelques mauvaises herbes sur le bord de l'allée.

Tout semblait prêt pour une discussion sur le jardinage au bon vieux temps.

— J'imagine que vous devez connaître la plupart des jardins des alentours, commença Giles d'un ton encourageant.

— Oui, je connais assez bien le coin. Et aussi les petites manies des gens. Par exemple, Mrs. Yules avait une haie d'ifs taillée de telle façon qu'elle faisait penser à un écureuil. Le colonel Lampard, lui, était fou des bégonias. Des parterres immenses, qu'il avait. Mais on dirait que les parterres passent de mode, à présent. Je pourrais pas vous dire tous ceux que j'ai dû bêcher pour y semer du gazon.

— Vous avez travaillé chez le Dr Kennedy, je crois?

— Oui. Mais il y a bien longtemps de ça. Près de vingt ans. Il s'est retiré et a quitté le pays. C'est le jeune Dr Brent qui l'a remplacé. De drôles d'idées qu'il a, celui-là, avec ses... vitapines, qu'il appelle. Enfin... Un mot qui ressemble.

— Vous devez vous souvenir aussi de Miss Hélène, la sœur du docteur.

— Sûr, que je me souviens. Une bien jolie fille que c'était, avec ses longs cheveux blonds. Après son mariage, elle est venue habiter ici même, dans cette maison. Sainte-Catherine, que ça s'appelait. L'avait épousé un officier qui rentrait des Indes, à ce qu'il me semble.

— Oui, dit Gwenda. Ça, nous le savons.

— Ah! c'est vrai. J'ai entendu dire l'autre soir, au pub, que vous étiez des parents à lui. Belle comme le jour, qu'elle était, Miss Hélène, quand elle a quitté le lycée. Très gaie, aussi. Elle aimait sortir : l'aurait voulu aller partout : au bal, au tennis... Même qu'il m'a fallu refaire le terrain de tennis, parce qu'on l'avait plus utilisé depuis une vingtaine d'années et que les mauvaises herbes avaient tout envahi. J'ai donc coupé tout ça, remis le terrain en état, retracé les lignes blanches, enfin... tout. Un sacré boulot, vous pouvez me croire. Et puis, quand ç'a été fini, Miss Hélène y a presque pas joué... J'ai toujours pensé que c'était bizarre...

— Qu'est-ce qui était bizarre? demanda Giles.

— Ce truc qui est arrivé au filet de tennis. Quelqu'un était venu pendant la nuit et l'avait mis en charpie, pour ainsi dire. Par méchanceté, que je dirai. Voilà ce que c'était; de la pure méchanceté.

— Qui avait pu faire une chose pareille?

— C'est ce que le docteur voulait savoir. Il était furieux, et ça se comprend, vu qu'il venait juste de payer le filet. Et il a dit qu'il n'en achèterait pas un autre, parce que si on avait fait un sale coup une fois, on pouvait recommencer. Miss Hélène était pas contente non plus, naturellement. Elle avait pas de chance la pauvrette. D'abord ce filet déchiré, puis son pied malade...

— Son pied malade? répéta Giles.

— Oui, elle était tombée sur un racloir... ou un autre outil, je sais plus. C'était guère qu'une égratignure, mais on aurait dit que ça voulait pas guérir. Le docteur était très ennuyé. Il soignait la blessure aussi bien qu'il pouvait, mais ça s'arrangeait pas. Je me rappelle même qu'il disait : « Je n'y comprends rien. Ce racloir devait être... infesté... ou... infecté. Et d'ailleurs, qu'est-ce qu'il faisait au milieu de l'allée? » Parce que c'était là que Miss Hélène était tombée, un soir, en rentrant à la maison. Après ça, elle devait rester dedans, la pauvre gosse, avec son pied malade. Elle pouvait plus sortir pour aller danser, sûr. Le mauvais sort la poursuivait, comme qui dirait.

Giles jugea que le moment était venu d'aborder une autre question.

— Est-ce que vous vous souvenez d'un garçon nommé Afflick? demanda-t-il d'un ton faussement indifférent.

— Vous voulez parler de Jackie Afflick, celui qui travaillait chez Fane et Watchman?

— Oui. N'était-ce pas un ami de Miss Hélène?

— Bah! c'était qu'une histoire de gosses. Mais le docteur a arrêté tout ça. Même qu'il a bien fait, parce que le jeune Afflick... l'était pas du même milieu que la demoiselle. C'était un de ces gars un peu trop délurés qui jouent avec le feu et qui finissent par se brûler, si vous voyez ce que je veux dire. D'ailleurs, il lui est arrivé une tuile, et il a filé d'ici. Bon débarras, parce que des gars comme ça, on en avait pas besoin à Dillmouth, et valait mieux qu'il aille faire des siennes autre part.

— Était-il encore ici quand ce filet de tennis a été déchiré?

— Ah! je vois ce que vous pensez. Mais il aurait pas fait un truc pareil. L'était trop malin pour ça, Jackie Afflick. Celui qu'avait fait le coup, c'était par pure méchanceté, que je vous dis.

— Y avait-il quelqu'un qui aurait pu avoir une dent contre Miss Hélène?

Le père Manning étouffa un petit rire.

— Certaines jeunes femmes auraient bien pu lui en vouloir, parce que... elles lui arrivaient pas à la cheville, la plupart. Mais le coup du filet, c'était sûrement quelque vagabond qui l'avait fait.

— Est-ce que Miss Hélène avait été très chagrinée de cette histoire avec Jackie Afflick? demanda Gwenda.

— Je crois pas qu'elle attachait beaucoup d'importance à ces petits jeunes. Elle aimait sortir, s'amuser... mais c'était tout. Pourtant, y en avait qui l'admiraient drôlement. Le jeune Walter Fane, par exemple. Il la suivait comme un caniche, pas moins.

— Mais elle ne s'intéressait pas à lui, n'est-ce pas?

— Non, elle se contentait d'en rire. Ensuite, l'est parti quelque part à l'étranger, mais l'est pas resté longtemps absent. C'est lui qui est à la tête de l'affaire, maintenant. Il s'est jamais marié. Bah! je peux pas le blâmer. Parce que les femmes... ça cause des tas d'ennuis dans la vie d'un homme.

— Vous êtes marié? demanda Gwenda.

— J'en ai enterré deux, répondit le vieux Manning sans se troubler. Et, vrai, je regrette pas. A présent, au moins, je peux fumer ma pipe tranquillement où je veux et aller boire un coup quand ça me chante.

Il se tut pour reprendre le rateau qu'il avait abandonné.

Giles et Gwenda se mirent à remonter l'allée en direction

de la maison. Miss Marple se désintéressa soudain des mauvaises herbes pour suivre ses jeunes amis.

— Miss Marple, dit Gwenda d'un air soucieux, vous n'avez pas l'air dans votre assiette. Qu'y a-t-il?

— Ce n'est rien, ma chère enfant...

La vieille demoiselle marqua un temps d'arrêt avant de reprendre avec une étrange insistance dans la voix :

— Cette histoire de filet de tennis ne me plaît pas. Le mettre ainsi en pièces...

Giles la considéra d'un air intrigué.

— Je ne comprends pas.

— Non? Cela me semble pourtant terriblement clair. Mais peut-être vaut-il mieux que vous ne compreniez pas. D'ailleurs, je puis me tromper. Voyons, racontez-moi ce que vous avez fait au Northumberland.

Les deux jeunes gens lui fournirent un compte rendu de leurs activités. Miss Marple écouta attentivement sans les interrompre.

— C'est vraiment triste, dit Gwenda en terminant. Tragique, même.

— Oui, vraiment triste, répéta la vieille demoiselle.

— Comme il a dû souffrir, ce pauvre homme!

— Lui? Oh, oui, bien sûr.

— Mais...

— C'est à *elle* que je pensais. A sa femme. Elle l'aimait sans doute profondément, et il n'a dû l'épouser que parce que c'était un bon parti ou simplement parce qu'il la plaignait. Ou encore pour quelque autre de ces bonnes raisons — en réalité affreusement injustes — qu'ont souvent les hommes.

*Je connais cent manières d'aimer,
Et chacune d'elles fait du mal à l'aimée*

cita Giles à mi-voix.

Miss Marple se tourna vers lui.

— Oui, c'est vrai. La jalousie, voyez-vous, n'est pas

182

habituellement une affaire de *raison*. C'est beaucoup plus profond, plus intime que cela. Elle est basée sur la sensation que l'amour qu'on éprouve n'est pas partagé. Et alors, on attend, on observe, on surveille, on épie le moment où l'être aimé se tournera vers quelqu'un d'autre. Ce qui, bien entendu, arrive inévitablement. Ainsi, votre Mrs. Erskine a, par ses soupçons et sa surveillance, transformé la vie de son mari en un véritable enfer; et lui, sans pouvoir s'en empêcher, a agi de même envers elle. Mais je crois qu'elle a souffert plus que lui. Et pourtant, j'imagine qu'il lui était réellement attaché.

— C'est impossible.

— Vous êtes très jeune, ma chère Gwenda. Voyez-vous, il n'a jamais quitté sa femme; et cela veut dire quelque chose, je vous assure.

— Il ne l'a pas quittée par devoir, à cause des enfants.

— A cause des enfants? répéta Miss Marple. Oui, peut-être avez-vous raison sur ce point. Car je dois avouer que les hommes ne me semblent pas se soucier beaucoup de leur devoir lorsqu'il s'agit uniquement de leur femme.

Giles se mit à rire.

— Quelle extraordinaire cynique vous faites, Miss Marple.

— Mon Dieu, Mr. Reed, j'espère bien que non. Il faut toujours garder un peu d'espoir en ce qui concerne la nature humaine.

— Je continue à penser, reprit Gwenda d'un air rêveur, que Mr. Fane n'a été pour rien dans cette affaire, et je suis également sûre du major Erskine. En fait, *je sais* qu'il ne pouvait pas être coupable.

— Nos impressions et nos sentiments ne sont pas toujours des guides très dignes de confiance, répondit doucement Miss Marple. Certains actes sont parfois commis par les personnes que l'on aurait le moins soupçonnées. Je me rappelle l'émoi des habitants de notre petit village lorsqu'on s'aperçut que le trésorier du Christmas Club avait misé sur un cheval tous les fonds dont il était responsable. Pourtant, il désapprouvait ouvertement les courses de chevaux, aussi bien que toute autre sorte de pari ou de jeu, car son père, autrefois employé au P.M.U. s'était mal conduit envers sa mère. Il était donc, intellectuellement parlant, absolument sincère. Malgré cela, passant un jour par hasard devant un champ de courses où des chevaux étaient à l'entraînement, il changea soudain d'avis. L'atavisme, sans doute.

— Les antécédents de Walter Fane et de Richard Erskine paraissent au-dessus de tout soupçon, fit observer Giles avec une petite moue amusée. Mais, évidemment, le meurtre peut être considéré comme un crime d'amateur.

— Le point important, dit Miss Marple, c'est le fait que ces deux hommes se trouvaient tous les deux dans les parages. Fane était incontestablement à Dillmouth. Erskine, de son propre aveu, était en compagnie d'Hélène Halliday très peu de temps avant la disparition de la jeune femme. Or, après lui avoir fait ses adieux devant chez elle, il n'a pas regagné son hôtel immédiatement.

— Mais il a été d'une franchise absolue sur ce point! s'écria Gwenda.

Miss Marple se tourna vers elle d'un air grave.

— J'ai voulu simplement attirer votre attention sur l'importance qu'il y avait à être *sur place*.

Ses yeux perçants allèrent de l'un à l'autre de ses interlocuteurs.

— Je ne pense pas, continua-t-elle, que vous ayez beaucoup de mal à trouver l'adresse de Jackie Afflick. Étant donné qu'il est propriétaire des Daffodie Coaches, ce doit être relativement facile.

— Je vais m'en occuper, dit Giles. Elle doit être sur l'annuaire. Croyez-vous que nous devions aller le voir?

Miss Marple garda le silence pendant un instant avant de répondre.

— Si vous le faites, il vous faut être très prudents. Rappelez-vous ce qu'a dit le vieux jardinier : Afflick est un malin. *Je vous en prie,* soyez prudents.

184

CHAPITRE XXI

J.J. Afflick

J.J. Afflick avait deux numéros dans l'annuaire télé-
phonique. Ses bureaux se trouvaient à Exeter et son
domicile particulier dans la banlieue de la ville.

Rendez-vous fut pris pour le lendemain. Mais juste au
moment où Giles et Gwenda montaient en voiture,
Mrs. Cocker sortit en courant et leur adressa un grand
geste de la main.

— Le Dr Kennedy vous demande au téléphone, monsieur.

Giles descendit et rentra dans la maison.

— Reed à l'appareil, annonça-t-il.

— Bonjour, Mr. Reed. Je viens de recevoir une lettre
étrange d'une certaine Lily Kimble, et je me suis creusé
la cervelle pour savoir qui ça pouvait bien être. J'ai
d'abord cru que c'était une de mes anciennes malades,
mais je crois plutôt qu'il s'agit d'une fille autrefois
employée chez vous en qualité de femme de chambre. Je
suis à peu près sûr qu'il y avait, à cette époque, une Lily;
mais je ne, me rappelle pas son 'nom de famille.

— Il y avait effectivement une Lily. Ma femme se
souvient même qu'elle avait, un jour, attaché une faveur
au cou du chat.

— Gwennie me paraît avoir une mémoire exception-
nelle.

— C'est vrai.

185

— Eh bien, j'aimerais vous parler de cette lettre, mais pas au téléphone. Pourrais-je venir vous voir?

— Nous partons à l'instant pour Exeter; mais nous pouvons nous arrêter chez vous, si ça vous convient. C'est sur notre chemin.

— Ce sera parfait.

Le docteur les attendait et leur présenta aussitôt la lettre qu'il avait reçue. Elle était écrite sur un papier bon marché et d'une main plutôt malhabile.

Cher Monsieur,

Je vous serais reconnaissante si vous pouviez me donner un conseil à propos de l'annonce ci-jointe que j'ai découpée dans un journal. J'y ai bien réfléchi et j'en ai aussi discuté avec mon mari, mais je ne sais pas trop ce que je dois faire. Croyez-vous qu'il y ait de l'argent à gagner ou peut-être une récompense? Parce qu'un peu d'argent m'arrangerait bien, mais je ne voudrais pas avoir des ennuis avec la police.

J'ai souvent pensé à cette nuit où Mrs. Halliday a disparu. Seulement, je ne crois pas qu'elle soit partie, parce que les vêtements ne cadraient pas. Au début, j'ai pensé que c'était le patron qui avait fait le coup; mais maintenant, je n'en suis plus aussi sûre, à cause de la voiture que j'ai vue par la fenêtre. Une chouette bagnole que j'avais déjà aperçue. Mais je ne voudrais rien faire sans vous demander votre avis. Je n'ai jamais eu affaire à la police, et mon mari n'aimerait pas ça. Je pourrais venir vous voir jeudi prochain, car c'est jour de marché, et il sera absent. Je serais contente si vous pouviez me recevoir.

Sentiments respectueux,
Lily KIMBLE

— La lettre m'a été adressée à mon ancien domicile de Dillmouth, précisa le docteur, et on me l'a fait suivre. La coupure de journal mentionnée, c'est naturellement votre annonce.

— Merveilleux! s'écria Gwenda. Vous voyez, cette Lily ne croit pas, elle non plus, que mon père ait été coupable.

Elle avait parlé d'une voix chargée d'allégresse. Kennedy la considéra de ses yeux au regard las et bienveillant.

— J'espère que vous avez raison, Gwennie, dit-il doucement. Voici, à mon avis, ce que nous devrions faire. J'ai envie de répondre à cette femme qu'elle peut venir jeudi, ainsi qu'elle le suggère. Qu'en pensez-vous? Elle a une correspondance assurée : en changeant à Dillmouth, elle peut être ici un peu après quatre heures et demie. Si vous pouvez venir, vous aussi, cet après-midi-là, nous pourrons l'interroger ensemble.

— Magnifique! dit Giles.

Il jeta un coup d'œil à sa femme et ajouta :

— Viens, Gwenda. Il faut nous dépêcher.

Et, se tournant vers le Dr Kennedy :

— Nous avons rendez-vous avec Mr. Afflick, le directeur des Daffodie Coaches. Et c'est, nous a affirmé sa secrétaire, un homme très pris.

Kennedy fronça les sourcils.

— Afflick, avez-vous dit? Oh! oui, ces horribles cars couleur beurre frais. Mais... il me semble que le nom d'Afflick me rappelle autre chose.

— Hélène, dit Gwenda.

— Seigneur! Il ne s'agit tout de même pas de ce gars-là!

— Mais si.

— Et ce n'était qu'un pauvre diable, à l'époque. Il a donc fini par réussir.

— Il faut croire, répondit Giles. Mais voudriez-vous m'expliquer quelque chose, docteur? Je sais que vous avez mis fin à une certaine intrigue entre lui et votre jeune sœur. Était-ce simplement à cause de sa position sociale?

Kennedy lui adressa un regard dépourvu d'aménité.

— Jeune homme, répondit-il d'un ton plus sec, j'appartiens à la vieille école. Je n'ignore pas que, selon l'évangile moderne, un homme en vaut un autre. Moralement, c'est peut-être vrai. Néanmoins, je crois fermement que l'on est plus heureux en ne sortant pas du milieu dans lequel on est né. De plus, dans ce cas particulier, je tenais ce garçon pour un vaurien. Il a malheureusement prouvé que je ne me trompais pas.

— Qu'a-t-il fait exactement?

— Il m'est impossible de m'en souvenir avec précision, à présent. Il avait, me semble-t-il, monnayé des renseignements confidentiels concernant un des clients de la firme dans laquelle il était employé.

— A-t-il été très touché par ce renvoi?

Kennedy adressa à nouveau un regard pénétrant à son interlocuteur.

— Certainement, répondit-il d'un ton sec.

— Et il n'y avait aucune autre raison pour que vous considériez d'un mauvais œil son amitié avec votre sœur? Vous ne pensiez pas qu'il y avait en lui autre chose de... trouble?

— Puisque vous avez soulevé la question, je vais y répondre franchement. Il m'a paru, surtout après son renvoi, qu'il manifestait certains symptômes de déséquilibre mental. Quelque chose comme la manie de la persécution, en fait. Mais il ne semble pas que mes craintes se soient justifiées, étant donné sa réussite ultérieure.

— Qui l'avait renvoyé? Walter Fane?

— J'ignore si Walter Fane était personnellement concerné. Afflick avait été remercié par la firme, c'est tout.

— Et il s'est posé en victime, n'est-il pas vrai?

Kennedy acquiesça d'un signe.

— Je comprends, reprit Giles. Eh bien, si vous voulez nous excuser, il nous faut maintenant prendre congé. A jeudi, docteur.

La maison était de construction récente, avec d'immenses baies. Giles et Gwenda furent introduits dans un vaste hall, qu'ils traversèrent pour atteindre le bureau, une pièce dont la moitié semblait être occupée par une énorme table de travail rehaussée de chromes étincelants.

— Vraiment, murmura Gwenda, je ne sais pas trop ce que nous aurions fait sans Miss Marple. D'abord ses amis du Northumberland, et maintenant la femme du pasteur avec sa sortie annuelle du Club paroissial.

Giles lui fit signe de se taire, car la porte s'ouvrait. Jackie Afflick entra en coup de vent. C'était un homme d'âge moyen, corpulent et vêtu d'un costume à carreaux un peu trop voyant. Il avait les yeux noirs et perçants, le visage rubicond et jovial. Il répondait assez bien à l'idée que l'on se fait habituellement de l'homme d'affaires qui a réussi.

— Mr. Reed? dit-il. Ravi de faire votre connaissance.

Giles présenta sa femme, qui sentit aussitôt sa main emprisonnée dans une étreinte un peu trop empressée.

— Et que puis-je pour vous, Mr. Reed?

Afflick se laissa tomber dans son immense fauteuil et présenta à ses visiteurs un coffret à cigarettes en onyx. Giles attaqua aussitôt le sujet de la sortie annuelle du Club paroissial. De vieux amis à lui, expliqua-t-il, s'en occupaient, et ils souhaitaient organiser une excursion de deux jours à travers le Devon. Afflick fit un certain nombre de suggestions et indiqua les tarifs. Il avait néanmoins un air vaguement intrigué.

— Tout cela est parfaitement clair, dit-il enfin, et je vous enverrai un mot pour confirmer notre accord. Mais c'est là une affaire d'ordre strictement professionnel. J'avais cru comprendre, d'après les explications de ma secrétaire, que vous désiriez également un rendez-vous privé.

— Effectivement, il y avait deux sujets que nous souhaitions discuter avec vous. Nous venons d'en régler un. Le second est d'ordre purement privé. Ma femme, ici présente, désirerait vivement entrer en contact avec sa belle-mère, qu'elle n'a pas vue depuis de nombreuses années, et nous avions dans l'idée que vous pourriez peut-être nous aider.

— Ma foi, si vous voulez bien m'apprendre le nom de cette personne... J'imagine que je la connais?

— En tout cas, vous l'avez connue à une certaine époque. Elle s'appelait Hélène Halliday; et avant son mariage, Hélène Kennedy.

Afflick battit des paupières et renversa un peu son fauteuil en arrière, sans rien perdre de son calme.

— Hélène Halliday... Je ne me rappelle pas... Hélène Kennedy...

— Elle habitait Dillmouth, précisa Giles.

Le fauteuil d'Afflick reprit lentement sa position normale.

— J'y suis. Mais bien sûr, la petite Hélène Kennedy! Son visage rayonnait de plaisir.

— Je me la rappelle, maintenant. Mais il y a si longtemps! Quelque chose comme vingt ans.

— Dix-huit.

— Vraiment? Le temps passe, comme on dit. Mais je crains que vous ne soyez déçue, Mrs. Reed, car je n'ai pas revu Hélène depuis cette époque. Je n'ai même pas entendu parler d'elle.

— Mon Dieu! murmura Gwenda. C'est, en effet, très décevant. Nous espérions tellement que vous pourriez nous aider.

Les yeux de Jackie Afflick allèrent de l'un à l'autre de ses visiteurs.

— Que lui est-il arrivé? Des ennuis?

— Elle a brusquement quitté Dillmouth... il y a dix-huit ans. Avec quelqu'un.

— Et vous avez pensé, dit Jackie Afflick d'un air

190

vaguement amusé, qu'elle avait pu s'enfuir avec moi. Mais pourquoi?

— Parce que, reprit hardiment Gwenda, nous avons entendu dire qu'à une certaine époque, elle et vous aviez été... très épris l'un et l'autre.

— Hélène et moi? Oh, ce n'était en réalité qu'une petite amourette qu'aucun de nous deux n'a jamais prise au sérieux.

Et Afflick ajouta d'un ton plus sec :

— On ne nous y a d'ailleurs pas encouragés.

— Vous devez nous trouver terriblement indiscrets, n'est-ce pas?

— Ne vous inquiétez pas, je ne suis pas susceptible. Vous désirez retrouver une certaine personne et vous me croyez capable de vous aider... Eh bien, demandez-moi ce que vous voudrez. Je n'ai absolument rien à cacher.

Il considéra un instant Gwenda d'un air pensif.

— Vous êtes la fille de Halliday?

— Oui. Avez-vous connu mon père?

Afflick esquissa un signe de dénégation.

— Un jour que j'étais de passage à Dillmouth, j'ai rendu visite à Hélène dont j'avais appris le retour et le mariage. Elle s'est montrée courtoise, mais ne m'a même pas retenu à dîner. Et je n'ai pas vu votre père.

Gwenda crut déceler un rien de rancœur dans la voie de Jackie Afflick avouant qu'Hélène ne l'avait « même pas retenu à dîner ».

— Avez-vous eu l'impression qu'elle était... heureuse?

Afflick haussa les épaules.

— Assez heureuse, apparemment. Certes, il y a de cela près de vingt ans. Mais si elle m'avait paru malheureuse, j'aurais certainement retenu le fait.

Et il ajouta avec une curiosité qui semblait assez naturelle :

— Vous voulez dire que vous n'avez jamais eu de ses nouvelles depuis qu'elle a quitté Dillmouth il y a dix-huit ans?

— Nous n'avons rien su.

— Elle n'a même pas écrit?

— Il est bien arrivé deux lettres, intervint Giles, mais nous avons des raisons de croire qu'elles n'ont pas été écrites par elle.

— Pas écrites par elle? répéta Afflick d'un ton légèrement amusé. Ça ressemble à un film policier.

— C'est un peu l'impression que nous avons eue, en effet.

— Et son frère le toubib, est-ce qu'il ne sait pas où elle se trouve?

— Non.

— Hum! Vous êtes donc en face d'une véritable énigme. Pourquoi ne pas faire passer une annonce dans les journaux?

— Nous l'avons fait. Sans résultat.

— Il semblerait donc qu'elle soit morte sans que vous en ayez été avisés.

Gwenda frissonna.

— Avez-vous froid? demanda Afflick.

— Non. Je songeais à Hélène... morte. Et cette pensée m'effraie.

— J'éprouve le même sentiment. Hélène était tellement belle! Remarquablement belle.

— Je n'ai d'elle qu'un très vague souvenir. Mais vous qui l'avez bien connue, dites-moi comment elle était. Ce que les gens pensaient d'elle. Ce que vous en pensiez vous-même.

Afflick considéra la jeune femme en silence pendant un moment.

— Je vais être honnête envers vous, Mrs. Reed. Croyez-moi si vous pouvez, mais je plaignais cette pauvre gosse.

Gwenda le regarda d'un air étonné.

— Vous la... plaigniez?

— C'est bien ce que j'ai dit. Voyez-vous, elle sortait à peine du lycée et elle avait envie de s'amuser un peu, comme n'importe quelle autre jeune fille. Seulement, il y avait son frère — beaucoup plus âgé qu'elle, rigide et compassé —, avec des idées bien arrêtées sur ce qu'une jeune fille peut faire et sur ce qu'elle ne peut pas se permettre. De sorte que la gamine ne pouvait se procurer la moindre distraction, le moindre amusement. Malgré cela, je suis parvenu à la sortir un peu, à lui donner un aperçu de la vie. Cependant, je n'étais pas véritablement amoureux d'elle, et elle n'était pas non plus éprise de moi. Elle prenait simplement plaisir à jouer à la petite émancipée. Bien entendu, on ne tarda pas à découvrir que nous nous rencontrions, et Kennedy mit aussitôt un terme à ces sorties. Je ne le juge pas. Mais ce qui est sûr, c'est que la gamine fut plus frappée que moi. Nous n'étions pourtant aucunement fiancés. Certes, j'avais l'intention de me marier un jour ou l'autre, mais pas tout de suite. Et j'avoue que je souhaitais trouver une femme qui pût m'aider à faire mon chemin. Or, Hélène n'avait pas d'argent, et elle n'aurait pas constitué pour moi un parti très intéressant. Nous flirtions un peu, mais nous n'étions au fond que de bons amis.

— Vous avez dû, cependant, être passablement vexé lorsque le docteur...

Gwenda hésita à continuer.

— Je veux bien l'admettre, dit Jackie Afflick, car il n'est jamais agréable de s'entendre traiter de bon à rien. Mais, dans la vie, il ne faut pas avoir l'épiderme trop sensible.

— Ensuite, dit Giles, vous avez perdu votre emploi, n'est-il pas vrai?

Le visage d'Afflick se rembrunit.

— On m'a flanqué à la porte de chez Fane et Watchman, c'est vrai. Et je crois bien savoir d'où venait le coup.

— Vraiment? reprit Giles d'un ton interrogateur.

Afflick secoua doucement la tête.

— J'ai une idée sur la question, mais je ne cite personne, notez bien. Seulement, j'ai été accusé à tort, et je n'ai guère de doute sur l'identité du responsable.

Ses joues s'empourprèrent.

— Sale besogne, continua-t-il, que d'épier un homme et lui tendre des pièges, de le calomnier... Oh, j'ai eu des ennemis, certes. Mais je ne me suis jamais laissé abattre. Et je n'oublie pas!

Il s'interrompit et changea à nouveau d'attitude, retrouvant d'un coup sa jovialité.

— Vous le voyez, je crains fort de ne vous être d'aucun secours. Hélène et moi sommes un peu sortis ensemble, mais les choses ne sont pas allées plus loin entre nous.

Gwenda le dévisagea pendant un instant en silence. L'histoire paraissait assez claire, mais était-elle véridique? Quelque chose sonnait faux; quelque chose qui revint soudain à l'esprit de la jeune femme.

— Tout de même, dit-elle, vous lui avez rendu visite, plus tard, quand vous êtes revenu à Dillmouth.

Afflick se mit à rire.

— Là, je reconnais que vous m'avez eu, Mrs. Reed. C'est vrai, je lui ai rendu visite. Peut-être voulais-je lui montrer que je n'étais pas sur la paille parce qu'un homme de loi guindé et constipé m'avait mis à la porte de son étude. J'avais une belle affaire, je conduisais une voiture de luxe et je m'étais bien débrouillé.

— Vous êtes venu la voir plusieurs fois, n'est-ce pas?

— Deux... peut-être trois, répondit Afflick avec une légère hésitation. En passant.

Il haussa les épaules.

— Désolé de ne pouvoir vous aider.

Giles se leva.

— Veuillez nous excuser de vous avoir pris un peu de votre temps.

— Je vous en prie. Cela me change d'évoquer ces vieux souvenirs.

Au même instant, la porte s'entrouvrit. Une femme jeta un coup d'œil à l'intérieur de la pièce et s'excusa aussitôt.

194

— Oh! Désolée... Je ne savais pas que tu étais occupé...

— Entre, ma chère, entre... Je vous présente ma femme Dorothée... Mr. et Mrs. Reed.

Mrs. Afflick serra la main des deux visiteurs. Elle était grande et maigre, avec un air abattu. Mais, contre toute attente, ses vêtements étaient de bonne coupe.

— Nous parlions du passé, reprit Afflick. Un passé déjà lointain. Je ne te connaissais pas encore, à cette époque.

Puis, se tournant à nouveau vers ses visiteurs :

— J'ai rencontré ma femme au cours d'une croisière, expliqua-t-il. Elle n'est pas originaire d'Angleterre, mais c'est une cousine de Lord Polterham...

Il avait prononcé ces dernières paroles avec un certain orgueil. Mrs. Afflick rougit.

— Les croisières sont très agréables, affirma Giles.

— Très instructives, aussi, renchérit Afflick. Et je peux bien avouer que, de l'instruction, je n'en avais pas à revendre.

— Je dis toujours à mon mari que nous devrions prendre part à une de ces croisières helléniques...

— Pas le temps. Je suis un homme très occupé.

— Aussi ne devons-nous pas vous importuner plus longtemps, dit Giles. Au revoir et merci, Mr. Afflick. Vous me confirmerez par écrit le montant exact de cette excursion, n'est-ce pas?

Tandis qu'Afflick raccompagnait ses visiteurs jusqu'à la porte, Gwenda jeta un coup d'œil par-dessus son épaule. Mrs. Afflick était debout sur le seuil du bureau, et elle fixait le dos de son mari d'un regard étrange et comme chargé de crainte.

Giles et Gwenda dirent à nouveau au revoir à leur hôte et se dirigèrent vers leur voiture.

— Zut! j'ai oublié mon écharpe, dit soudain la jeune femme.

— Tu oublies toujours quelque chose.

— Ne prends pas cet air outragé, chéri. Je vais la chercher.

Gwenda fit demi-tour et regagna la maison en courant. Par la porte ouverte, lui parvint tout à coup la voix forte d'Afflick.

— Qu'est-ce qui te prend de faire ainsi irruption dans mon bureau? Ça n'a pas de sens.

— Excuse-moi, Jackie, je ne savais pas... Qui sont ces gens, et pourquoi t'ont-ils bouleversé?

— Ils ne m'ont nullement bouleversé. Je...

Il s'interrompit en apercevant Gwenda sur le seuil.

— Excusez-moi, Mr. Afflick, n'ai-je pas oublié mon écharpe?

— Votre écharpe? Ma foi, non, elle n'est pas ici.

— Mon Dieu, que je suis sotte! Elle doit être dans la voiture.

Lorsque Gwenda rejoignit son mari, il avait tourné la voiture. Le long du trottoir, se trouvait une grande limousine jaune étincelante de chromes.

— Un drôle d'engin! remarqua Giles.

— Oui. Te rappelles-tu ce que nous a raconté Edith Pagett? Lily avait misé sur le capitaine Erskine, mais elle s'était trompée : le mystérieux inconnu dans sa voiture de luxe, c'était Jackie Afflick.

— Et dans sa lettre au docteur, elle parlait en effet d'une « chouette bagnole ».

Les deux jeunes gens se regardèrent en silence.

— Cette nuit-là, il était donc « sur place », comme dirait Miss Marple. Oh! Giles, j'ai hâte d'être à jeudi pour savoir ce que va dire Lily Kimble.

— Suppose qu'elle ait la frousse et ne vienne pas?

— Elle viendra sûrement. Giles, si une voiture de luxe se trouvait près de la maison cette nuit-là...

— Tu crois donc qu'il s'agissait d'un... péril jaune comme celui-ci?

La voix joviale de Jackie Afflick les fit soudain sursauter.

— Vous admirez mon wagon?

Il se tenait derrière eux, appuyé contre la haie bien taillée.

— *Little Buttercup* (1), c'est ainsi que je l'appelle. J'ai toujours aimé les belles carrosseries. Et celle-ci jette du jus, non?

— Certainement, reconnut Giles.

— J'adore les fleurs, aussi. Surtout les narcisses, les renoncules... Voici votre écharpe, Mrs. Reed. Elle avait glissé derrière le bureau. Eh bien, au revoir. Ravi d'avoir fait votre connaissance.

Gwenda et Giles montèrent en voiture, tandis qu'il faisait demi-tour et s'éloignait en direction de la maison.

— Crois-tu qu'il t'ai entendu qualifier sa voiture de « péril jaune »? demanda Gwenda.

Giles prit un air gêné.

— Je... ne pense pas. Il a été assez aimable.

— Heu... oui. Mais ça ne signifie pas grand-chose, à mon avis. Et as-tu remarqué l'attitude de sa femme? Elle a peur de lui. Je l'ai lu sur son visage.

— Quoi! Peur de ce bon vivant à l'air jovial?

— Peut-être n'est-il pas, au fond de lui-même, aussi jovial qu'il le paraît. Je t'avoue que cet homme ne me plaît guère. Et je me demande depuis combien de temps il était là à nous écouter... Qu'avons-nous dit exactement?

— Ma foi, rien de bien significatif.

Pourtant, Giles avait toujours l'air un peu mal à l'aise.

(1) *Petit Bouton d'or.*

CHAPITRE XXII

Lily est exacte au rendez-vous

— Que le diable m'emporte! s'écria Giles.

Il venait d'ouvrir une lettre arrivée au courrier de l'après-midi, et il en considérait le texte d'un air ébahi.

— Qu'est-ce que c'est?

— Le rapport des experts en écriture.

— Et, bien entendu, dit vivement Gwenda, Hélène n'a pas écrit cette lettre venant de l'étranger?

— Précisément si! Elle l'a écrite.

Les deux jeunes gens se regardèrent pendant un moment en silence.

— Ainsi donc, reprit enfin Gwenda d'un air incrédule, ces lettres n'étaient pas des faux. Elles étaient *authentiques*. Hélène a bien quitté la maison ce soir-là, et elle a ensuite écrit de l'étranger. Par conséquent, elle n'a pas été étranglée.

— Il ne semble pas, en effet, répondit Giles d'une voix lente. Tout cela est vraiment renversant. Je n'y comprends rien. Et pourtant, tout semble prouver une version des faits totalement différente.

— Les experts ont pu se tromper.

— C'est possible, évidemment, bien qu'ils paraissent très sûrs d'eux. Est-ce que, par hasard, nous nous serions rendus ridicules depuis le début?

— Tout viendrait donc de ma conduite stupide au

théâtre?... Je vais te dire ce que nous devons faire : nous allons rendre visite à Miss Marple. Nous avons largement le temps avant notre rendez-vous avec le Dr Kennedy.

Miss Marple, cependant, réagit d'une façon différente de celle qu'ils attendaient et déclara que tout cela était parfait.

— Que voulez-vous dire? demanda Gwenda.

— Simplement que quelqu'un s'est montré moins astucieux qu'il n'aurait pu l'être.

— Mais... comment?

— Quelqu'un a commis une bévue, ma chère Gwenda, et vous devez voir que cela nous indique la route à suivre.

— Hélène ayant véritablement écrit ses lettres, croyez-vous tout de même qu'elle ait été assassinée?

— Je pense surtout qu'il était très important pour quelqu'un que les lettres fussent de sa main.

— Je... crois comprendre. Hélène a dû être poussée par certaines circonstances à les écrire...

— Voyons, Mr. Reed, vous ne réfléchissez pas. C'est pourtant bien simple.

Giles paraissait ennuyé et contrarié.

— Pour moi, dit-il, je puis vous assurer que ce n'est pas très clair.

— Si vous réfléchissiez un peu...

Gwenda se tourna vers son mari.

— Il nous faut partir, Giles, si nous ne voulons pas être en retard à notre rendez-vous.

Ils se retirèrent, tandis qu'un léger sourire flottait sur les lèvres de Miss Marple.

— Il y a des moments où cette vieille bonne femme m'énerve, dit Giles. Je ne comprends pas du tout où elle veut en venir.

Ils arrivèrent chez le Dr Kennedy à l'heure dite, et le vieux médecin vint en personne leur ouvrir la porte.

— J'ai donné congé à ma femme de charge pour l'après-midi, expliqua-t-il. Cela m'a paru mieux.

Il conduisit ses visiteurs jusqu'au salon, où les accessoires pour le thé étaient déjà disposés sur un guéridon.

— Une tasse de thé est un bon départ, n'est-ce pas? dit-il en se tournant vers Gwenda d'un air interrogateur. Ça mettra à l'aise notre Mrs. Kimble.

— Vous avez parfaitement raison.

— Quant à vous deux, je me demande si je dois vous présenter tout de suite. Je ne voudrais pas risquer de l'effaroucher.

— Les gens de la campagne étant souvent soupçonneux, répondit la jeune femme, je pense que vous feriez bien de la recevoir seul.

— Je le crois aussi, dit Giles.

— Néanmoins, si vous voulez rester dans la pièce voisine, en laissant entrouverte la porte de communication, vous pourrez suivre notre conversation. Étant donné les circonstances un peu spéciales de cette affaire, je crois que nous pouvons nous permettre cette petite entorse aux règles du savoir-vivre.

— Évidemment, ça ressemble à de l'indiscrétion, reconnut Gwenda. Mais je m'en moque.

Le Dr Kennedy ébaucha un sourire.

— Je ne pense pas, en effet, qu'il faille s'embarrasser de morale dans ce cas particulier. D'ailleurs, je n'ai nullement l'intention de promettre le secret à cette femme, bien que je sois disposé à lui donner un conseil si elle me le demande.

Il jeta un coup d'œil à sa montre.

— Le train arrive à Woodleigh Road à 16 h 35, c'est-à-dire dans quelques minutes. Mrs. Kimble ne saurait donc tarder.

Il se mit à faire nerveusement les cent pas à travers la pièce. Il paraissait tendu et inquiet.

— Je ne comprends pas, dit-il. Je ne vois pas du tout ce que cela peut signifier. Si Hélène n'est pas partie cette nuit-là, si les lettres que j'ai reçues étaient des faux...

Gwenda fit vivement un pas en avant, mais son mari l'arrêta d'un signe de tête.

— ... et si ce pauvre Kelvin ne l'a pas tuée, continua le docteur, alors que diable s'est-il passé?

— Le coupable est quelqu'un d'autre.

— Mais ma chère petite, dans ce cas, pourquoi votre père s'est-il accusé?

— Parce qu'il se croyait coupable. Il a trouvé sa femme morte sur le lit et a été aussitôt convaincu qu'il l'avait tuée. C'est une chose qui peut se produire, n'est-il pas vrai?

Le Dr Kennedy se frotta le nez, d'un air à la fois embarrassé et irrité.

— Comment le saurais-je? Je ne suis pas psychiatre. Un traumatisme... un choc nerveux? Oui, je suppose que c'est possible. Mais qui aurait pu vouloir tuer Hélène?

— Nous hésitons sur trois personnes, dit doucement Gwenda.

— Trois personnes? Lesquelles? Nul n'avait la moindre raison de se débarrasser d'Hélène, à moins que nous n'ayons affaire à un fou. Elle n'avait pas d'ennemis... Tout le monde l'aimait...

Il se dirigea vers un secrétaire dont il ouvrit un des tiroirs.

— L'autre jour, en cherchant ces fameuses lettres, j'ai trouvé ceci.

Il tendit à la jeune femme une photo un peu passée. Elle représentait une grande lycéenne en tunique de sport, les cheveux tirés en arrière, le visage rayonnant. Kennedy — un Kennedy beaucoup plus jeune et à l'air heureux — était debout près d'elle, un petit fox-terrier dans les bras.

— J'ai beaucoup pensé à elle, ces temps-ci, reprit le vieux médecin d'une voix sourde. Depuis des années, je m'étais efforcé d'oublier... Mais, maintenant, sa pensée me hante. Et c'est vous qui en êtes la cause.

Ces dernières paroles avaient été prononcées d'un ton presque accusateur.

— Je crois que c'est surtout Hélène, qui en est la cause, répliqua Gwenda.

Kennedy tourna vivement la tête vers elle.

— Que voulez-vous dire?

— Rien de particulier. En fait je suis incapable de m'expliquer plus clairement. Mais Giles et moi ne sommes pour rien dans tout ça. C'est Hélène qui...

Le bruit affaibli d'une locomotive se fit entendre au même moment. Kennedy franchit la porte-fenêtre, suivi de ses deux visiteurs.

— C'est le train, annonça-t-il.

— Il entre en gare?

— Non, il repart... Mrs. Kimble sera là d'une minute à l'autre.

Mais les minutes passèrent, et Lily Kimble ne vint pas.

2

Lily Kimble descendit du train à Dillmouth et traversa la passerelle pour gagner la voie secondaire où attendait la navette locale. Il n'y avait que peu de voyageurs — une demi-douzaine tout au plus. C'était le moment creux de la journée et, d'autre part, jour de marché à Helchester.

Le petit train se mit lentement en marche pour s'engager dans la vallée sinueuse. Il y avait trois arrêts avant le terminus de Lonsbury Bay : Newton Longford, Matchings Halt (qui desservait le camp de Woodleigh) et, enfin, Woodleigh Bolton.

Lily regardait, sans la voir, défiler devant ses yeux la campagne luxuriante. Elle imaginait un salon aux fauteuils recouverts de jade vert pâle.

Elle fut la seule personne à descendre à Matchings

Halt. Elle remit son billet à l'employé et traversa la salle des pas perdus. Un peu plus loin, sur la route, un poteau indicateur portait la mention Woodleigh Camp, avec une flèche pointée vers un chemin étroit qui gravissait la colline. Lily s'engagea d'un pas alerte dans le sentier, qui longeait un petit bois. De l'autre côté, s'élevait une butte couverte de bruyère et d'ajoncs.

Quelqu'un émergea soudain du bosquet. Lily Kimble sursauta.

— Mon Dieu, vous m'avez fait peur! s'écria-t-elle. Je ne m'attendais pas à vous rencontrer ici.

— Une petite surprise, hein? Et j'en ai encore une autre pour vous.

L'endroit était solitaire. Personne pour percevoir un cri ou le bruit d'une lutte. D'ailleurs, il n'y eut vraiment ni lutte ni cri.

Seul un ramier se leva et s'enfuit dans un battement d'ailes.

3

— Qu'est-ce qu'a bien pu devenir cette femme? grommela Kennedy avec une certaine irritation dans la voix.

Les aiguilles de la pendule indiquaient cinq heures moins dix.

— Peut-être s'est-elle égarée, suggéra Gwenda.

— Impossible. Je lui ai fourni des indications très précises quant au chemin à suivre. C'est d'ailleurs très simple : il suffit de tourner à gauche en sortant de la gare et de prendre ensuite la première route à droite. Quelques minutes de marche seulement pour arriver jusqu'ici.

— Elle a pu changer d'avis, fit observer Giles.

— Ma foi, on le dirait bien.

— Ou tout simplement manquer le train, dit Gwenda.

— A mon avis, reprit le docteur d'une voix lente, elle a probablement décidé de ne pas venir. Peut-être son mari s'est-il mis en travers de son projet. Il est impossible de se fier à ces gens de la campagne.

Kennedy s'était remis à parcourir nerveusement la pièce. Finalement, il alla décrocher le téléphone et forma un numéro.

— Allo! La gare? Ici le Dr Kennedy. J'attendais quelqu'un par le train de 16 h 35. Une femme de la campagne, d'âge moyen. A-t-on, par hasard, demandé le chemin pour venir chez moi? Ou bien... Qu'est-ce que vous dites?

Giles et Gwenda étaient assez près de l'appareil pour percevoir l'accent traînant de l'unique employé de la petite gare.

— Je ne crois pas qu'il ait pu y avoir quelqu'un pour vous, docteur. Il n'y avait aucun étranger au train de 16 h 35. Seulement Mr. Narracott, Johnnie Laws et la fille du vieux Benson. Aucun autre voyageur.

Kennedy remercia et raccrocha le combiné.

— Elle a donc changé d'avis, après tout, soupira-t-il. Eh bien, nous allons tout de même prendre le thé. La bouilloire est sur le feu.

Il s'éloigna un instant et revint avec la théière.

— Bah! ce n'est que partie remise, dit-il d'un ton jovial. Nous avons l'adresse de cette femme, et nous pouvons tout simplement nous rendre chez elle.

Au même moment, le téléphone se mit à sonner. Le docteur se leva pour aller répondre.

— Le Docteur Kennedy?

— Lui-même.

— Ici, l'inspecteur Last, de la police de Longford. Attendiez-vous cet après-midi une femme du nom de Lily Kimble?

— Oui. Pourquoi? A-t-elle eu un accident?

— Pas exactement ce qu'on peut appeler un accident.

En tout cas, elle est morte. Or, nous avons trouvé sur elle une lettre de vous. Pourriez-vous faire un saut jusqu'ici dès que possible?

— Bien entendu. J'arrive tout de suite.

4

— Et maintenant, tâchons de mettre tout cela au point, dit l'inspecteur Last.

Ses regards allèrent de Kennedy à Giles et à Gwenda, lesquels avaient accompagné le docteur.

La jeune femme était très pâle et avait les traits tirés.

— Vous attendiez cette personne au train qui quitte Dillmouth à 16 h 05 pour arriver à Woodleigh Bolton à 16 h 35, n'est-ce pas?

Kennedy approuva d'un signe.

L'inspecteur baissa les yeux vers la lettre étalée sur son bureau. Le texte en était parfaitement clair.

Chère Mrs. Kimble,
Je serai ravi de vous conseiller du mieux que je le pourrai. Ainsi que vous pouvez le constater d'après l'entête de ma lettre, je n'habite plus Dillmouth. Pour parvenir jusqu'ici, vous pouvez quitter Comberley par le train de 15 h 30, changer à Dillmouth Junction et prendre la navette locale de Lonsbury jusqu'à Woodleigh Bolton. Là, vous n'êtes plus qu'à quelques minutes à pied de chez moi. Tournez à gauche en sortant de la gare et prenez ensuite la première route à droite. Ma maison se trouve tout au bout. Mon nom est inscrit sur la grille.

Bien à vous,
James KENNEDY.

— Cette femme n'avait donc aucune raison d'arriver par le train précédent? reprit l'inspecteur.

— Par le train précédent? répéta Kennedy d'un air surpris.

— Parce que c'est ce qu'elle a fait. Elle est partie de Comberley non pas à 15 h 30, mais à 13 h 30. Elle a pris ensuite à Dillmouth le train de 14 h 05 et est descendue non pas à Woodleigh Bolton, mais à Matchings Halt, qui est, comme vous le savez, la station précédente.

— C'est extraordinaire.

— Avait-elle l'intention de vous consulter professionnellement docteur?

— Non. J'ai abandonné ma clientèle depuis déjà plusieurs années.

— C'est bien ce qu'il me semblait. La connaissez-vous bien?

Kennedy hocha la tête.

— Je ne l'avais pas vue depuis près de vingt ans.

— Vous l'avez néanmoins reconnue.

Gwenda frissona. Mais la vue d'un cadavre n'affectait nullement le docteur, qui répondit d'un air pensif :

— Étant donné les circontances, il m'est difficile d'être affirmatif. Je présume qu'elle a été étranglée.

— Oui. Le corps a été découvert dans un bosquet, presque au début du sentier qui conduit de Matchings Halt au camp de Woodleigh, par un touriste qui descendait du camp. Il était à ce moment-là quatre heures moins le quart; mais le médecin de la police situe la mort entre 14 h 15 et 15 heures. La victime a sans doute été tuée peu de temps après avoir quitté la gare. Aucun autre voyageur n'est descendu à Matchings Halt. La question qui se pose, c'est de savoir pourquoi elle est descendue à cette petite halte. S'est-elle trompée? Cela me paraît improbable. D'autre part, elle avait deux heures d'avance sur votre rendez-vous, n'ayant pas pris le train que vous lui indiquiez dans votre lettre, mais le précédent. Pourtant, cette lettre, elle l'avait sur elle. Et maintenant, docteur, voulez-vous nous apprendre le motif de sa visite?

Kennedy tira de sa poche la lettre de Lily Kimble.

— Veuillez prendre connaissance de ceci. La coupure de journal est une annonce que Mr. et Mrs. Reed, ici présents, ont fait paraître dans une feuille locale.

L'inspecteur Last lut attentivement la lettre, puis la coupure de journal avant de lever à nouveau les yeux sur ses interlocuteurs.

— Pouvez-vous m'expliquer ce qu'il y a derrière cette histoire qui, apparemment, remonte assez loin?

— Dix-huit ans, en effet.

L'inspecteur était un auditeur attentif. Il laissa les trois personnes assises en face de lui raconter l'affaire à leur façon. Kennedy fut sec et positif, Gwenda légèrement incohérente, mais son récit avait une certaine puissance évocatrice. Ce fut cependant Giles qui parut fournir à l'enquête la contribution la plus valable. Il fut extrêmement clair, avec moins de réserve que le docteur et plus de cohérence que Gwenda.

Quand il eut terminé, l'inspecteur poussa un soupir et résuma les faits.

— Mrs. Halliday était donc la sœur du Dr Kennedy et votre belle-mère, Mrs. Reed. Elle a disparu de chez elle — de la maison même que vous habitez actuellement — il y a de cela dix-huit ans. Lily Kimble — Abbot de son nom de jeune fille — y était employée en qualité de femme de chambre. Or, à présent, pour une raison inconnue, elle semblait croire — après toutes ces années — qu'un crime avait été commis. A l'époque, on a supposé que Mrs. Halliday s'était enfuie avec un homme dont on ignorait l'identité. D'autre part, son mari est décédé il y a quinze ans dans une maison de santé avec la conviction qu'il avait lui-même étranglé sa femme. Ces faits ne sont certes pas dépourvus d'un certain intérêt, mais ils ne constituent pas, à vrai dire, une histoire absolument cohérente. L'essentiel me paraît être, en l'état actuel des choses, dedéterminer si Mrs. Halliday est morte ou vivante. Dans le premier cas, quand est-elle décédée? D'autre part, que savait Lily Kimble? Il semble, étant donné les circonstances qu'elle devait être en possession d'un renseignement important. Si important qu'on l'a tuée pour l'empêcher de le divulguer.

— Mais enfin, s'écria Gwenda, comment quelqu'un a-t-il pu savoir qu'elle avait l'intention de nous dévoiler ce qu'elle savait?

L'inspecteur tourna ses regards vers la jeune femme.

— Un détail significatif, Mrs. Reed, me paraît être le fait qu'elle a pris, à Dillmouth, le train de 14 h 05 au lieu de celui de 16 h 05. Il doit y avoir une raison à cela. De plus, elle est descendue avant Woodleigh Bolton. Pourquoi? Il me semble possible que, *après* avoir écrit au docteur, elle ait écrit à *quelqu'un d'autre* pour suggérer à cette personne un rendez-vous à Woodleigh Camp, se proposant, si ce rendez-vous ne lui donnait pas satisfaction, d'aller ensuite demander conseil au Dr Kennedy. Et il n'est pas impossible qu'elle ait imprudemment mentionné le fait qu'elle savait quelque chose de compromettant pour son correspondant.

— Du chantage, donc, dit brutalement Giles.

— Je ne pense pas que ce fût exactement ça dans son esprit, répondit l'inspecteur. Elle devait simplement se demander comment elle pourrait exploiter la situation. Nous verrons. Peut-être son mari pourra-t-il nous en dire un peu plus.

5

— Je l'avais pourtant avertie, dit Mr. Kimble d'un air sombre. « Ne te mêle pas de ça », que je lui avais dit. Mais elle a tout manigancé derrière mon dos. Elle croyait toujours mieux faire que les autres, Lily. Un peu trop futée, qu'elle était.

Mais l'interrogatoire de Mr. Kimble révéla finalement qu'il ne savait que bien peu de chose. Avant qu'il ne fît sa connaissance, Lily avait été femme de chambre à la villa Sainte-Catherine. Elle aimait beaucoup le cinéma, et elle lui avait raconté qu'elle avait servi dans une maison où on avait sûrement commis un crime.

— J'y ai pas prêté beaucoup d'attention. Des inventions, que je me disais. Lily, il lui fallait toujours compliquer les choses. Elle m'avait débité une histoire sans queue ni tête : le patron, qu'elle disait, avait liquidé sa femme et peut-être caché le cadavre dans la cave; et puis y avait une Française qui avait vu quelque chose par la fenêtre. « Fais pas attention aux étrangers, ma fille, que je lui avais dit. Ce sont tous des menteurs. Pas du tout des gens comme nous. » Et quand elle se remettait à rabâcher son histoire, j'écoutais même pas; je pensais qu'elle inventait toutes ces sornettes. Le crime lui déplaisait pas, à Lily. Même qu'elle achetait le *Sunday News,* qui publiait une série d'articles sur les *Criminels célèbres*. Elle en avait la tête farcie, pas moins. Et alors, ça lui déplaisait pas de penser qu'elle avait travaillé dans une maison où qu'on avait commis un meurtre. Ça faisait de mal à personne, d'accord. Mais quand elle a parlé de répondre à cette annonce, j'y ai dit tout net : « Laisse tomber. Faut pas aller au devant des ennuis. » Et si elle m'avait écouté, elle serait encore en vie aujourd'hui.

Mr. Kimble réfléchit quelques secondes.

— Hem! grommela-t-il ensuite. Sûr qu'elle serait encore en vie. Beaucoup trop futée qu'elle était, Lily.

CHAPITRE XXIII

Lequel d'entre eux?

Tandis que l'inspecteur Last s'en allait interroger Mr. Kimble, Giles et Gwenda rentrèrent chez eux où ils arrivèrent vers sept heures. La jeune femme était pâle et assez mal en point.

— Donnez-lui du cognac et faites-lui manger quelque chose, avait conseillé le Dr Kennedy. Ensuite, mettez-la au lit. Elle a éprouvé un sérieux choc.

A présent, Gwenda ne cessait de se lamenter.

— C'est affreux, Giles. Tellement affreux. Cette pauvre femme donnant rendez-vous à un assassin avec une telle désinvolture, une telle confiance... pour aller se faire tuer. Exactement comme un mouton à l'abattoir.

— Essaie de ne plus y penser, chérie. Après tout, nous savions qu'il y avait quelque part un meurtrier.

— Non, nous ne le savions pas. Je veux dire... actuellement. Il y a dix-huit ans, oui. Mais tout cela semblait tellement... irréel. Ç'aurait pu être une erreur.

— Eh bien, ceci prouve que ce n'en était pas une; et que tu avais raison depuis le début.

Giles s'était réjoui de trouver Miss Marple à Hillside. La vieille demoiselle et Mrs. Cocker s'occupèrent avec empressement de Gwenda, mais celle-ci refusa de boire du cognac, sous prétexte que cela lui rappelait les bateaux sur la Manche; elle accepta cependant un grog au whisky;

puis, encouragée par Mrs. Cocker, mangea une omelette.

Giles aurait volontiers parlé d'autre chose, mais Miss Marple se mit à évoquer le crime.

— Épouvantable, je l'admets, dit-elle en réponse aux lamentations de Gwenda. Et cela vous a causé un choc. Mais un choc qui n'est pas... sans intérêt. Évidemment, moi, je suis vieille, et la mort n'est pas aussi terrible à mes yeux qu'elle peut l'être aux vôtres. Les maladies longues et douloureuses, comme le cancer, m'affectent davantage. Ce que je voulais dire, c'est que le meurtre de cette pauvre Hélène Halliday ne fait plus maintenant le moindre doute. Nous pensions qu'elle avait été tuée; à présent, nous en sommes sûrs.

— Et, selon vous, nous devrions sans doute savoir où se trouve le cadavre, dit Giles. Dans la cave, probablement.

— Non, non, Mr. Reed. Rappelez-vous ce qu'a déclaré Edith Pagett. Le lendemain de la disparition d'Hélène, à la première heure, elle est descendue à la cave, troublée malgré elle par ce que lui avait raconté Lily. Et elle n'a trouvé aucune trace pouvant laisser supposer qu'un cadavre y fût enterré. Or, s'il y avait eu des traces, une personne résolue à les chercher les aurait forcément découvertes.

— Qu'est-il donc advenu du corps? L'a-t-on emporté en voiture pour aller le jeter dans la mer du haut de la falaise?

— Non plus. Voyons, mes amis, qu'est-ce qui vous a le plus frappés lorsque vous êtes arrivés ici pour la première fois? Je devrais plutôt dire : qu'est-ce qui vous a frappée, vous, Gwenda? Le fait que, depuis la porte-fenêtre du salon, on n'avait pas vue sur la mer. Et à l'endroit où vous éprouviez l'impression — fort juste, au demeurant — qu'il aurait dû y avoir des marches conduisant à la pelouse, il n'y avait rien d'autre que des buissons. Ces marches — vous l'avez appris par la suite — avaient primitivement existé à cet endroit-là; mais, à un moment donné, elles avaient été transportées à l'extrémité de la terrasse. Pourquoi?

Gwenda fixait attentivement la vieille demoiselle. Elle commençait à comprendre.

— Vous voulez dire que c'est à cet endroit-là que...

Miss Marple continua sans répondre directement à la question.

— Il a dû y avoir une raison à ce changement, qui ne paraît vraiment pas très judicieux. A franchement parler, il était stupide de placer à cet endroit les marches descendant à la pelouse. Seulement, voilà : cette partie de la terrasse est particulièrement tranquille. On ne l'aperçoit pas de la maison, sauf depuis la fenêtre de la nursery, au premier étage. Réfléchissez... Si vous désirez enterrer un cadavre, il vous faudra naturellement remuer la terre; et pour cela, vous aurez besoin d'une raison plausible. Dans ce cas particulier, la raison, c'était que l'on avait décidé de placer à l'extrémité de la terrasse les marches qui se trouvaient auparavant en face de la porte-fenêtre du salon. J'ai déjà appris par le Dr Kennedy qu'Hélène et son mari aimaient beaucoup leur jardin et s'en occupaient activement. Le jardinier qui venait chaque jour ne faisait que suivre leurs directives. Et si, arrivant un matin pour prendre son travail, il constatait qu'on avait commencé d'opérer un certain changement et qu'un certain nombre de dalles avaient déjà été ôtées, il penserait tout naturellement que ses patrons avaient entrepris ces travaux pendant son absence. Le cadavre, bien entendu, aurait pu être enterré à un quelconque des deux endroits, mais nous pouvons être assurés qu'il l'a été à l'extrémité de la terrasse et non devant la porte-fenêtre du salon.

— D'où vous vient cette certitude? demanda Gwenda.

— Essayez de vous rappeler. Cette pauvre Lily avait abandonné l'idée du cadavre dans la cave en raison de ce que Léonie, la jeune fille suisse, avait vu par la fenêtre de la nursery. N'est-ce pas clair? A un certain moment de la nuit, Léonie jette un coup d'œil par cette même fenêtre et voit quelqu'un en train de creuser une tombe. Peut-être même reconnaît-elle l'homme.

— Et elle n'aurait jamais rien dit à la police? objecta Giles.

— Mon cher, je vous fais remarquer que personne, à l'époque, n'a émis l'hypothèse d'un crime. Mrs. Halliday s'était enfuie avec un amant — c'est tout ce qu'a dû saisir Léonie, qui comprenait et parlait fort mal l'anglais. Néanmoins, elle fait part à Lily — peut-être pas sur le moment, mais plus tard — de quelque chose d'étrange qu'elle a aperçu cette nuit-là par la fenêtre. Et elle a confirmé Lily dans son idée qu'un crime avait bel et bien été commis. Mais je ne doute pas que Edith Pagett n'ait rembarré la jeune femme de chambre en lui disant qu'elle racontait des sornettes. Et la petite Suissesse a dû adopter ce point de vue, ne voulant probablement pas être mêlée à une enquête de la police. Beaucoup de gens semblent être plus ou moins intimidés par la police lorsqu'ils se trouvent en pays étranger. Aussi a-t-elle dû retourner en Suisse et oublier toute cette histoire.

— Si elle est encore en vie, il est peut-être possible de la retrouver, suggéra Giles.

— Peut-être, répondit Miss Marple d'un air rêveur.

— Comment faire, dans ce cas, pour entrer en contact avec elle?

— La police s'en occupera beaucoup mieux que vous ne pourriez le faire.

— L'inspecteur Last doit nous rendre visite demain matin.

— Dans ce cas, à votre place, je lui parlerais de cet escalier de la terrasse.

— Et aussi de ce que j'ai vu — ou cru voir — autrefois dans le hall?

— Oui. Vous avez agi sagement en ne disant rien jusqu'à présent, mais je crois le moment venu d'en faire mention.

— Hélène a été étranglée dans le hall, dit Giles d'une voix lente. Ensuite, le meurtrier l'a transportée au premier étage et allongée sur son lit. Kelvin est entré quelques instants plus tard dans la maison, a perdu connaissance après avoir absorbé du whisky drogué et a été à son tour transporté dans la chambre à coucher. En revenant à lui, il a cru avoir tué Hélène. Le meurtrier devait être aux aguets près de là et, lorsque Kelvin est parti pour se rendre chez le Dr Kennedy, il a probablement caché le cadavre dans les buissons et a attendu que tout le monde soit couché avant de se mettre à creuser la tombe. Ce qui signifie qu'il a dû rester là, à proximité de la maison, une bonne partie de la nuit.

Miss Marple approuva d'un signe.

— Il fallait qu'il fût *sur place*. Je me rappelle vous avoir dit que c'était là un point important. Il nous faut maintenant essayer de déterminer lequel de nos trois suspects remplit le mieux les conditions requises. Prenons d'abord Erskine. Il ne fait aucun doute qu'il était sur place, puisqu'il a reconnu lui-même avoir rencontré Hélène sur la plage et l'avoir raccompagnée ici aux environs de neuf heures. Il a également déclaré lui avoir dit adieu. Mais est-ce bien la vérité? Supposons, au contraire, qu'il l'ait tuée?

— Mais tout était fini entre eux! s'écria Gwenda. Depuis longtemps. Et il a affirmé n'être resté que très peu de temps avec Hélène, ce soir-là.

— Tu dois bien comprendre, ma chère Gwenda, intervint Giles, qu'au point où nous en sommes, nous ne pouvons absolument pas nous fier aveuglément aux déclarations de qui que ce soit.

— Je me réjouis de vous entendre parler ainsi, dit Miss Marple, parce que je me faisais un peu de souci, je l'avoue, de vous voir tous les deux prêts à accepter comme argent comptant tout ce que l'on vous a raconté. Je reconnais que je suis, par nature, extrêmement méfiante. Mais, surtout dans une affaire de meurtre, je me fais une règle de ne jamais admettre comme véridiques les déclarations d'autrui, à moins que je ne les aie contrôlées. Par exemple, la déclaration de la femme de chambre concernant les vêtements disparus est très certainement exacte, car nous avons la confirmation d'Edith Pagett; d'autre part Lily elle-même mentionne ce détail dans sa lettre au Dr Kennedy. Nous sommes donc ici en possession d'un *fait*. Autre chose : d'après le Dr Kennedy, Halliday était persuadé que sa femme lui administrait une quelconque drogue, et le même Halliday le confirme dans ses notes. Voilà donc un second fait. Très curieux, d'ailleurs, ne croyez-vous pas? Mais ne nous attardons pas à présent sur ce point particulier. Ce que je voudrais vous faire remarquer, c'est qu'un grand nombre des hypothèses que vous avez formulées sont basées *sur ce qu'on vous a dit*.

Gwenda considéra la vieille demoiselle avec de grands yeux étonnés. Elle avait repris un peu de couleur et buvait son café à petites gorgées, les coudes appuyés sur la table.

— Efforçons-nous donc, suggéra Giles, de contrôler ce que nous ont dit trois personnes. Commençons par Erskine. Il déclare...

— Il semble que tu lui en veuilles particulièrement, fit remarquer Gwenda. Or, c'est une perte de temps que de s'occuper de lui; en effet, il n'est plus dans le coup, étant donné qu'il n'a pas pu, matériellement, tuer Lily Kimble.

Mais Giles poursuivit, imperturbable.

— Il affirme qu'il a rencontré Hélène sur le bateau qui les amenait tous les deux aux Indes et qu'ils se sont épris l'un de l'autre; mais, toujours d'après lui, il n'a pu se résoudre à quitter sa femme et ses enfants. Et il ajoute qu'Hélène et lui sont tombés d'accord pour se dire adieu. Supposons, néanmoins, que les choses ne se soient pas passées tout à fait de cette manière. Supposons que, étant tombé follement amoureux d'Hélène, ce soit *elle* qui ait refusé de s'enfuir avec lui? Il a pu alors la menacer de la tuer si elle épousait quelqu'un d'autre.

— Très improbable, affirma Gwenda.

— De telles choses peuvent cependant se produire. Rappelle-toi ce que tu as entendu sa femme lui reprocher. Tu as mis tout cela au compte de la jalousie, mais c'était peut-être l'expression de la vérité. Peut-être en a-t-elle vu de toutes les couleurs avec lui, en ce qui concerne les femmes. Il se peut que ce soit un obsédé sexuel.

— Je n'en crois rien.

— Parce qu'il est séduisant aux yeux des femmes. Je pense, quant à moi, qu'il y a en lui quelque chose d'étrange. Hélène rompt ses fiançailles avec Fane, rentre en Angleterre, épouse ton père et s'installe ici. Et puis, soudain, Erskine reparaît. Il vient ostensiblement à Dillmouth pour y passer les vacances avec sa femme. Décision étrange en vérité. Mais il admet ensuite qu'il n'est venu que dans l'intention de revoir Hélène. Maintenant, supposons que l'homme qui se trouvait dans le salon avec elle le jour où Lily a surpris une certaine conversation fût précisément Erskine. « J'ai peur de toi... J'ai toujours eu peur de toi... Tu n'es pas normal : tu es fou. » Et parce qu'elle a peur, elle forme le projet d'aller vivre dans le Nordfolk. Mais elle se montre extrêmement réservée à ce sujet. Personne ne doit être au courant, personne ne doit rien deviner. Du moins tant que les Erskine n'auront pas quitté Dillmouth. Jusqu'ici, tout cadre. Venons-en maintenant à la nuit fatale. Ce qu'on fait les Halliday au cours de la soirée, nous l'ignorons...

Miss Marple toussota.

— En fait, dit-elle doucement, j'ai revu Edith Pagett. Elle se rappelle que, ce soir-là, le dîner fut servi plut tôt que d'habitude — vers sept heures —, car le major Halliday devait se rendre à une réunion. Au club de golf, croit-elle. Et Mrs. Halliday est sortie après le repas.

— Exact, puisque nous savons qu'elle a rencontré Erskine sur la plage. Peut-être s'étaient-ils donné rendez-vous. Le capitaine doit quitter Dillmouth le lendemain. Il est possible que la jeune femme ait refusé de partir avec lui. Il la presse de le suivre. Elle reprend le chemin de la maison, et il l'accompagne. Finalement, devant le refus persistant d'Hélène, il l'étrangle au cours d'une crise de démence. Non content de cela, il désire que Halliday soit convaincu d'avoir tué sa femme. Plus tard, dans la nuit, il enterre le cadavre. Vous vous rappelez qu'il a avoué à Gwenda ne pas être retourné immédiatement à son hôtel parce qu'il avait marché un certain temps à travers la campagne.

— On peut d'ailleurs se demander, fit remarquer Miss Marple, ce que faisait sa femme pendant ce temps.

— Elle devait sans doute ruminer sa jalousie, dit Gwenda. Et elle a dû lui passer un sacré savon quand il est rentré.

— Telle est ma reconstitution, conclut Giles. Reconnaissez qu'elle se tient.

— Mais il aurait été impossible à Erskine de tuer Lily Kimble, objecta encore Gwenda, étant donné qu'il habite le Northumberland. S'occuper de lui n'est donc, comme je le disais tout à l'heure, qu'une perte de temps. Examinons plutôt le cas de Walter Fane.

— D'accord. Fane appartient au genre renfermé. Il paraît doux et aimable. Néanmoins, Miss Marple nous a apporté un témoignage qui n'est pas dépourvu d'intérêt. Alors qu'il était encore tout jeune, il s'est mis un jour dans une telle rage qu'il a failli tuer son frère. Bien sûr, ce n'était à l'époque qu'un enfant, mais son acte était d'autant plus surprenant et inattendu qu'il avait toujours été, jusque-là, de caractère facile et peu rancunier. Quoi qu'il en soit, il tombe amoureux d'Hélène Kennedy. Amoureux n'est même pas le mot juste : il en est fou. Mais elle ne veut pas de lui, et il s'embarque pour les Indes. Plus tard, cependant, elle lui écrit qu'elle est disposée à aller le retrouver et à l'épouser. Seulement, dès son arrivée, elle l'envoie à nouveau promener, car elle a fait la connaissance de quelqu'un d'autre sur le bateau. Rentrée en Angleterre, elle épouse aussitôt Kelvin

Halliday. Walter Fane est très certainement persuadé que c'est à cause de ce dernier qu'il a été à nouveau repoussé. En proie à une folle jalousie, il regagne à son tour l'Angleterre. Là, de retour à Dillmouth, il adopte une attitude apparemment amicale et dépourvue de toute rancune. Il vient fréquemment à la villa Sainte-Catherine, jouant à la perfection le rôle de l'ami fidèle et dévoué. Mais peut-être Hélène se rend-elle compte de son manque de sincérité. Peut-être même a-t-elle depuis longtemps décelé en lui quelque chose d'inquiétant. Et elle le lui dit : « Je crois que j'ai toujours eu peur de toi. » Secrètement, elle projette de quitter Dillmouth pour aller vivre dans le Norfolk. Pourquoi? Parce qu'elle a effectivement peur de lui!

« Et nous voici revenus à la fatale soirée. Ici, nous ne sommes plus sur un terrain très sûr, car nous ignorons ce que faisait Walter Fane ce soir-là, et je ne vois pas comment nous pourrions jamais le découvrir. Mais il remplit néanmoins la condition exigée par Miss Marple : il est sur place, puisqu'il n'habite qu'à deux ou trois minutes à pied de la villa des Halliday. Il a pu déclarer chez lui qu'il allait se coucher avec la migraine, ou bien s'enfermer dans son bureau sous prétexte d'un travail urgent à terminer. Et, au lieu de cela, il a parfaitement pu assassiner Hélène. Je crois, entre parenthèses, qu'il est de nos trois suspects celui qui était le plus susceptible de commettre des erreurs dans le choix des vêtements destinés à remplir une valise, car il ne devait pas être très au courant de ce qu'une femme porte ou ne porte pas dans telle ou telle circonstance.

— C'est curieux, intervint Gwenda. Le jour où je suis allée le voir sous prétexte de rédiger un nouveau testament, j'ai eu l'étrange impression que son visage ressemblait un peu à la façade d'une maison aux stores baissés. Et... j'ai même eu l'idée fantasque... qu'un mort se cachait derrière cette façade.

La jeune femme leva les yeux vers Miss Marple.

— Cette impression vous semble-t-elle stupide?

— Non, ma chère enfant. Je crois que vous aviez peut-être raison.

— Et maintenant, reprit Gwenda, nous en arrivons à Jackie Afflick. La première chose contre lui, c'est que le docteur Kennedy l'avait cru atteint de la manie de la persécution. En fait, il ne le trouvait pas réellement normal. Et si nous nous rappelons ce qu'il nous a dit de lui et d'Hélène, nous nous rendons compte qu'il nous a raconté un tas de mensonges. En réalité, il ne pensait pas seulement qu'Hélène était une gentille gosse, ainsi qu'il nous l'a affirmé : il en était passionnément, follement amoureux. Mais elle, de son côté, ne l'aimait pas : elle ne faisait que s'amuser, car elle était toquée des hommes, ainsi que l'a dit Miss Marple.

— Non, ma chère Gwenda. Moi, je n'ai jamais rien dit de semblable.

— Mettons qu'elle était un peu nymphomane, si vous aimez mieux ce terme. Elle a eu une aventure avec Afflick, puis l'a laissé tomber. Mais cela ne faisait pas son affaire, à lui. Certes, le Dr Kennedy a tiré sa sœur de ce mauvais pas. Seulement, Afflick n'a jamais pardonné ni oublié. Il avait perdu son emploi, après avoir été — selon lui — victime d'une machination. Cela peut confirmer la théorie selon laquelle il était plus ou moins atteint de la manie de la persécution.

— Oui, approuva Giles. Mais, d'un autre côté, si l'histoire est véridique, il y a là un autre argument — puissant, celui-là — contre Walter Fane.

Gwenda poursuivit sans tenir compte de l'interruption.

— Hélène part pour l'étranger, et Jackie Afflick quitte Dillmouth. Mais il ne l'oublie pas, et quand elle revient, mariée, il lui rend visite. Il nous déclare d'abord n'être allé la voir qu'une seule fois, mais ensuite, il avoue l'avoir revue à plusieurs reprises. Te rappelles-tu, Giles, l'expression dont s'est servie Edith Pagett? « Notre mystérieux inconnu dans sa bagnole tape-à-l'œil. » Il est donc venu assez souvent pour faire jaser les domestiques. Mais Hélène a pris grand soin de ne pas l'inviter à dîner, afin qu'il ne rencontre pas mon père. Peut-être avait-elle peur de lui ; peut-être...

Giles interrompit sa femme.

— Cela peut devenir un argument à double tranchant. Supposons qu'Hélène fût amoureuse de lui — du premier homme qu'elle eût jamais connu — et supposons aussi qu'elle l'aimât toujours. Ils ont pu avoir une liaison dont personne n'a jamais été au courant. Peut-être aussi Afflick voulait-il qu'elle s'enfuît avec lui ; mais elle commençait à se lasser. Elle refuse donc de le suivre, et il la tue. Rappelle-toi la « chouette bagnole » — selon l'expression de Lily Kimble — qui stationnait à proximité de la villa le soir de sa disparition. C'était, naturellement, la voiture de Jackie Afflick, lequel était donc, lui aussi *sur place*. Ce n'est qu'une hypothèse, mais qui me semble assez raisonnable.

« Seulement, il y a aussi les lettres d'Hélène, dont nous devons tenir compte dans notre théorie. Je me suis creusé la tête pour essayer d'imaginer dans quelles circonstances elle a pu être poussée à les écrire, et il me semble que, pour les expliquer, il nous faut admettre qu'elle avait véritablement un amant et qu'elle s'attendait à s'enfuir avec lui. Nous allons donc à nouveau examiner trois possibilités. D'abord, Erskine. Disons qu'il n'était pas encore tout à fait disposé à quitter sa femme et à briser son ménage, mais qu'Hélène avait tout de même déjà décidé de quitter Kelvin Halliday pour aller s'installer quelque part où son amant pourrait venir la voir de temps à autre. Dans ce cas, la première chose à faire était évidemment d'endormir les soupçons de Mrs. Erskine. Hélène rédige donc deux lettres qui doivent être expédiées à son frère en temps voulu et qui donneront l'impression qu'elle s'est enfuie à l'étranger avec quelqu'un d'autre. Cela explique fort bien qu'elle ait été aussi réservée dans ses lettres quant à l'identité de l'homme avec qui elle était censée s'être enfuie.

— Mais si elle devait quitter son mari pour partir avec Erskine, pourquoi donc celui-ci l'aurait-il tuée? demanda Gwenda.

— Peut-être parce qu'elle avait brusquement changé d'idée, s'étant aperçue qu'elle aimait véritablement son mari, après tout. L'homme a vu rouge et l'a étranglée. Ensuite, il a entassé des vêtements dans une valise et un sac de voyage. Un peu plus tard, il a utilisé les lettres. C'est là une théorie qui, me semble-t-il, explique tout.

— Seulement, la même théorie pourrait s'appliquer à Walter Fane, objecta Gwenda. J'imagine que le scandale eût été absolument désastreux pour un notaire de petite ville. Afin d'éviter cela, Hélène aurait pu feindre de s'enfuir avec quelqu'un d'autre; mais au lieu de cela, aller se fixer en un endroit peu éloigné où Fane aurait pu aisément lui rendre visite. Les lettres sont déjà prêtes; mais, ainsi que tu l'as supposé, elle change d'avis. Fane, fou de rage, la tue.

— Et Jackie Afflick?

— En ce qui le concerne, les lettres sont plus difficiles à expliquer, car j'imagine que le scandale possible ne l'aurait pas autrement dérangé. Peut-être Hélène a-t-elle eu peur non pas de lui, mais de mon père, et a-t-elle cru plus prudent de faire croire qu'elle se trouvait à l'étranger. Peut-être aussi Afflick comptait-il investir l'argent de sa femme dans ses affaires. Il lui était donc impossible de la quitter officiellement. Oui, là aussi, il y a plusieurs possibilités qui peuvent expliquer ces lettres. Sur lequel de ces trois suspects misez-vous, Miss Marple? Pour moi, je ne vois pas très bien Walter Fane. Mais alors...

Mrs. Cocker venait d'entrer pour débarrasser la table de la théière et des tasses.

— Excusez-moi, madame, dit-elle, mais j'ai complètement oublié. Avec cette pauvre femme assassinée, les ennuis que cela vous a attirés, à vous et à Monsieur...

Vraiment, ce n'est pas ce qu'il vous fallait en ce moment... Mais voici ce que je voulais vous dire. Mr. Fane est venu vous demander, cet après-midi. Il paraissait croire que vous l'attendiez, et il est resté une bonne demi-heure.

— Comme c'est curieux! A quelle heure est-il venu?

— Il devait être quatre heures, madame. Peut-être un peu plus. Et puis, il venait à peine de repartir qu'un autre monsieur est arrivé dans une grosse voiture jaune. Lui, il a carrément affirmé que vous lui aviez demandé de venir. Et il a attendu quelque chose comme vingt minutes. Je me suis demandée si vous aviez invité ces deux messieurs pour le thé et aviez ensuite oublié.

— Certainement pas. Tout cela est vraiment curieux.

— Appelons Fane, suggéra Giles. Il n'est sûrement pas encore couché.

Joignant aussitôt le geste à la parole, il se leva pour aller décrocher le téléphone.

— Allo! Mr. Fane? Reed à l'appareil. J'apprends que vous êtes venu chez moi cet après-midi... Quoi?... Non... non, j'en suis certain... Voilà qui est étrange... Oui, j'avoue que je me le demande aussi. Excusez-moi de vous avoir dérangé.

Il raccrocha l'appareil d'un air soucieux.

— Voilà qui est bizarre, en vérité. Fane a reçu ce matin, à son bureau, un coup de téléphone lui demandant de passer nous voir cet après-midi à l'heure du thé, afin de régler une question importante.

Giles et Gwenda se regardèrent avec étonnement.

— Appelle Afflick, dit ensuite la jeune femme.

A nouveau, Giles se dirigea vers le téléphone, feuilleta l'annuaire et forma le numéro. Ce fut un peu plus long, mais il obtint finalement la communication.

— Mr. Afflick? Ici Giles Reed. Je...

Il fut brusquement interrompu par un flot de paroles à l'autre bout du fil. Au bout d'un moment, il parvint tout de même à placer quelques mots.

— Mais non! Nous n'avons rien fait de tel... Oui... Oui, certainement... Je n'ignore pas que vous êtes un homme très pris, et je n'aurais jamais songé... Bon. Mais, dites-moi, qui vous a appelé? Un homme?... Non, je vous répète que ce n'était pas moi... Non, non... je comprends parfaitement... D'accord, je veux bien reconnaître que c'est assez extraordinaire...

La conversation terminée, il revint prendre place devant le guéridon.

— Eh bien, voilà. Un individu qui s'est fait passer pour moi a appelé Afflick et lui a demandé de nous rendre visite cet après-midi pour traiter une affaire urgente dans laquelle une importante somme d'argent était en jeu.

— Il est possible, dit Gwenda après un moment de silence, que le mystérieux correspondant soit précisément Fane ou Afflick. Ne comprends-tu pas, Giles? N'importe lequel des deux a pu tuer Lily Kimble et venir ensuite ici pour se créer une sorte d'alibi.

— Un alibi, intervint doucement Miss Marple, sûrement pas.

— Je ne veux pas dire exactement un alibi, mais plutôt un prétexte pour être absent de son bureau. Ce qui paraît certain, c'est que l'un d'eux dit la vérité et que l'autre ment. Malheureusement, il nous est impossible de déterminer celui qui a appelé l'autre, afin de faire tomber les soupçons sur lui. Mais, de toute évidence, ce ne peut être que Fane ou Afflick... Je mise sur Afflick.

— Et moi sur Fane, déclara Giles.

Tous deux levèrent les yeux sur Miss Marple. La vieille demoiselle hocha doucement la tête.

— Il existe une troisième possibilité, affirma-t-elle.

— Bien sûr, Erskine.

Déjà, Giles se dirigeait pour la troisième fois vers le téléphone.

— Que vas-tu faire? demanda Gwenda.

— Demander la communication avec le Northumberland.

— Oh! Giles, tu ne penses vraiment pas...

— Il nous faut savoir. Si Erskine est chez lui, il ne peut évidemment pas avoir tué Lily Kimble cet après-midi. Nous éliminons, naturellement, l'avion particulier ou d'autres balivernes du même ordre.

Un instant plus tard, la communication était établie. Giles s'éclaircit nerveusement la gorge.

— Allo! Major Erskine? Ici Reed... Oui, Giles Reed, de Dillmouth.

Il jeta à Gwenda un coup d'œil angoissé qui signifiait clairement : « Qu'est-ce que je fais maintenant? »

La jeune femme se leva et se saisit du combiné.

— Major Erskine? Mrs. Reed à l'appareil. Nous avons entendu parler d'une maison : Linscott Brake. Est-elle... je veux dire... la connaissez-vous? Je crois qu'elle n'est pas très loin de chez vous.

— Linscott Brake? répéta la voix d'Erskine. Non, il ne me semble pas en avoir jamais entendu parler. De quelle localité dépend-elle?

— Je ne sais pas exactement, car l'adresse est affreusement gribouillée, comme il arrive souvent avec ces agences immobilières. Mais on signale que la propriété en question se trouve à une quinzaine de milles de Daith. Aussi avons-nous pensé...

— Je suis désolé, Mrs. Reed, mais je ne vois pas du tout... Qui l'habite actuellement?

— Elle est vide, paraît-il. Mais peu importe, parce que nous nous sommes presque décidés pour une autre... Veuillez m'excuser. J'imagine que vous étiez occupé?

— Pas le moins du monde. Enfin... simplement des tâches domestiques. Ma femme est absente, et la bonne est allée rendre visite à ma mère. De sorte que je dois m'occuper du train-train quotidien. Et j'avoue que cela ne me convient guère. J'aime mieux le jardinage.

— Je préférerais souvent, moi aussi, m'occuper de jardinage que de travaux domestiques. J'espère que Mrs. Erskine n'est pas souffrante?

— Oh non. Elle a simplement été appelée auprès d'une de ses sœurs. Elle sera de retour demain.

— Eh bien, je vous souhaite une bonne nuit. Et excusez-nous de vous avoir dérangé.

Gwenda reposa le récepteur et revint s'asseoir.

— Erskine n'est donc pour rien dans l'affaire, dit-elle d'un air triomphant. Sa femme est absente, et il s'occupe du ménage. Cela ne nous laisse donc que les deux autres suspects. N'est-ce pas, Miss Marple?

Miss Marple, cependant, avait l'air grave.

— Je crois, mes enfants, dit-elle au bout d'un moment, que vous n'avez pas encore suffisamment réfléchi à cette affaire... Mon Dieu, mon Dieu, je suis vraiment très ennuyée. Si seulement je savais exactement quoi faire...

CHAPITRE XXIV

Les pattes de singe

Les coudes sur la table, le menton entre ses mains, Gwenda considérait d'un air distrait les restes de son déjeuner hâtif. Il lui faudrait débarrasser tout cela, le transporter à la cuisine, faire la vaisselle et ranger; ensuite, elle verrait ce qu'elle pouvait envisager pour le repas du soir.

Mais cela ne pressait pas, somme toute. Elle avait besoin d'un peu de temps pour réfléchir, pour bien comprendre la situation. Tout s'était passé avec une telle rapidité! Les événements de la matinée, quand elle les passait maintenant en revue, lui semblaient extravagants et quasi impossibles. Les choses étaient arrivées trop vite et d'une manière invraisemblable.

L'inspecteur Last était arrivé assez tôt — vers neuf heures)et demie —, accompagné de l'inspecteur Primer, de la police du Comté, lequel était à présent chargé de l'enquête sur le décès de Lily Kimble et les suites qui pouvaient en découler. Il avait demandé à Mr. et Mrs. Reed s'ils verraient un inconvénient à ce que ses hommes fissent des recherches dans le jardin. Et, d'après le ton de sa voix, on aurait pu croire qu'il s'agissait simplement de procurer aux agents un peu d'exercice physique et non de chercher un cadavre enterré depuis dix-huit ans.

227

— Je crois, avait répondu Giles, que nous pourrions vous aider d'une ou deux suggestions.

Et, conduisant l'inspecteur jusqu'à la terrasse, il lui avait expliqué le changement qui avait eu lieu en ce qui concernait l'emplacement des marches conduisant à la pelouse. L'inspecteur avait levé la tête vers une fenêtre du premier étage.

— La nursery, j'imagine?

Il avait ensuite regagné la maison en compagnie de Giles, tandis que deux hommes, armés de pelles et de pioches se dirigeaient vers le jardin.

— Je pense, inspecteur, avait repris Giles, que vous devriez maintenant être mis au courant de quelque chose dont ma femme n'a, jusqu'à présent, fait part qu'à moi-même et... à une autre personne.

Le policier avait posé son regard sur Gwenda et avait gardé le silence pendant un moment, se demandant probablement si on pouvait se fier aux dires de cette jeune femme, ou bien si elle appartenait à la catégorie de celles qui laissent vagabonder leur imagination. Gwenda fut tellement consciente de cette pensée de l'inspecteur qu'elle se mit aussitôt sur la défensive.

— Il se peut que j'aie imaginé ce que je vais vous raconter. Mais cela me semble pourtant terriblement, affreusement réel.

— Eh bien, Mrs. Reed, avait répondu le policier, voyons ce que vous avez à nous dire.

Et Gwenda avait tout expliqué. Comment la maison lui avait paru familière la première fois qu'elle l'avait aperçue, dès après son arrivée en Angleterre; comment elle avait appris, par la suite, qu'elle y avait effectivement vécu quand elle était enfant; comment elle avait gardé le souvenir du papier qui tapissait la nursery et de la porte de communication entre le salon et la salle à manger; comment, enfin, elle avait eu l'impression qu'il aurait dû y avoir devant la porte-fenêtre un escalier conduisant à la pelouse.

L'inspecteur Primer approuva d'un signe. Il ne dit certes pas que ces souvenirs d'enfance lui paraissaient sans grand intérêt, mais la jeune femme se demanda si telle n'était pas sa pensée. Elle dut faire appel à tout son courage pour expliquer comment, alors qu'elle était tranquillement assise dans une salle de théâtre de Londres, elle s'était soudain rappelé avoir, à travers les barreaux de l'escalier de Hillside, aperçu une femme morte dans le hall.

— Une femme étranglée, au visage bleu. Elle avait des cheveux blonds, et... c'était Hélène. Ce qui paraît complètement stupide, c'est que je ne savais pas du tout *qui* était Hélène.

— Nous pensons...

Mais l'inspecteur leva la main pour couper court à l'intervention de Giles.

— Laissez, je vous prie, Mrs. Reed me raconter tout cela à sa manière.

Et Gwenda avait poursuivi, un peu rougissante, aidée par le policier qui faisait preuve d'une habileté qu'elle ne semblait pas apprécier à sa juste valeur.

— Webster? dit-il d'un air songeur. Hum! *La Duchesse d'Amalfi...* Des pattes de singe...

— Ce n'était probablement qu'un cauchemar, intervint à nouveau Giles.

— Je vous en prie, Mr. Reed.

— Ce pouvait fort bien être un cauchemar, en effet, approuva la jeune femme.

— Je ne le pense pas, dit l'inspecteur. La mort de Lily Kimble serait extrêmement difficile à expliquer si nous nous refusions à admettre qu'un autre crime a été autrefois commis dans cette maison.

Cela semblait si raisonnable — presque réconfortant — que Gwenda s'empressa de continuer.

— Et ce n'est pas mon père qui l'a commis! dit-elle d'un ton ferme. Ce n'est pas possible. Le Dr Penrose lui-même prétend qu'il aurait été incapable de tuer qui que ce soit : ce n'était pas le genre de malade atteint de folie homicide. Quant au Dr Kennedy, il est persuadé, lui aussi, que mon père, bien qu'il se crût coupable, ne l'était pas en réalité. Le véritable assassin est donc quelqu'un qui voulait faire accuser mon père d'avoir commis ce meurtre.

La jeune femme marqua un temps d'arrêt avant d'ajouter avec un rien d'hésitation :

— Et nous croyons savoir *qui* est le coupable. Du moins avons-nous... deux suspects.

— Gwenda, protesta Giles, nous ne pouvons vraiment pas...

— Mr. Reed, dit l'inspecteur, voudriez-vous, je vous prie, aller faire un tour dans le jardin pour voir comment se débrouillent mes hommes? Dites-leur que c'est moi qui vous envoie.

Lorsque Giles fut sorti, le policier alla refermer la porte-fenêtre, puis revint vers Gwenda.

— Faites-moi part de toutes vos idées, Mrs. Reed, reprit-il. Même si elles vous paraissent parfois un peu étranges ou incohérentes.

Et Gwenda avait énuméré ses idées et celles de Giles, leurs raisonnements et leurs conjectures. Elle avait parlé des démarches qu'ils avaient effectuées pour obtenir le maximum de renseignements sur les trois hommes qui avaient joué un rôle dans la vie d'Hélène Halliday. Pour terminer, elle avait fait part des conclusions auxquelles ils étaient parvenus, sans omettre de mentionner les deux coups de téléphone mystérieux qui, l'après-midi précédent, avaient attiré à Hillside Walter Fane et Jackie Afflick.

— Vous voyez bien, n'est-ce pas, inspecteur, que l'un des deux doit mentir.

— C'est là, répondit le policier d'une voix traînante, une des principales difficultés de ma tâche. Il y a tant de gens qui peuvent mentir, et tant de gens qui le font par habitude... bien que pas toujours pour les raisons que l'on pourrait imaginer! Et certaines personnes ne se rendent même pas compte qu'elles mentent.

— Pensez-vous que ce soit mon cas? demanda Gwenda d'un air anxieux.

— Je pense, au contraire, répondit le policier en esquissant un sourire, que vous êtes un excellent témoin.

— Et croyez-vous que j'aie vu juste en ce qui concerne l'identité du coupable?

L'inspecteur poussa un soupir.

— Dans mon métier, voyez-vous, il ne s'agit pas de croire, mais de vérifier les déclarations des témoins, de contrôler leurs faits et gestes, de savoir où ils se trouvaient à tel ou tel moment, ce qu'ils faisaient... Nous savons avec assez de précision — à une vingtaine de minutes près — à quelle heure Lily Kimble a été tuée. C'était entre deux heures vingt et deux heures quarante. N'importe qui aurait donc pu commettre le crime et venir ensuite ici hier après-midi. J'avoue que je ne vois pas très bien la raison de ces coups de téléphone, étant donné qu'ils ne fournissent pas le moindre alibi à aucune des deux personnes que vous avez mentionnées.

— Mais vous parviendrez à découvrir, n'est-ce pas, ce que faisaient ces deux hommes à l'heure du crime. Vous pouvez leur poser la question.

L'inspecteur sourit à nouveau.

— Nous poserons toutes les questions nécessaires, Mrs. Reed, vous pouvez en être assurée. Tout se fera en temps voulu, car il ne sert à rien de précipiter les choses. Il faut les voir venir posément, calmement.

— Oui, je comprends... Vous êtes un professionnel, et nous ne sommes que des amateurs. Nous avons pu avoir un coup de chance, mais nous ne saurions pas comment l'exploiter.

— C'est un peu ça, en effet, répondit l'inspecteur en souriant à nouveau.

Il se leva et alla ouvrir la porte-fenêtre. Il allait franchir le seuil lorsqu'il s'immobilisa soudain. Un peu comme un chien d'arrêt, songea Gwenda.

— Excusez-moi, Mrs. Reed, dit-il, mais cette dame, là-bas, n'est-elle pas une certaine Miss Marple?

Gwenda s'approcha à son tour de la porte. Au fond du jardin, Miss Marple faisait toujours la guerre aux liserons!

— Oui, c'est bien Miss Marple. Elle a la gentillesse de nous aider à l'entretien du jardin.

— Miss Marple! répéta l'inspecteur. Hum! Je comprends.

— Elle est tout simplement adorable, reprit Gwenda en levant vers l'inspecteur un regard interrogateur.

— Et fort célèbre, ma foi. Elle a déjà mis dans sa poche les chefs de la police d'au moins trois comtés. Pas encore le nôtre, mais je sens que ça ne va pas tarder. Ainsi donc, notre Miss Marple est mêlée à l'affaire.

— En tout cas, elle nous a fait part d'un tas de suggestions qui nous ont considérablement aidés.

— Je n'en doute pas. Vous a-t-elle dit également où il fallait chercher le cadavre de Mrs. Halliday?

— Elle a simplement déclaré que mon mari et moi devrions parfaitement savoir à quel endroit il fallait effectuer des recherches. Et il semble, en effet, que nous ayons été stupides de ne pas y penser plus tôt.

L'inspecteur fit entendre un petit rire et s'éloigna pour aller se planter devant la vieille demoiselle.

— Je ne pense pas, dit-il, que nous ayons été présentés l'un à l'autre, Miss Marple. Mais le colonel Melrose vous a, un certain jour, signalé à mon attention.

Miss Marple se redressa en rougissant un peu.

— Ah! ce cher colonel Melrose. Il a toujours été extrêmement aimable, depuis que...

— Depuis qu'un certain marguillier est allé se faire tuer dans le bureau du pasteur du village, n'est-ce pas? Il y a déjà longtemps de cela. Mais vous avez eu d'autres succès, depuis lors. En particulier dans une affaire de lettres anonymes, du côté de Lymstock.

— Vous paraissez savoir pas mal de choses sur mon compte, inspecteur...

— Primer. Je m'appelle Primer. Et j'imagine que vous n'avez pas perdu votre temps, ici non plus.

— Mon Dieu, j'essaie de faire ce que je peux dans ce jardin. Il a été terriblement négligé, vous savez. Les liserons, par exemple, sont une vraie plaie.

Puis, scrutant d'un air grave le visage du policier :

— Des racines qui s'enfoncent profondément dans le sol. Très profondément.

— Je crois que vous avez raison. Des choses qui ont leurs racines dans un passé déjà lointain... Dix-huit ans, n'est-ce pas?

— Et peut-être plus encore. C'est affreux, inspecteur, que d'ôter la vie à de belles fleurs en plein éclosion.

Au même moment, un des agents remontait l'allée. Il transpirait, et son visage était maculé de terre.

— Nous avons trouvé... quelque chose, inspecteur, annonça-t-il.

2

Et c'était alors, se dit Gwenda, que le cauchemar avait commencé. Giles était revenu du jardin, très pâle, en bredouillant :

— Elle est... bien là, Gwenda...

Puis un des agents s'était précipité au téléphone pour appeler le médecin de la police.

Ce fut le moment que choisit Mrs. Cocker — toujours aussi calme et imperturbable — pour se rendre au jardin. Non point poussée par une curiosité morbide, mais simplement pour aller cueillir des fines herbes et quelques feuilles de menthe. La veille, à l'annonce du meurtre, elle avait fait preuve d'une réprobation scandalisée et éprouvé une certaine anxiété quant à l'effet que cela pourrait avoir sur l'état de santé de Gwenda; car elle était parvenue à la conclusion que, d'ici quelques mois, la nursery devrait être à nouveau occupée. Mais aujourd'hui, sa réaction avait été d'un autre ordre. Arrivant brusquement en vue de la macabre découverte, elle s'était sentie affreusement mal.

— C'est horrible, madame, avait-elle déclaré. Les ossements sont une chose que je n'ai jamais pu supporter. Et là, dans le jardin, juste à côté de la menthe... Mon cœur bat si fort que je peux à peine respirer. Si j'osais, je vous demanderais bien un dé à coudre de cognac...

Alarmée par la respiration haletante et le visage couleur de cendre de Mrs. Cocker, Gwenda s'était précipitée vers le buffet de la salle à manger, avait versé un peu de cognac dans un verre et le lui avait fait boire.

— J'avais besoin de ça, soupira Mrs. Cocker.

Et puis, d'un seul coup, sa voix s'était brisée, et son visage avait pris un aspect si inquiétant que Gwenda avait poussé un grand cri. Giles était apparu et avait aussitôt appelé le médecin de la police qui se trouvait dans le jardin.

— Heureusement que j'étais sur les lieux, avait déclaré celui-ci un peu plus tard, sinon elle y passait bel et bien. Il était moins cinq.

L'inspecteur Primer s'était immédiatement emparé du carafon de cognac et avait demandé à Giles et Gwenda à quel moment ils en avaient bu pour la dernière fois. La jeune femme avait déclaré qu'on n'y avait pas touché depuis plusieurs jours. Son mari et elle avaient effectué un court voyage dans le Nord, et la dernière fois qu'ils avaient bu un verre d'alcool, c'était du gin.

— J'ai pourtant bien failli en boire hier, avait-elle ajouté. Seulement, ça me fait penser aux bateaux de la Manche, et mon mari à ouvert une bouteille de whisky.

— Vous avez eu de la chance, Mrs. Reed, avait affirmé

le médecin. Parce que si vous aviez bu du cognac hier, vous ne seriez sans doute pas vivante aujourd'hui.

Gwenda avait éprouvé un frisson.

— Et dire que Giles a failli en prendre un verre! Mais, finalement, il a préféré du whisky, lui aussi.

Et à présent, la jeune femme était seule dans la maison, Giles étant parti avec l'inspecteur Primer, et Mrs. Cocker ayant été transportée à l'hôpital. Mais même en ce moment, après un léger repas composé essentiellement de conserves, elle pouvait à peine croire aux événements qui venaient de se dérouler.

Une seule chose lui apparaissait clairement : la présence dans la maison, la veille, de Walter Fane et de Jackie Afflick. N'importe lequel des deux avait eu la possibilité de trafiquer le cognac. Et quelle était la raison des coups de téléphone, sinon de fournir à l'un d'eux l'occasion d'empoisonner le carafon de cognac? Giles et Gwenda avaient frôlé la vérité de trop près. Mais peut-être une tierce personne était-elle venue et avait-elle pénétré dans la maison par la porte-fenêtre de la salle à manger pendant que Giles et elle se trouvaient chez le Dr Kennedy, attendant la visite de Lily Kimble. Et cette personne aurait également passé les deux coups de téléphone pour faire tomber les soupçons sur Fane ou sur Afflick.

Mais non. Cela n'avait aucun sens. Car une tierce personne n'aurait téléphoné qu'à *un seul* des deux hommes, n'ayant évidemment besoin que d'un suspect et non de deux. D'ailleurs, qui aurait pu être ce mystérieux inconnu? Erskine se trouvait dans le Northumberland : cela ne faisait pas le moindre doute. Non. De deux choses l'une : ou bien Walter Fane avait appelé Afflick et feint d'avoir reçu, lui aussi, un coup de téléphone, ou bien c'était l'inverse qui s'était produit. Oui, le coupable était forcément l'un d'eux, et la police — qui avait à sa disposition plus de moyens qu'ils n'en avaient, Giles et elle — saurait déterminer lequel des deux était coupable. En attendant, les deux hommes étaient soumis à une surveillance discrète et n'auraient pas la possibilité de recommencer.

Gwenda frissonna de nouveau. Il fallait un certain temps pour s'habituer à l'idée que quelqu'un avait voulu la tuer. Miss Marple avait bien déclaré dès le début que le jeu qu'ils jouaient était dangereux, mais ni elle ni Giles n'avaient pris cette affirmation très au sérieux. Même après le meurtre de Lily Kimble, il n'était jamais venu à la pensée de la jeune femme que l'on pouvait vouloir se débarrasser d'elle et de son mari, uniquement parce qu'ils avaient commencé à entrevoir ce qui s'était réellement passé dis-huit ans plus tôt.

Walter Fane ou Jackie Afflick? Lequel des deux?

Gwenda ferma les yeux. Elle s'efforça de revoir les deux hommes à la lueur des faits nouveaux.

L'impassible Fane, assis derrière son bureau — l'araignée au centre de sa toile. Si calme, tellement inoffensif d'apparence. Une maison aux stores baissés. Mais quelqu'un de mort dans la maison. Mort dix-huit ans plus tôt. Et pourtant encore présent. Comme il paraissait sinistre, à présent, le calme Walter Fane qui, un jour, s'était jeté sur son frère en menaçant de le tuer. Walter Fane qu'Hélène avait dédaigneusement refusé d'épouser, une première fois à Dillmouth et une seconde fois aux Indes. Un double échec pour lui, une double mortification. Et Walter Fane, d'aspect si calme, si peu émotif, avait peut-être pu se défouler en s'abandonnant soudain à une criminelle violence, comme l'avait peut-être fait Lizzie Borden autrefois.

Gwenda ouvrit les yeux. Elle était parvenue à la conviction que le coupable était bien Walter Fane.

Mais rien ne l'empêchait de penser tout de même un peu à Jackie Afflick. Avec son complet à carreaux trop voyant, ses manières autoritaires, il était exactement le contraire de Walter Fane. Il n'y avait certes en lui rien de calme ou de renfermé. Mais peut-être avait-il adopté cette attitude par suite d'un complexe d'infériorité. Les

236

spécialistes prétendent qu'il en est souvent ainsi. Si on n'est pas sûr de soi, il faut se mettre en évidence, s'affirmer, s'imposer. Repoussé par Hélène parce qu'il lui était socialement inférieur, il n'oublie pas l'affront qu'il a subi. Et la plaie ne fait que s'envenimer avec le temps. Il veut faire son chemin dans le monde malgré les persécutions de tous ceux qui se dressent contre lui. Il déclare avoir perdu son emploi à la suite de la fausse accusation d'un « ennemi ». Cela prouve sans conteste qu'il n'est pas normal. Et quel sentiment de puissance un homme comme celui-là ne retirerait-il pas d'un crime ! Ce visage jovial et bon enfant n'était au fond qu'un visage cruel. Oui, Jackie Afflick était un homme cruel ; et sa femme, maigre et pâle, avait peur de lui. Lily Kimble l'avait menacé, et elle était morte. Gwenda et Giles s'étaient mêlés de ses affaires ; ils devaient donc mourir à leur tour. Et il ne ferait pas grâce non plus à Walter Fane qui, autrefois, lui avait fait perdre son emploi. Oui, tout cela cadrait parfaitement.

Gwenda se secoua, chassa ces chimères et revint à la réalité. Giles allait rentrer, et il voudrait prendre son thé. Il fallait donc débarrasser cette vaisselle du déjeuner. Elle alla chercher un plateau et emporta le tout à la cuisine. La pièce était d'une netteté parfaite : Mrs. Cocker était véritablement une perle.

Près de l'évier, se trouvait une paire de gants de caoutchouc. Mrs. Cocker les mettait toujours pour faire la vaisselle. Sa nièce, qui travaillait dans un hôpital, les lui procurait à prix réduit. Gwenda les enfila et se mit à laver plats et assiettes. Mieux valait éviter de s'abîmer les mains.

La vaisselle une fois essuyée et rangée, la jeune femme monta au premier étage, toujours plongée dans ses pensées. Elle n'avait pas quitté les gants de caoutchouc et se dit qu'elle allait en profiter pour laver deux chemisiers et quelques paires de bas. Ces petits détails d'ordre domestique étaient au premier plan de son esprit; pourtant, à l'arrière-plan, quelque chose la tracassait.

Walter Fane et Jackie Afflick, avait-elle dit. L'un ou l'autre. Et elle avait fait le procès des deux. Peut-être était-ce cela même qui la troublait, parce qu'il eût été beaucoup plus satisfaisant de pouvoir en accuser *un seul*. Elle aurait maintenant dû savoir *lequel des deux* était coupable. Hélas, elle n'était sûre de rien.

Si seulement il y avait quelqu'un d'autre... Mais il ne pouvait y avoir personne d'autre, puisque Richard Erskine était hors de cause. Il se trouvait dans le Northumberland lorsque Lily Kimble avait été tuée et aussi lorsque le cognac avait été empoisonné dans le carafon. Oui, Erskine était incontestablement innocent. Elle s'en réjouissait, d'ailleurs, parce que c'était un homme extrêmement séduisant. Comme il était triste pour lui d'être marié à cette affreuse mégère aux yeux soupçonneux et à la voix profonde. Une voix aussi grave que celle d'un homme.

Aussi grave que celle d'un homme.

Une idée soudaine traversa comme un éclair l'esprit de Gwenda. Un étrange soupçon.

Une voix d'homme... Était-il possible que ce fût Mrs. Erskine qui eût répondu au téléphone la veille au soir? Non, bien sûr que non. Elle s'en serait aperçue, et Giles aussi. Et puis, d'abord, Mrs. Erskine n'aurait pas su qui appelait. Non, c'était bien le major Erskine lui-même qui parlait. Et qui avait dit que sa femme était absente.

Sa femme était absente.

Mrs. Erskine aurait-elle pu être coupable? Mrs. Erskine que la jalousie aurait rendue folle? Mrs. Erskine à qui Lily Kimble aurait écrit pour lui fixer un rendez-vous? Était-ce une femme que Léonie avait vue dans le jardin, la nuit de la disparition d'Hélène?

Soudain, en bas, la porte du hall claqua. Quelqu'un venait d'entrer. Gwenda sortit de la salle de bain pour aller jeter un coup d'œil par-dessus la rampe de l'escalier. Elle fut soulagée en apercevant le Dr Kennedy.

— Je suis en haut! cria-t-elle.

Elle tenait devant elle ses mains humides et luisantes, d'une étrange couleur. Une sorte de rose grisâtre... Cela lui rappelait quelque chose...

Kennedy leva la tête et mit la main devant les yeux.

— C'est vous, Gwennie? Je ne vois pas votre visage. En venant du dehors, je suis ébloui...

Gwenda poussa un cri aigu.

En regardant devant elle ses mains gantées de caoutchouc — de vraies pattes de singe —, en entendant cette voix dans le hall...

— C'était donc vous! dit-elle d'une voix haletante. Vous qui l'avez tuée... Vous avez tué Hélène... Je sais... maintenant. C'était vous... vous...

Le docteur monta lentement l'escalier, les yeux fixés sur elle.

— Pourquoi ne m'avez-vous pas laissé tranquille? demanda-t-il d'une voix sourde. Pourquoi vous êtes-vous mêlés de tout ça, vous et votre mari? Pourquoi a-t-il fallu que vous la rameniez, que vous fassiez revivre son souvenir? Oui, vous avez ramené Hélène, mon Hélène... Vous avez fait revivre le passé. Il m'a fallu tuer Lily... Et maintenant, c'est vous que je vais être obligé de supprimer. Comme j'ai supprimé Hélène... Oui, comme j'ai tué Hélène...

Il était à présent tout près de la jeune femme terrorisée... Ses mains s'avançaient vers elle, vers son cou. Il avait toujours son même visage doux et bienveillant. Seuls ses yeux avaient changé d'expression.

Gwenda recula lentement, tout en essayant de hurler à nouveau. Mais son cri s'arrêta dans sa gorge. Elle ne pouvait plus émettre le moindre son. Et même si elle avait pu appeler au secours, personne ne l'aurait entendue. Car il n'y avait personne d'autre dans la villa : ni Giles, ni Mrs. Cocker, ni même Miss Marple. Personne. Et la maison voisine était trop éloignée pour que l'on pût percevoir ses appels. D'ailleurs, elle ne pourrait plus crier; elle était paralysée, terrifiée par ces horribles mains qui s'approchaient d'elle...

Elle pouvait reculer encore de quelques pas, mais il la suivrait jusqu'à ce qu'elle fût adossée à la porte de la nursery; et alors... et alors... ces affreuses mains lui entoureraient la gorge...

Un gémissement étouffé, pitoyable, s'exhala de ses lèvres.

Et soudain, Kennedy s'immobilisa, puis chancela légèrement en faisant un pas en arrière, tandis qu'un jet d'eau savonneuse lui aspergeait les yeux. Il eut un haut-le-corps, battit des paupières et porta les mains à son visage.

— Heureusement, dit Miss Marple d'une voix haletante — car elle venait de monter en courant l'escalier de service — que j'étais justement en train de seringuer les pucerons de vos rosiers.

CHAPITRE XXV

Épilogue à Torquay

— Mais, ma chère Gwenda, je n'aurais jamais songé à m'éloigner et à vous laisser seule dans la maison, dit Miss Marple. Je savais qu'il y avait une personne très dangereuse en liberté, et j'exerçais une surveillance discrète depuis le jardin.

— Saviez-vous que c'était... lui... depuis le début? demanda la jeune femme.

Ils étaient tous les trois — Miss Marple, Gwenda et Giles — assis sur la terrasse de l'*Imperial Hotel,* à Torquay.

— Ça vous fera un changement d'ambiance, avait déclaré la vieille demoiselle.

Giles avait reconnu que ce serait, en effet, la meilleure des choses pour Gwenda, et l'inspecteur Primer avait été de son avis.

— Ma foi, répondit Miss Marple à la question de Gwenda, il semblait vraiment tout indiqué. Bien que, malheureusement, il n'existât aucune preuve réelle sur quoi s'appuyer. Juste quelques indices, et rien de plus.

Giles leva vers elle des yeux intrigués.

— J'avoue que je ne les vois pas bien, vos indices.

— Réfléchissez donc, voulez-vous? Tout d'abord, Kennedy était *sur place.*

— Sur place?

— Mais certainement. Lorsque, ce soir-là, Kelvin

241

Halliday s'est rendu chez son beau-frère, celui-ci se trouvait encore à l'hôpital — selon ses dires — et est rentré chez lui quelques instants plus tard. Or, à cette époque, l'hôpital était situé — ainsi que plusieurs personnes nous l'ont déclaré — tout près de la villa Sainte-Catherine. De sorte que Kennedy était bel et bien à l'endroit voulu à l'heure voulue. Et il y avait ensuite une quantité de petits faits significatifs. Hélène Halliday avait dit à Richard Erskine qu'elle venait de quitter l'Angleterre dans l'intention d'épouser Walter Fane, parce qu'*elle n'était pas heureuse chez elle*. Or, elle habitait avec son frère. Pourtant, ce dernier lui était, de l'avis de tout le monde, extrêmement dévoué. Pourquoi, dans ces conditions, n'était-elle pas heureuse? Mr. Afflick vous a déclaré qu'*il plaignait cette pauvre gosse*. Et je crois qu'il était absolument sincère. Il la plaignait *vraiment*. Pourquoi était-elle obligée de se cacher pour aller retrouver le jeune Afflick, puisque, de l'aveu général, elle n'était pas follement éprise de lui? Était-ce parce qu'elle ne pouvait rencontrer des jeunes gens d'une façon normale? Son frère était strict et vieux jeu. Cela rappelle vaguement, n'est-il pas vrai, Mr. Barrett, de Wimpole Street.

Gwenda frissonna.

— Il était fou, dit-elle. Complètement fou.

— Oui, répondit Miss Marple. Il n'était certes pas normal. Il adorait sa demi-sœur, et cette affection était devenue possessive et résolument pernicieuse. Ce genre de chose se produit plus souvent que vous ne pouvez le croire. Il existe, par exemple, des pères qui ne veulent pas que leur fille se marie ou même rencontrent des jeunes gens. Comme Mr. Barrett, précisément. J'ai aussitôt pensé à cela quand j'ai appris l'incident du filet de tennis.

— Le filet de tennis?

— Mais oui. Cela m'a tout de suite semblé très significatif. Songez à cette jeune fille, qui revient du lycée et a envie de tout ce qu'une jeune fille peut retirer de la vie : envie de faire la connaissance de jeunes gens sympathiques, de flirter...

— Un peu nymphomane, peut-être?

— Certainement pas, déclara Miss Marple d'un ton ferme. Cela est précisément un des aspects les plus abjects de ce crime, car ce n'est pas seulement physiquement que Kennedy a tué sa sœur. Si vous repassez avec attention tout ce que l'on vous a dit, vous constaterez que la seule personne qui nous ait suggéré qu'Hélène Kennedy pouvait être plus ou moins nymphomane, c'est précisément le docteur lui-même. Je suis absolument convaincue, pour ma part, que c'était une jeune fille parfaitement normale et équilibrée, qui voulait simplement sortir et flirter un peu avant de se fixer sur l'homme de son choix. Rien de plus que cela. Et voyez les mesures prises par son frère. D'abord, il se montre extrêmement strict et vieux jeu en ce qui concerne la liberté de sa sœur. Ensuite, lorsqu'elle manifeste le désir d'organiser des parties de tennis — désir absolument normal et bien inoffensif —, il feint de l'approuver; mais une nuit, il va secrètement mettre en charpie le filet neuf qui vient juste d'être acheté — acte sadique s'il en est. Ensuite, étant donné qu'Hélène peut tout de même aller jouer au tennis à l'extérieur ou même aller danser, il tire avantage d'une égratignure au pied de la jeune fille et s'emploie à infecter la blessure au lieu de la soigner. Oui, je suis persuadée qu'il a agi ainsi... En fait, j'en suis sûre.

« Je ne crois pas, notez bien, qu'Hélène ait été consciente de tout cela. Elle savait que son frère avait une profonde affection pour elle, et elle ne devait pas comprendre pourquoi elle se sentait mal à l'aise et malheureuse chez elle. Mais elle éprouvait réellement cette impression et, finalement, un beau jour, elle décide de partir pour les Indes et d'épouser le jeune Fane. Uniquement dans le but de s'éloigner. S'éloigner de quoi? Elle n'en sait rien. Elle est trop jeune et trop naïve pour le savoir. Elle part donc pour les Indes et, sur le bateau, fait la connaissance de Richard Erskine dont elle s'éprend aussitôt. Là, à nouveau, elle se comporte non point comme une nymphomane, mais comme une jeune fille saine, honnête et honorable. Elle ne l'incite pas à quitter sa femme pour fuir avec elle; au contraire, elle l'en dissuade, bien qu'elle l'aime sincèrement. Seulement, quand elle revoit Walter Fane, elle sent qu'il lui est impossible de l'épouser. Et, ne sachant que faire d'autre, elle télégraphie à son frère de lui envoyer l'argent du retour.

C'est au cours de ce voyage de retour qu'elle rencontre votre père. Et elle entrevoit alors une autre issue; avec, cette fois, une solide perspective de bonheur. Elle n'épouse pas votre père sous de faux semblants, Gwenda. Il se remettait lentement de la mort d'une femme qu'il avait tendrement aimée; elle — Hélène — sortait d'un amour malheureux : ils pouvaient s'aider et se soutenir mutuellement.

« A mon avis, il est significatif qu'ils se soient mariés à Londres et ne soient allés à Dillmouth qu'après le mariage pour annoncer la nouvelle au Dr Kennedy. Hélène avait dû sentir d'instinct que c'était la solution la plus sage, alors qu'il eût été normal, après tout, qu'elle se mariât à Dillmouth. Je crois aussi qu'elle n'était pas vraiment consciente de la situation, qu'elle ne savait pas à quelles forces mauvaises elle se heurtait. Mais elle se sentait mal à l'aise et avait l'impression qu'il était plus sûr de placer son frère devant le fait accompli.

« Kelvin Halliday était en termes très amicaux avec Kennedy et éprouvait de la sympathie à son égard. Le docteur, de son côté, paraît avoir changé d'attitude et accepté ce mariage avec satisfaction. Le couple loue donc une maison à Dillmouth.

« Et nous en arrivons à cette hypothèse selon laquelle Hélène administrait une quelconque drogue à son mari. Il n'existe à cela que deux explications possibles, parce qu'il n'y a que deux personnes qui auraient pu avoir l'occasion de faire une chose semblable. Ou bien Hélène droguait *véritablement* son mari; si oui, pourquoi? Ou bien la drogue était administrée par le Dr Kennedy. Cela lui était facile, car nous savons qu'il était le médecin de Kelvin, lequel avait toute confiance en lui. Et la conviction selon laquelle sa femme le droguait lui avait été très habilement suggérée par Kennedy.

— Mais, intervint Giles, existe-t-il une drogue quelconque susceptible de donner à un homme l'illusion qu'il a étranglé sa femme? Je suppose qu'il n'existe pas de produit ayant ce pouvoir *particulier*.

— Mon cher Giles, vous êtes à nouveau tombé dans le piège : celui qui consiste à croire sans vérification *ce que l'on vous a dit*. C'est Kennedy qui vous a raconté que Halliday était victime d'une telle hallucination. Et vous n'avez que sa parole. Kelvin ne parle pas de cela dans ses notes écrites durant son séjour à la maison de santé. Il souffrait d'hallucinations, certes, mais il ne mentionne nullement leur nature. Seulement, j'imagine que Kennedy lui a parlé d'hommes ayant étranglé leur femme après avoir passé par une expérience semblable à celle qu'il vivait.

— Un homme vraiment machiavélique, murmura Gwenda.

— Oui. Je pense que, dès cette époque, il avait nettement franchi la limite entre la raison et la folie. Et Hélène, la pauvre enfant, avait commencé à s'en rendre compte. C'est, de toute évidence, à son frère qu'elle s'adressait le jour où Lily lui a entendu dire : « Je crois que j'ai toujours eu peur de toi. » Elle décide donc de quitter Dillmouth. Elle persuade son mari d'acheter une maison dans le Norfolk sans en rien dire à *personne*. Avouez que ce dernier point est assez étrange. Et significatif, aussi. Oui, Hélène est véritablement terrifiée à l'idée que quelqu'un pourrait apprendre cette décision. Mais ça ne cadre pas avec la culpabilité de Walter Fane ou avec celle de Jackie Afflick. Encore moins avec celle de Richard

Erskine. Non, la personne dont elle a peur est beaucoup plus proche, mais elle a eu le tort de ne pas se confier à son mari. Ce dernier, à qui ce secret devait peser et qui le considérait sans doute comme dénué de sens, va tout raconter à son beau-frère.

« Ce faisant, il règle sans le savoir le sort de sa femme et, par contrecoup, le sien. Car Kennedy ne va pas laisser Hélène aller vivre au loin et connaître le bonheur auprès de son mari. Je pense qu'il avait peut-être, au début, dans l'idée de ruiner la santé de Halliday en lui administrant régulièrement des médicaments dangereux. Mais, en apprenant que sa victime et Hélène sont sur le point de lui échapper, sa raison s'égare complètement. Un soir, en revenant de l'hôpital, il s'introduit dans le jardin de la villa Sainte-Catherine, ayant conservé aux mains ses gants chirurgicaux. Il surprend sa sœur dans le hall et l'étrangle. Personne ne l'a vu : il n'y avait personne susceptible de le voir. Du moins, le croit-il. Et alors, l'esprit torturé à la fois par l'amour et la folie, il déclame ces vers tragiques qui s'appliquent si bien à la situation.

Miss Marple poussa un soupir.

— J'ai été stupide, dit-elle. Vraiment stupide. Nous avons tous été stupides. Nous aurions dû comprendre tout de suite. Ces vers tirés de la *Duchesse d'Amalfi*, constituaient vraiment la clef de l'énigme. Car, dans la pièce de Webster, ils sont prononcés par un homme qui vient de comploter la mort de sa *sœur* pour la punir d'avoir épousé celui qu'elle aimait. Oui, nous avons été stupides.

— Et ensuite? demanda Giles.

— Kennedy poursuit son plan démoniaque. Il transporte le cadavre au premier étage, entasse des vêtements dans une valise et un sac de voyage, puis écrit un billet qu'il jette dans la corbeille à papier, de manière que Halliday, drogué, se croit lui-même coupable du crime.

— J'aurais pensé, dit Gwenda, qu'il eût été mieux, à son point de vue, de faire accuser mon père de meurtre.

Miss Marple hocha la tête.

— Non, il ne pouvait pas risquer cela. Malgré sa folie latente, il possédait un solide bon sens d'Écossais; et il avait de plus une crainte salutaire de la police, à qui il faut des preuves convaincantes pour accuser quelqu'un de meurtre. Or, dans ce cas particulier, les enquêteurs auraient posé un tas de questions embarrassantes et fait des recherches approfondies quant aux faits et gestes de Kennedy au moment du crime. Son plan était plus simple et, à mon avis, plus démoniaque. Il lui suffisait de convaincre Halliday d'abord qu'il avait tué sa femme, ensuite qu'il était fou. Il le persuade donc d'entrer dans une maison de santé. Mais je ne pense pas qu'il voulût réellement lui faire croire que tout cela n'était qu'hallucination. J'imagine, Gwenda, que votre père n'a accepté cette théorie qu'à cause de vous. Mais il a conservé au fond de lui-même la conviction qu'il avait tué sa femme, et le pauvre homme est mort avec cette pensée.

— Horrible, murmura Gwenda. Horrible... horrible...

— Oui, il n'y a vraiment pas d'autre mot. Et je crois que c'est pourquoi le souvenir de ce que vous avez entrevu ce soir-là est resté aussi profondément ancré dans votre subconscient. Cette nuit-là, le démon du mal était vraiment dans l'air.

— Mais... les lettres d'Hélène? dit Giles. Elles étaient pourtant bien authentiques. Ce n'étaient pas des faux!

— Bien sûr que si, c'étaient des faux. Et c'est là, précisément que Kennedy a été en quelque sorte victime de sa propre fourberie. Voyez-vous, il voulait à toute force vous obliger, Giles et vous, à abandonner vos recherches. Il était sans doute capable d'imiter assez convenablement l'écriture d'Hélène, mais cela n'aurait tout de même pas trompé un expert. Aussi l'échantillon de l'écriture de sa sœur qu'il vous a apporté n'était-il pas, lui non plus, authentique. Il l'avait rédigé lui-même. De sorte que, naturellement, ça cadrait.

— Bonté divine! s'écria Giles. Je n'aurais jamais pensé à ça.

— Non, répondit Miss Marple, parce que *vous croyiez ce qu'il vous racontait*. Il est très dangereux de croire les gens. En ce qui me concerne, il y a bien des années que je ne donne plus dans ce travers.

— Et le cognac?

— Il l'a trafiqué le jour où il est venu apporter la « lettre d'Hélène », alors que je me trouvais dans le jardin. Il attendait à l'intérieur de la maison pendant que Mrs. Cockers venait m'annoncer sa visite, et il ne lui a pas fallu plus d'une demi-minute pour déboucher le carafon et y introduire le poison.

— Seigneur! murmura Giles. Et dire que lorsque nous avons quitté le commissariat de police, après la mort de Lily Kimble, il me pressait de ramener Gwenda à la maison et *de lui faire boire du cognac!* Mais, au fait, comment s'était-il arrangé pour rencontrer Lily?

— C'est très simple. La lettre originale qu'il lui avait envoyée lui donnait rendez-vous à Woodleigh Camp et lui demandait de venir par le train de 14 h 05 en descendant à Matchings Halt. Il a probablement surgi du bois au moment où elle gravissait le sentier, et il l'a étranglée. Ensuite, il a tout simplement substitué la lettre que vous avez vue à celle qu'il lui avait expédiée en lui demandant de l'apporter avec elle, sans doute à cause de l'itinéraire à suivre. Il ne lui restait plus qu'à rentrer chez lui et à vous jouer la comédie en feignant d'attendre en votre compagnie l'arrivée de Lily Kimble.

— Est-ce que cette femme le menaçait réellement? Sa lettre n'en donnait pas l'impression. Elle semblait, au contraire, soupçonner Afflick.

— Peut-être soupçonnait-elle Afflick, en effet. Voyez-vous, à l'origine, c'était Léonie, la jeune fille suisse qui constituait pour Kennedy le seul véritable danger, parce qu'elle l'avait vu par la fenêtre de la nursery alors qu'il creusait la tombe dans le jardin. Le lendemain, il était allé lui parler et lui avait raconté que le major Halliday, ayant tué sa femme dans un accès de folie, lui, Kennedy, souhaitait étouffer l'affaire à cause de l'enfant. Si Léonie voulait tout de même se rendre à la police, elle était libre de le faire, mais cette démarche lui attirerait des tas d'ennuis. A l'idée de la police, la pauvre jeune fille avait pris peur. Elle adorait la petite fille dont elle avait la garde et avait une confiance aveugle en ce que lui racontait *M. le docteur* (1) qui, bien entendu, agissait pour le mieux. Kennedy lui avait donc versé une somme d'argent assez rondelette et l'avait renvoyée en Suisse sans perdre un instant. Seulement, avant de partir, la jeune fille avait laissé entendre à Lily que votre père avait tué sa femme et qu'elle avait vu enterrer le corps. Cela cadrait absolument avec l'idée que Lily s'était déjà faite. Elle était persuadée que Kelvin Halliday était coupable et que c'était lui que Léonie avait vu en train de creuser la tombe.

— Mais Kennedy ignorait ce détail, n'est-ce pas?

— Bien sûr. Aussi, dans la lettre de Lily, a-t-il été effrayé par la mention de la voiture aperçue par la fenêtre.

— La voiture de Jackie Afflick?

— Autre malentendu. Lily se rappelait — ou croyait se rappeler — une voiture semblable à celle de Jackie Afflick arrêtée sur la route. Déjà, son imagination avait commencé à travailler, et elle songeait au mystérieux inconnu qui venait voir Mrs. Halliday. L'hôpital étant, à cette époque, tout proche de la villa Sainte-Catherine, il est évident qu'un bon nombre de voitures stationnaient sur cette route. Et, à la lecture de la lettre de Lily, Kennedy a probablement cru que la pauvre femme voulait parler de sa voiture à lui. L'adjectif « chouette » n'avait pour lui aucun sens précis.

— Je comprends, dit Giles. Oui, pour une conscience coupable, cette lettre de Lily pouvait prendre l'appa-

_____

(1) En français dans le texte.

rence d'une sorte de chantage. Mais comment avez-vous eu tous ces renseignements sur Léonie?

Miss Marple pinça les lèvres.

— Vous savez, Kennedy a complètement perdu la raison. Dès que les hommes de l'inspecteur Primer se sont précipités dans la villa pour s'emparer de lui, il a raconté tout ce qui s'était passé, tout ce qu'il avait fait. Léonie est morte en Suisse très peu de temps, semble-t-il, après son retour, pour avoir absorbé une trop forte dose de somnifère... Oh, il ne laissait rien au hasard.

— Comme lorsqu'il a essayé de m'empoisonner avec le cognac.

— Bien sûr. Giles et vous présentiez pour lui un très grand danger. Fort heureusement, vous ne lui avez jamais dit que vous vous rappeliez avoir vu Hélène morte dans le hall. Il n'a jamais su qu'il y avait un témoin oculaire.

— Et les coups de téléphone à Fane et à Afflick, est-ce lui qui les a passés?

— Naturellement. Si on recherchait qui avait eu l'occasion de trafiquer le cognac, n'importe lequel des deux ferait un magnifique suspect. Et si Jackie Afflick venait seul dans sa voiture, cela pourrait également le compromettre dans le meurtre de Lily Kimble. Fane, lui, avait toutes les chances de posséder un alibi.

— Et dire qu'il paraissait m'aimer! dit Gwenda. « La petite Gwennie. »

— Il lui fallait jouer son rôle. Imaginez ce que cela signifiait pour lui. Au bout de dix-huit ans, vous revenez en compagnie de votre mari, et vous vous mettez à poser des questions, à fouiller dans le passé, à ressusciter un meurtre qui semblait mort mais qui n'était qu'en sommeil... C'était là une chose fort dangereuse, mes enfants, et je dois avouer que vous m'avez causé bien du souci.

— Et cette pauvre Mrs. Cocker? dit Gwenda. Elle l'a échappé belle. Je suis heureuse qu'elle aille mieux.

Crois-tu qu'elle nous reviendra, Giles, après tout ce qui s'est passé?

— Elle reviendra s'il y a une nursery, répondit le jeune homme d'un air grave.

Gwenda rougit. Miss Marple ébaucha un sourire et détourna les yeux.

— Il est étrange que les choses se soient passées ainsi, reprit la jeune femme d'un air pensif. Quelle coïncidence! J'avais justement aux mains les gants de caoutchouc, que je regardais distraitement, et c'est à ce moment-là qu'il est entré dans le hall en prononçant ces paroles qui rappelaient les autres : « Votre visage »... Et puis « Mes yeux éblouis »...

Elle frissonna :

— « *Couvrez son visage... Elle est morte jeune, et mes yeux sont éblouis.* »

Elle ajouta après un instant de silence :

— Il aurait pu s'agir de moi, si Miss Marple n'avait pas été là. Pauvre Hélène... Pauvre et charmante Hélène, qui est morte jeune... Tu sais, Giles, elle n'est plus dans la maison, maintenant. Plus dans le hall. Je l'ai senti hier au moment où nous partions. Il ne reste que la maison. Une maison qui nous aime et nous attend. Nous pouvons y retourner dès que nous le voudrons...

Dans Le Livre de Poche policier

Extraits du catalogue

IMPRIMÉ EN FRANCE PAR BRODARD ET TAUPIN
Usine de La Flèche (Sarthe).
LIBRAIRIE GÉNÉRALE FRANÇAISE - 43, quai de Grenelle - 75015 Paris.

ISBN : 2 - 253 - 05681 - 2 ♦ 30/6970/5